AF867750

Die Autorin

Martha Bull wurde 1949 in Bonn geboren, hat dort auch ihr Abitur gemacht. Nach dem Studium der Fächer Geschichte, Politik und Deutsch für das Lehramt in Bonn und Marburg schloss sie in Berlin ihr Referendariat ab. Seit 1979 lebt sie in Bremen. Hier hat sie lange in der Erwachsenenbildung gearbeitet, unter anderem in einer freien Modellschule. Seit 1997 ist sie in der Kinderbibliothek im Viertel beschäftigt. Dort arbeitet sie auch über ihren Renteneintritt 2015 hinaus.

Veröffentlichungen:

- Hanseatisch cool – Beitrag in: Witte, Katharina (Hg.): Jetzt kommse übern Deich – 20 Jahre Bremer Karneval, Edition Temmen 2005
- Die Videobotschaft, Langlhofer Verlag 2007
- Frau Friese und der Fenstersturz, Edition Temmen 2013
- Frau Friese und das Bunkergrab, Edition Temmen 2014
- Frau Friese und die tödliche Einladung KellnerVerlag 2015
- Frau Friese und die finstere Verwandtschaft KellnerVerlag 2016
- Frau Friese und der Tiermörder KellnerVerlag 2017
- Frau Friese und das blutige Strandgut KellnerVerlag 2018

EINS

Liebe Güte, hier sieht es wieder aus! Wie bei Hempels unterm Sofa. Ich stehe vor dem zugemüllten Flur von Rauschenbachs und schaue mich um. Ja, geht's noch? Angeekelt starre ich auf den stinkenden Joggingschuh, der direkt vor mir liegt, und hebe ihn an den Schnürsenkeln auf, damit ich die Tür öffnen kann. Aber nur mit den Fingerspitzen, nicht allein des Gestanks wegen. Die Duftnote stammt offenbar vom Hausherrn persönlich.

Ich will den Schuh fallenlassen, aber ich beherrsche mich und lege ihn ordentlich auf den Fußboden neben einen großen Fleck. Ist das etwa Rotwein? Dann musst du tüchtig schrubben, Dörthe. Wo ist der zweite Schuh? Ach, da hinten an der Küchentür, neben den High Heels von Ihro Ladyschaft Frau R. Ich muss das behutsam aufräumen. Dies ist meine Putzstelle: »Dienstag die Dritte, Rauschenbach«. Kurz: DDR. So schlecht der Witz, so schlecht die Stelle.

Aber ich brauche das Geld. Punkt.

Mürrisch übersteige ich die Hindernisse. Während ich meinen Mantel aufhänge, betrachte ich mich kurz in dem wunderschönen Spiegel im Flur. Wut macht hässlich, Dörthe, guck dich an, so willst du echt niemandem unter die Augen kommen. Mundwinkel bis zum Knie. Wieso bist du heute so empfindlich? Wenn es sauber ist, brauchen die Leute keine Putzfee, dann verdienst du keine Brötchen, und deine Kunst kommt zu kurz. Allein die Kosten für das Atelier und die Farben ...

Das stimmt, allerdings komme ich gerade von Putzstelle »Dienstag die Zweite«, dort läuft das Kontrastprogramm. Bei Gitte steht immer eine Thermoskanne mit Kaffee bereit, manchmal sogar ein Stückchen Schokolade, zumindest gibt es einen freundlichen Gruß zum Abschied, ehe sie mich allein lässt. Bei Rauschenbachs bekomme ich zwar den Schlüssel, aber keine Sympathien.

Du wirst nicht bezahlt fürs Meckern, also mach zu, die Zeit hier ist knapp bemessen.

Sanfte Musik aus dem ersten Stock sagt mir, dass der Hausherr anwesend ist und heute wieder von zu Hause aus arbeitet. Wie verabredet tue ich so, als wisse ich nicht, dass oben jemand ist, während ich im Erdgeschoss sauber mache. Wie jedes Mal bewundere ich in Frau Rs Zimmer die faszinierenden Schwarz-Weiß-Fotos, mit denen sie die Wand geschmückt hat. Naturaufnahmen, denen die fehlenden Farben gerade den Pfiff geben. Dafür habe ich ein Auge.

»Meine Jugendwerke«, hat sie mir bei meinem ersten Besuch etwas von oben herab erklärt. Schade, dass sie so arrogant tun musste, denn die stolze Freude an ihrer Kunst leuchtete aus ihren Augen. Einen Moment mochte ich Frau R sogar. Leider hat sich das inzwischen verflüchtigt. Heute liegt ein dicker Fotoband auf dem Tisch. Fasziniert öffne ich ihn, blättere schnell durch die Seiten. Oh, Zeit müsste ich haben, das alles anzusehen. Eine Karte rutscht heraus. Hoppla! Ich fange sie gerade noch auf. »Alles Gute, dein Alex«, springt mir ins Auge. Offenbar ein Verehrer von Frau Rs Kunst. Ich schiebe die Karte zurück, wische schnell mit dem Tuch über das Titelblatt. Pass auf, Deern! Nur keine Flecken machen.

Als ich ins Arbeitszimmer komme, steht der Große R vor seiner Lieblingsmaske, dem kleinen Drachen mit der langen Zunge. In der Hand hält er einen winzigen Pinsel, mit dem er die Masken minutiös von jeder Fluse befreit. Rille für Rille, Augenhöhle für Augenhöhle. Stunden muss er damit zubringen. Schließlich kenne ich mich mit Putzen aus. Ich glaube, das hat für ihn etwas Meditatives.

Zwei Wände sind über und über bedeckt mit exotischen Fratzen, aus Afrika oder auch aus Ozeanien. Gruselig sind die. Am Anfang haben sie mir richtig Angst gemacht. Es geht eine geradezu magische Stimmung von ihnen aus, wie soll ich es benennen? Ist das Spökenkiekerei? Hm, dazu neige ich eigentlich weniger. Aber wenn ich den Raum betrete, fühle ich mich beobachtet. So ein Unsinn, sind doch bloß Glasaugen. Trotzdem. Zum Glück ist es mir *aus-drück-lich* untersagt, sie abzustauben, ja, sie auch nur zu berühren.

»Habe ich Ihnen bereits die Geschichte vom Indonesischen Drachen erzählt?«, fragt R, ohne sich zu mir umzuwenden. Erst, als ich den schweren Staubsauger unsanft auf den Boden plumpsen lasse, dreht er sich um. Er lächelt ein bisschen abwesend, ich glaube, er taucht gerade aus seinem geliebten Indonesien auf. Manchmal denke ich, er tut nur so, als würde er von hier arbeiten, in Wirklichkeit nimmt er sich einfach eine Auszeit und träumt von seinen wilden Jugendjahren und den abenteuerlichen Reisen. Dass sein Laptop aufgeklappt auf dem Tisch steht, ist genauso Schau wie die falsche Ming-Vase auf der Anrichte.

Er erwartet keine Antwort auf seine Frage, sie ist rhetorisch. Am Anfang habe ich seinen Geschichten öfter zugehört mit dem Ergebnis, dass ich Überstunden machen musste. Es kam dann allerdings mal vor, dass er mir 'nen Zehner in die Hand drückte. »Entschuldigung, Frau Petersen.

Schließlich sind Sie nicht hier, um meinen Erzählungen zu lauschen.«

Er ist wesentlich großzügiger als seine Frau. Seine Frage bleibt inzwischen lediglich ein nettes Ritual. Dabei soll er ein knallharter Geschäftsmann bei der R-B-Bau sein. Inzwischen ist er wohl reich genug, um sich Sentimentalitäten leisten zu können. Oder es ist das Alter. Ich vermute, er steuert auf die fünfzig zu, falls er nicht sogar drüber ist. Da kriegen Männer eine Wampe, und manche werden rührselig.

Dörthe, die Männerversteherin, ausgerechnet. Lass stecken.

»Ich gehe erst nach nebenan, damit Sie ungestört sind.«

»Danke, gern.« Auch das ist ein wiederkehrender Dialog. Doch heute fügt er an: »Nächste Woche bin ich auf Dienstreise, da müssen Sie keine Rücksicht nehmen. Hier, nehmen Sie, wir haben Ihnen da unten ziemlich viel Dreck hinterlassen, fürchte ich.« Mit diesen Worten schiebt er mir einen Geldschein zu.

»Oh, Danke, Herr Rauschenbach.«

In dem Augenblick summt sein Smartphone. »Ja«, knurrt er knapp. Ich schleiche zu seinem angrenzenden Schlafzimmer. »Habe ich nicht!« Das klingt irritiert. Ich bekomme gerade noch mit, wie er fragt: »*Wer?* Die Putzfrau?«

Erstaunt werfe ich einen Blick zurück. Spricht er von mir? Tatsächlich sieht er zu mir herüber, winkt mich zu sich. »Moment, Alex, sie ist gerade hier, ich frage sie.«

»Frau Petersen, hat Ihnen eben unser Bote eine Rolle mit Plänen übergeben?«

»Mir? Ein Bote?« Ich schüttele verblüfft den Kopf. »Nein. Aber vielleicht habe ich die Klingel nicht gehört, bei dem Krach, den ...«

»Nein, nein«, unterbricht er mich. »Klingeln hätte ich gehört. Nein. Vor dem Haus soll er Ihnen begegnet sein.«

Ich kann nur mit den Achseln zucken und wieder den Kopf schütteln. »Nein, Herr Rauschenbach, mir ist niemand begegnet.«

Er muss mir meine ehrliche Verwunderung ansehen, er nickt kurz, spricht wieder in sein Smartphone. »Alex, das sind hochsensible Pläne. Wenn er die ...«

Abrupt ballt er die Faust, dreht sich zu seiner Drachenmaske um. Gedankenverloren streicht er mit der freien Hand über die lange hölzerne Zunge und hört zu. Ich glaube, mich hat er ganz vergessen. Trotzdem weiß ich nicht, ob ich gehen kann oder nicht. Ich fühle mich wie ein Schulkind vor dem Rektor und zugleich wie eine Schnüfflerin. Vielleicht sollte ich husten oder so. Aber schon schnaubt er ins Telefon: »Schmeiß ihn raus, das ist ein Vertrauensbruch, das ...« Oha! Besser nicht stören. »Dein bester Mann? *Mann*? Dass ich nicht lache. Ein grüner Junge ist das.«

Er fährt wieder herum, sieht mich plötzlich scharf an. Mit missmutiger Bewegung wedelt er mich aus dem Raum. »Hau ab!«, drückt er auch ohne Worte klar aus. Ich beeile mich, den Raum zu verlassen, schüttele wieder für mich den Kopf.

»Heute Abend liegen die Pläne auf meinem Tisch«, höre ich R noch befehlen, ehe ich die Tür endgültig schließe. Was sollte das eben? Ich werde ihn nachher fragen, was das Ganze mit mir zu tun hat. Vielleicht habe ich etwas missverstanden.

Als ich kurz darauf zurückkomme, ist der Große R gegangen, sein Schreibtisch wie immer ein unaufgeräumter Haufen Papier, bloß der Laptop ist verschwunden. Auch sein Schreibtisch ist für mich tabu, wie die Wände. Ist mir recht, ich muss mich sowieso beeilen. Trotzdem zieht es mich immer wieder zu dem kleinen Drachen hin. Ob die Maske echt ist? Ich würde sie gerne einmal anfassen. Aber pedantisch, wie der Große R ist, entdeckt er bestimmt jeden Fingerabdruck. Ich will es mir mit dem Mann – und seiner offenen Geldbörse – nicht verderben oder gar meinen Job riskieren.

ZWEI

Ich bin kaum zu Hause, da klingelt es. Das muss Marlies sein, wir hatten gestern verabredet, dass sie uns Mittagessen vom Chinesen mitbringt. Heute wirkt sie richtig überdreht. »Guck, mein neuer Anti-Trump-Button, sieht der nicht geil aus?« Sie zeigt auf einen pinkfarbenen Anstecker. *»women against Trump«* lese ich.

»Wo hast du den denn her?«

»Internet. Ich habe noch andere, für jede Jacke einen.« Typisch Marlies, irgendein Statement trägt sie immer mit sich herum. Heute, scheint mir, ist das nicht der einzige Grund für ihre Hektik. Sie fuhrwerkt ständig mit der Gabel durch die Luft. »Was ist los, Marlies? Du bist so hibbelig.«

Sie wirft mir einen verschmitzten Blick zu, mit ihren kurzen blonden Strähnen sieht sie immer aus, als sei sie eben erst aus dem Bett gefallen, wie ein kleiner Kobold.

»Ich ... äh, ja, also. Ich muss es ja endlich mal erzählen. Ich habe ziemlichen Mist gebaut, ich habe mich verliebt!«

»Hey, fantastisch! Gratuliere! Kenne ich den Glücklichen? Wieso soll das Mist sein?«

»Na, weil klassisch, er ist verheiratet.«

»Oha!«

»Genau. Das ist eigentlich nicht mein Problem. Ich, äh, ich sage keinen Namen, nimm es nicht persönlich, ich habe es ihm versprochen, nennen wir ihn ganz fantasiereich Mister X.« Sie lacht spöttisch. Ein bisschen bitter. »Ich will den gar nicht heiraten, um Himmels Willen! Nee, Dörthe, auf Dauer und im Alltag ist er ein Langweiler erster Güte. Bei mir kann er sehr charmant sein. Wenn er seine Geschichten erzählt, lache ich mich schlapp, dabei vermute ich, dass zwei Drittel gelogen sind. Na und? Mir doch egal. Außerdem ist er einfach gut im Bett.« Wieder fuchtelt sie mit ihrem Chop Suey in der Luft herum. Dass sie überhaupt dazu kommt, etwas zu essen.

»Wie lange kennt ihr euch?«

»Seit ein paar Wochen. Ich mochte es erst nicht erzählen, ich dachte, es ist eh gleich wieder vorbei. Weißt du, er ist immer so aufmerksam, hat mich immer mal eingeladen, hier ein Geschenk, da ein Kurztrip.« Sie wird ernst. »Ich bin einsam, Dörthe. Klar, ich habe dich und noch ein paar andere Freundinnen, aber mit Männern will es bei mir nicht klappen. Ich habe mich so danach gesehnt, verstehst du? Einfach was Besonderes zu sein in den Augen eines attraktiven Mannes. Klar, ich bin nicht blöde, ich weiß, dass jeder Mann solche Sachen zu seiner Geliebten sagt, weil die ihn sonst sitzen lässt. Trotzdem. Es ist so schön. Verstehst du das?«

Ich nicke ein bisschen eifersüchtig. *Meine* letzte Affäre liegt schon ein paar Jahre zurück. Marlies kann Gedanken lesen. Sie legt leicht die Hand auf meine. »Nicht traurig sein, Dörthe, du bist auch mal wieder dran.«

Ich wehre müde ab. »In meinem Alter?«

»Was für ein Quatsch, es gibt genug ältere Männer. Du bist eine attraktive Frau.«

»Da müsste ich erst mal aus meinen ewigen Jeans kommen, mir ein hübsches Kleidchen kaufen«, spotte ich, blicke auf meinen ausgebeulten Pullover.

»Rede keinen Stuss. Wenn ich lesbisch wäre, würde ich mich schon allein in deine schwarzen Locken verlieben. Dann in deinen trockenen Humor. Außerdem machst du tolle Kunst.«

Ich schweige verlegen. So offen hat sie mir noch nie Komplimente gemacht. Dabei sind wir seit Jahren befreundet. Schnell wechsele ich das Thema, komme zurück auf ihre eigene neue Liebe. Und das Problem dabei.

»Was ist mit seiner Frau?«

»Tjaaa.« Marlies schweigt, schiebt sich weiteres Essen in den Mund. Aha. So locker ist das also nicht.

»Ich glaube, sie weiß, dass da eine Andere ist. Dabei bezweifle ich, dass sie meine Identität kennt.«

»Bist du ihr mal begegnet? Kennst du sie?«

»Bloß vom Sehen. Wir haben nicht das gleiche soziale Umfeld. Einmal hätte sie mich beinahe in seinem Büro erwischt, aber ich gab vor, eine Praktikantin zu sein. Ich habe Mister X gefragt, aber der hat nur gelacht, der nimmt alles irgendwie leicht, darum passen wir auch so gut zusammen, der ist nicht so engstirnig.«

Jetzt lacht sie über einen Scherz, den alleine sie versteht.

»Macht sie Stress? Ich meine, die Frau?«

»Keine Ahnung. Oder vielleicht doch, ja. Ich sollte eigentlich nächste Woche mit ihm einen Kurztrip nach Frankfurt machen, der fällt jetzt leider ins Wasser. Er hat angerufen und gemeint, das wäre zu riskant. Mist, dabei hatte ich schon Urlaub genommen. Das kann ich zum Glück canceln, die Chefin ist froh, wenn ich doch komme, wir sind ja eh immer unterbesetzt bei den Sozialen Diensten.«

Ich bin kein Moralapostel, an die Heiligkeit der Ehe glaube ich nicht. Ich habe meine eigenen miesen Erfahrungen gemacht. Allerdings beschleicht mich ein ungutes Gefühl. Marlies kann manchmal so leichtsinnig sein. Wäre nicht das erste Mal, dass sie in Teufels Küche kommt, weil sie die Folgen nicht bedacht hat. Ich werde den Eindruck nicht los, dass sie etwas verschweigt, entweder nur mir gegenüber oder, weil sie es selbst nicht wahrhaben will. Ich kenne Marlies lange genug, da spürt man, wenn etwas nicht stimmt.

»Ich gönne es dir, Marlies, aber pass man auf. Betrogene Ehefrauen können zu ziemlich üblen Mitteln greifen.«

»Bisschen klischeehaft, Dörthe, meinst du nicht?«

Erst später fällt mir ein, dass ich über alldem gar nicht dazu gekommen bin, von dem komischen Telefongespräch zu erzählen. Aber letztendlich geht es mich auch gar nichts an.

DREI

Wieder ein Dienstag, wieder Putzmarathon. Heute bin ich ein bisschen früher bei Rauschenbachs. Es hat nämlich, man glaubt es kaum, tatsächlich mal nicht geregnet. Darum habe ich heute früh das Rad genommen. Zwar ist es im Grunde egal, wann ich hier anfange. Aber Frau R hat befohlen: halb zwölf. Also komme ich um halb und keine Minute früher. Vielleicht würde ich sie im Negligé erwischen. Ich grinse breit. Ich werde mich ein paar Minuten auf die Bank in ihrem Vorgarten setzen und die seltene Sonne genießen. Für Oktober hat sie richtig viel Kraft.

Ich warte, dass ich den vielbefahrenen Osterdeich überqueren kann. Jetzt, los. Ich erreiche gerade den Fußweg, als ein schwarzer Kombi aus einer Einfahrt geschossen kommt, mich beinahe erwischt. Ja, spinnt der denn? Ich zeige ihm einen Vogel, doch der junge Mann am Steuer wirft mir nur einen wütenden Blick zu und rast davon. Mistkerl.

Puh, erst mal setzen. Ich falle auf die Bank.

Mir klopft noch das Herz, als ich ein paar Minuten später versuche, die Wohnungstür zu öffnen. Etwas klemmt. Da hat sich tatsächlich wieder dieser stinkende Joggingschuh unter der Wohnungstür verhakt. Hat das Methode? Ich bücke mich grummelnd, um das edle Stück zu befreien, ehe es womöglich diesmal einen Kratzer abbekommt. Liebe Güte, hat der sich verklemmt! Ich kann die Tür kaum aufbekommen. Mühsam fummele ich an dem teuren Leder herum. Wie kann denn so was passieren? Endlich gelingt es mir, den Schuh zu lösen und die Wohnungstür aufzustoßen. Wo ist der zweite? Egal. Die Sonne hat mich froh gestimmt, ich lasse mir die Laune nicht verderben. Dann wollen wir mal.

Ich schleudere energisch die schwarzen Locken zurück und will eben ins Bad gehen, als – *Bums.* Es poltert im ersten Stock! Ich schrecke zusammen. Huch! Das kam aus dem Arbeitszimmer des Großen R. Der ist auf Dienstreise in Fragmich-Wo, da kann niemand sein!

»Hallo?«, rufe ich. Warum piepst denn meine Stimme so? Dörthe, bleib locker. Vielleicht haben die Herrschaften es sich anders überlegt und sind heute doch zu Hause. Dienstreisen können abgesagt werden. Oder es ist Ihro Ladyschaft. »Frau Rauschenbach?«, rufe ich mit festerer Stimme. Keine Antwort. Hm.

Einen Moment stehe ich zögernd am Treppenaufgang. Geht es mich etwas an, wenn es oben poltert? Die Herrschaften Rauschenbach dürfen schließlich in ihrem Anwesen so viel poltern, wie sie wollen.

Dörthe, sei nicht albern, geh hoch und sieh nach. Womöglich ist ein Fenster offen geblieben, und der Wind hat etwas herunter gefegt. Wenn das die Ming-Vase war – um Himmels Willen –, läuft jetzt das Wasser auf den Perser, dann hast du doppelte Arbeit. Oder Weltuntergang: Es gibt Ming-Scherben.

Kichernd steige ich die Treppe hinauf, Ming und Perser, das gibt eine schöne Völkerverständigung.

Das Grinsen erstarrt auf meinem Gesicht, als ich das Arbeitszimmer betrete. Ganz langsam klappt mir die Kinnlade herunter. Ich starre in ein Chaos. Der Fußboden ist übersät mit Zeug! Überall Bücher, Briefe, Stifte, Fotos mit und ohne Rahmen und Papier, ganze Stapel von Papieren, die jemand aus den aufgeschlagenen Ordnern gerissen haben muss. Der Bürostuhl ist umgekippt. Selbst das blöde grinsende Sparschwein liegt mit den Füßen nach oben in all dem Durcheinander. Der Schreibtisch, normalerweise eine ungeordnete Sammlung von Blättern, ist leer. Ungläubig schüttele ich den Kopf.

Das muss ein böser Traum sein. Das ist sogar für Rauschenbachs zu viel.

Und da, die Regale! Da ist jemand mit dem ganzen Arm drübergefahren. Die Bretter sind wie leergefegt. Liegt alles, alles auf dem Fußboden. Mir kommen die Tränen, die wunderschönen Bücher, wie kann man so was machen? Da, der Katalog der herrlichen Ausstellung von Monet und Camille in der Kunsthalle, herrje, das knickt doch! Ich will mich bücken, um das Buch vor weiterer Zerstörung zu bewahren, da hält mich meine innere Stimme zurück. Spinnst du, Dörthe, fass hier nichts an!

Mit klopfendem Herzen richte ich mich wieder auf, mein Blick wandert zu den Wänden. Die Masken! Ich atme erleichtert auf, sie sind heil geblieben. Allein der kleine Drachenkopf mit der langen roten Zunge lehnt am Boden gegen die Wand, gibt den Blick frei auf eine metallene Dose, deren Tür schief in den Angeln hängt. Ein Safe! Hinter einer Maske. Bisschen simpel, denke ich ungewöhnlich klar. Vielleicht sind sie allesamt fake, genauso wie die Ming-Vase aus Taiwan oder Shanghai. Nicht dein Bier, Dörthe.

Plötzlich durchzuckt es mich: Was hat eigentlich vorhin so gepoltert? Ist etwa noch jemand hier? Etwa der Regalfeger? Ich schlage die Hand vor den Mund, um nicht zu schreien.

Dörthe, schrei nur, sollte hier jemand sein, hat der dich längst gehört.

Und wird alles daransetzen, dich stumm zu machen! Weg hier, Dörthe, hau ab!

Wie vom Affen gebissen stürze ich die Treppe wieder hinunter, reiße eben noch meine Jacke vom Haken, hetze aus dem Haus. Erst im Vorgarten holt mich mein Verstand wieder ein, ich begreife, dass ich die Polizei anrufen muss. Oder wenigstens Frau R. In welcher Reihenfolge? Egal, in ihren Augen wird es in jedem Fall verkehrt gewesen sein. Falls da noch einer ist, besser erst die Polizei. Hektisch wähle ich 110, gebe an, was anzugeben ist. Danach Frau R. »Frau Rauschenbach, hier Dörthe Petersen. Jemand ist bei Ihnen eingebrochen. Ich ...«

»Wie bitte? Eingebrochen?« Ihre Stimme überschlägt sich fast. »Wie soll ich das verstehen?«

Ja, liebe Güte, wie versteht man das denn?

Mühsam beherrscht berichte ich: »Im Arbeitszimmer Ihres Mannes ist totales Chaos. Ich habe die Polizei alarmiert, weil ich befürchte, dass noch jemand im Haus ist«, ergänze ich tapfer.

»Wie? Die Polizei?« Für einen Moment ist es still in der Leitung, dann seufzt sie hörbar und erklärt knapp: »Ich komme.«

Erleichtert atme ich ein paarmal durch. Mein Kopf wird allerdings nicht klarer. Ob wirklich jemand im Haus ist? Wenn der türmt und mich hier stehen sieht!

Ach was, Dörthe, wenn dieser Jemand für fünf Cent Grips im Kopf hat, klettert der aus dem Küchenfenster und flüchtet durch den Garten hinterm Haus. In zwei Minuten ist er in der Brokstraße. Den findet niemand mehr. Wenn da überhaupt jemand gewesen ist. Wer weiß, woher das Geräusch gekommen ist bei dem Durcheinander. Vielleicht habe ich ja überstürzt gehandelt, so panisch, wie ich weggerannt bin. Cool ist anders.

Plötzlich werde ich hundemüde. Erschöpft plumpse ich wieder auf die Gartenbank, die ich eben noch so genossen habe. Soll kommen, wer will, ich muss mich setzen.

Ich bin zu alt für so einen Scheiß, denke ich verängstigt. Was passiert mir hier? Mit leerem Blick starre ich über die gepflegte Auffahrt zur Straße. Hinter der hohen Hecke braust der Straßenverkehr über den Osterdeich. Trotzdem liegt das Haus erstaunlich abgeschieden, wird mir auf einmal klar. Rundum ist es vom Garten umgeben, zur Straße sind es sicherlich zehn Meter. Auch die Nachbarhäuser stehen hier für sich. Komisch, wir sind mitten in der Stadt, mitten im beliebten und belebten Viertel, gegenüber am Deich sind ständig Fußgänger und Radfahrer unterwegs, trotzdem dürfte es leicht sein, hier unbemerkt einzubrechen, solange man keinen großen Lärm macht. Selbst jetzt, am hellen Tag. Darüber habe ich noch nie nachgedacht. Unwillkürlich ziehe ich die Schultern hoch.

Hoffentlich kommt die Polizei vor der R. Ich mag die Frau nicht, sie ist derart arrogant, die guckt sogar unter dem Teppich nach, ob da ein Krümel ist. Wenn sie einen *Missstand* – so nennt sie das – gefunden hat, und Frau R findet immer einen *Missstand*, das gehört quasi dazu, schreibt sie Zettel, dagegen waren die Anmerkungen meiner Englischlehrerin ein Vergnügen.

Ich schüttele mich. Was geht in meinem Kopf rum? Wie komme ich jetzt auf die Schule? Daran habe ich seit vierzig Jahren nicht mehr gedacht.

Du stehst unter Schock, Dörthe, ein Einbruch bei einer Putzstelle ist schließlich neu für dich. Sei gnädig mit dir.

He! Ein Gedanke lässt mich auffahren. Wie ist der Täter überhaupt reingekommen? Habe ich irgendetwas übersehen?

Ich will aufspringen, mir das Schloss am Eingang angucken, da klappen Autotüren. Ah, der Streifenwagen. Zwei Polizeibeamte, eine Frau und ein Mann, kommen auf mich zu.

Ich erkläre aufgeregt: »Ich bin Dörthe Petersen, ich bin die Putzfrau der Familie Rauschenbach, das Arbeitszimmer von Herrn Rauschenbach ist zerwühlt. Ich habe ein Geräusch gehört und glaubte, es ist noch wer im Haus, darum sitze ich lieber hier.«

Die Frau begutachtet die Tür zum Windfang, öffnet sie mit dem Fuß, geht zur Haustür. »Spuren gibt es keine«, bemerkt sie. »Schließen Sie bitte auf.«

Ich lasse die beiden ins Haus, zeige stumm nach oben. Ich will nicht mit rauf, mir ist es unheimlich. Hier im Flur komme ich mir dagegen vor wie bestellt und nicht abgeholt. Ich traue mich nicht, mich zu rühren, man weiß ja, dass die Spurensicherung alles untersuchen wird, da will ich nichts verderben.

Warum nur habe ich diese verdammte Putzstelle angenommen?, frage ich mich zum hundertsten Mal. Rauschenbachs zahlen nicht einmal besonders üppig, abgesehen von den seltenen Zuwendungen des Hausherrn, von denen Ihro Ladyschaft bestimmt keine Ahnung hat. Dazu ihr ständiges Genörgel. Aber ich wohne gleich um die Ecke in der Prangenstraße, da spare ich die Zeit für die Anfahrt. Es passte auch so gut in meinen Terminplan. Außerdem ist er ein großzügiger Mäzen der Bremer Künstlerszene. Ich vermute, die geizige Frau R spielt dabei lediglich mit, weil sie auf Vernissagen ihr neustes Outfit ausstellen darf und garantiert in die Zeitung kommt. Zwar hat er meiner Meinung nach keine Ahnung von Kunst, aber solange das Geld rollt ... Für meine Entscheidung, diese Putzstelle anzunehmen, war das ausschlaggebend. Allerdings hat es mir bisher nichts genützt. Abwarten, gut Ding will Weile haben.

Ich seufze müde. Ich brauche das Geld. Das verdammte Geld! Macht es korrupt? Was würde ich alles tun für Geld?

Mach mal halblang, eine unangenehme Putzstelle ist kaum der Einstieg in die Kriminalität. Es gibt schlimmere Jobs.

Einmal, nur einmal möchte ich ein Bild verkaufen, mit dem ich richtig was verdiene. Na gut, auch zweimal wäre nicht verkehrt. Berühmt muss ich nicht werden, ich will ja weiterhin mit einem Freund im Café sitzen können, ohne dass am Tag drauf in irgendeinem grünen oder lila Blatt unsere Beziehung durchgehechelt wird. Dörthe, zwischen einem guten Verkauf und Berühmtsein ist viel, viel Luft. Träum weiter, du kennst den Kunstbetrieb seit mehr als dreißig Jahren, Illusionen musst du dir echt keine mehr machen.

Die Stimmen der Polizisten holen mich zurück in die Gegenwart. Die beiden müssen am oberen Treppenabsatz stehen.

»Leichtsinnig, diese Leute«, schimpft die Frau. »Beschissen gesichert, keine Alarmanlage, keine

Kamera, nichts. Hier kannst du seelenruhig abräumen, wenn du einmal drin bist.«

»Hm, ja, manche lernen's nie«, antwortet ihr Kollege. »Diesen Safe kriegt mein Halim in fünf Minuten auf.«

»Damit kann er dann im Kindergarten angeben«, spottet sie. Beide lachen verhalten. »Ob der echt seine Klunker drin hatte in dem Döschen?«

»Klar, für die Versicherung immer. Dabei war er womöglich schon vorher leer.«

»Wenn *ich* 'nen Safe hätte, würde ich meine Haarspangen rein tun.«

»*Haarspangen*? Du?« Wieder lachen sie.

»Guck, hier ...«

Mehr verstehe ich nicht.

Keine Alarmanlage? Dann habe ich recht, die Ming-Vase ist fake, ebenso wie all die schönen Masken. Ich sollte es riskieren und eine umdrehen, um nach dem Label zu suchen. Made in Hongkong? So dumm werden sie allerdings nicht sein, so einen Zettel dran zu lassen.

Schnelle Schritte im Flur reißen mich aus meinen Gedanken. *Knall* – fliegt die Wohnungstür auf, ich schrecke automatisch einen Schritt zurück, schon stürmt Frau R herein, rennt mich fast über den Haufen.

»Was ist los? Warum stehen Sie hier herum?«, faucht sie mich an. Sie sieht einmal an mir rauf und runter, als sei ich der Putzlumpen, nicht die Putzfrau. Ganz ruhig, Dörthe. Streit lohnt nicht.

»Die Polizei ist oben«, erkläre ich kühl. »Ich will keine Spuren verwischen, darum warte ich hier.« Friss das, denke ich mürrisch.

Ohne ein weiteres Wort springt sie die Treppe rauf. Ein bisschen neidisch schaue ich ihr nach. Die vielen Stunden im Sportstudio und auf dem Tennisplatz machen sich bezahlt. *Ich* käme die Stufen nicht mehr so behände hoch. Aber sie ist erst um die vierzig – wie viel um die vierzig, verschweigt sie –, nicht zweiundsechzig wie ich. Ich versuche mir vorzustellen, wie Frau R in zwanzig Jahren aussehen mag, sicher weniger faltig als ich, denn sie wird sich garantiert liften lassen ...

Hallo, Dörthe. Was denkst du dir zusammen? Was geht dich Frau Rs Gesicht an, soll sie sich doch liften lassen, bis die Haut platzt. Du willst dich nur nicht der Situation hier stellen. Es ist eingebrochen worden, es gibt keine Spuren an der Tür. So, wie die R gestrickt ist, wird sie schnell eine Verdächtige finden, nämlich dich.

Mich? Warum sollte *ich* ... ?

Frau R liebt einfache Lösungen. Du hast einen Schlüssel. Also bist du dran.

Ich werde wohl beweisen können, dass ich woanders war. Ich bin den ganzen Vormittag unterwegs gewesen, Dienstag ist ja mein Putztag.

Falls das hier heute Vormittag passiert ist. Das weißt du doch gar nicht.

Außerdem, bedenke, du arbeitest schwarz, rabenschwarz. Bist du dir so sicher, dass die anderen Frauen zugeben werden, dass sie dich beschäftigen, und dir damit ein Alibi verschaffen? Die nette Gitte, die joviale Frau D? Du wirst Ärger bekommen, egal, wer da oben gewütet hat, wahrscheinlich wirst du diese verhasste Stelle hier verlieren und ihr nachtrauern. Mit einigem Pech auch noch ein paar andere Stellen. Frau D ist in der SPD irgendein mittelhohes Tier. Stell dir vor, die *Bremer Zeiten* kommen dahinter, dass sie schwarzarbeiten lässt. Ich sehe die Schlagzeile vor mir: *»Doppelte Moral: Schwarzarbeit in der SPD!«*

Lenk dich nicht ab mit blödsinnigen Gedanken übers Berühmtsein oder Frau Rs Tennisstunden. Versuch herauszufinden, was du zur Aufklärung beitragen kannst, vor allem, wie du dich von einem Verdacht befreien kannst.

Ich schließe die Augen, versuche, mir alles, was passiert ist, wieder ins Gedächtnis zu rufen. Alles kann wichtig sein. Zum Beispiel dieser Safe hinter der Maske. Das ist doch kein Versteck. Selbst mir kommt das merkwürdig unecht vor, dabei bin ich gar kein Krimifan. Sollte ich darum die Masken nicht anrühren, damit ich den Safe nicht entdecke?

Uiuiuiuiui. Ich fahre zusammen. Was ist das für ein schreckliches Geräusch? Liebe Güte! Die Türklingel!

»Würden Sie bitte öffnen, Frau Petersen«, ruft die Polizistin von oben. »Das sind die Kollegen von der Kripo.«

VIER

Es wird voll im Flur, ich weiche in die angrenzende Küche aus, lasse die Leute vorbeiströmen. Frau R hat sich offenbar gefangen, mit professionell freundlicher Stimme begrüßt sie die eintreffenden Fachleute. Bestimmt hat sie ihr Berufslächeln aufgesetzt, darin ist sie perfekt. Coach nennt sie sich. Sie muss verdammt gut sein, wenn man ihren Lebensstil betrachtet. Als Putzfrau kriege ich einiges mit. Hier macht der Wohlstand nicht an der Wohnungstür halt. Doch bei Rauschenbachs habe ich immer den Eindruck, alles ist Fassade. Unter all dem vornehmen Getue, all dem dargestellten Luxus ist ... ja, was? Leere, denke ich. Alles fake, wie die Ming-Vase und der Perser. Ich bin Künstlerin, man bekommt einen Blick für gutes Material, für Geschmack.

Stopp, nicht alles ist hohl. Nicht Frau Rs Fotografien. Dass eine so aufgeblasene Null solche Bilder schaffen kann! Merkwürdige Frau.

Möchte ich also tauschen? Ich bin froh, dass ich nicht zu jedem Esel freundlich sein muss. Vielleicht ist sie darum derart muffelig zu mir, weil sie es endlich einmal sein darf. Ich bin keine Kundin. Ich habe keine Ahnung, wobei sie berät, sorry, coacht natürlich, sie muss sich sicherlich viel Müll anhören den lieben langen Tag. Wie dachte ich vorhin: Es gibt schlimmere Jobs als Putzfrau.

Hallo Dörthe, wieder lenkst du dich ab. Mag sein, alles ist fake hier. Sollte sie dich jedoch anzeigen, wird das ganz und gar nicht fake, sondern bittere Realität.

Ein älterer Mann betritt die Küche, reicht mir die Hand.

»Falkner, Kriminalkommissar. Sie haben den Einbruch gemeldet? Wann sind Sie hier angekommen?«

»Um halb zwölf, exakt, wie jede Woche. Oder nein, warten Sie, ich war ein bisschen früher hier, habe darum draußen auf der Bank gesessen. Dann war da dieser Turnschuh, der klemmte unter der Haustür, sodass ich erst nicht reinkommen konnte. Da waren die fünf Minuten wieder, äh ...« Dörthe, das gehört nicht dazu. »Dann polterte es oben. Da bin ich hoch und habe das Chaos gesehen. Ich bin bloß bis zur Tür, ich habe nichts angefasst.«

»Wo waren Sie vorher? Seit zehn Uhr?«

»Bei Frau Herbig, am Brommyplatz, da habe ich von zehn bis elf geputzt.«

Der Polizist sieht mich stumm an. Wartet. Was soll ich ihm denn noch sagen? »Es gibt eine Lücke von etwa dreißig Minuten, Frau Petersen«, erklärt er. »Sie sagen, Sie haben Ihre Putzstelle im Peterswerder um Punkt elf Uhr verlassen. Gibt es dafür Zeugen?«

»Nein, aber Frau Herbig hat mich kommen sehen. Sie würde sich beschweren, wenn ich nicht geputzt hätte.«

»Sie sind um elf Uhr fünfundzwanzig bei Rauschenbachs angekommen. Wie sind Sie zum Osterdeich gekommen? Auto, Bahn, Fahrrad, zu Fuß?«

»Heute mit dem Rad, darum war ich ein bisschen früher, um die fünf Minuten.«

»Wie lange brauchen Sie?«

»Normalerweise etwa zehn Minuten. Heute habe ich getrödelt wegen der Sonne, eher eine Viertelstunde.«

»Bleiben zehn Minuten. Wo und wie haben Sie die verbracht?«

Ich sehe ihn irritiert an, zucke mit den Achseln. »Ich weiß nicht, an der Ampel, die nicht grün wurde, äh ...« Ich begreife. »Ja, glauben Sie im Ernst, man kann in zehn Minuten so ein Chaos anrichten?«

»Möglicherweise hatten Sie mehr als zehn Minuten, Frau Petersen.«

Ich spüre Panik in mir aufsteigen. »Aber warum sollte ich das tun?«

»Ja, Frau Petersen, warum?« Aufmunternd sieht er mich an. Ich kann nur den Kopf schütteln. Der wird mich doch nicht ernsthaft verdächtigen. Oder wartet er nur darauf, wie ich mich rausrede? Ich kenne mich mit der Polizei nicht aus. Was ist denn jetzt richtig?

»Wenn ich gewusst hätte, dass ich über jede Minute Buch führen muss, hätte ich es mir aufgeschrieben, aber wer achtet denn auf die Zeit, solange man eine Pause hat?«, stoße ich verzweifelt heraus. Der Kommissar nickt, lächelt dünn.

Ein jüngerer Mann lehnt sich stumm gegen den Türrahmen, als versuche er, sich unsichtbar zu machen. Ein Assistent des Kommissars, vermute ich. Vorgestellt wird er mir nicht. Macht nichts, Namen kann ich mir eh nicht merken.

»Wer weiß, dass Sie hier putzen?«

»Wer? Öh. Keine Ahnung, also, ich erzähle nicht herum, wo ich hingehe. Da bin ich vorsichtig. Klar, vielleicht habe ich es mal erwähnt, allerdings wenn, dann nur im engsten Freundeskreis.«

Ich überlege. Habe ich das überhaupt erzählt? Klar, ich schimpfe viel über diese Putzstelle, aber nenne ich den Namen? Für mich ist das immer Frau R oder Ihro Ladyschaft. Der Polizist sieht mich aufmerksam an, wartet ab. »Ich glaube nicht, dass ich Namen genannt habe«, antworte ich zögernd. »Immerhin habe ich den Hausschlüssel, ich bin mir meiner Verantwortung bewusst.«

Er nickt kurz. »Wie verwahren Sie den Schlüssel? Darf ich ihn sehen?«

Ich reiche ihm den Schlüsselbund. »Der mit dem roten Anhänger«, erkläre ich. »Der andere ist von meiner anderen Stelle.«

»Wo verwahren Sie die?«, wiederholt er.

»An meinem Schlüsselbrett. Da hängen mehrere andere Schlüssel. Niemand weiß, welcher Schlüssel für welche Wohnung ist.« Plötzlich begreife ich, worauf er hinaus will. »Glauben Sie, meine *Freunde* würden hier einbrechen?«

»Sofern Sie derart vorsichtig mit dem Ihnen Anvertrauten umgehen, dürfte das nicht infrage kommen«, antwortet er kryptisch. Er reicht mir den Schlüsselbund zurück.

»Nehmen Sie die Masken von der Wand, während Sie sie abstauben?«

»Nein, nie! Ich habe die Anweisung, sie nicht anzurühren. Ich darf im Arbeitszimmer bloß saugen, sonst nichts. Schreibtisch, Wände, alles tabu! Ich wusste nicht, dass ein Safe hinter der Maske war. Wenn ich was daraus hätte klauen wollen, warum hätte ich dazu so ein Durcheinander machen sollen?«

Wieder lächelt der Polizist dünn. »Niemand verdächtigt Sie, Frau Petersen.«

So? Habe ich eben etwas missverstanden?

Ich sehe zur Decke, von wo Frau Rs gleichmäßig höfliche Stimme herunterrieselt. Niemand? Sollte Frau R so rechnen wie der Falkner, würde ich nicht drauf wetten.

Wieso ist sie nicht aufgebrachter, frage ich mich plötzlich, wie kann sie derart gelassen sein?

»Sie glauben, Frau Rauschenbach verdächtigt Sie?« Diesem Kerl entgeht nichts, verdammt.

»Sie ist eine misstrauische Person«, antworte ich vorsichtig, »für sie wäre es die einfachste Lösung.«

»Davon hätte sie nicht viel, schlussendlich möchte sie den Einbrecher gefasst wissen.«

Er sieht mich nachdenklich an. »Hat Herr Rauschenbach einen feststehenden Computer im Büro?«

»Nein, nur einen Laptop, den nimmt er mit, wenn er woanders arbeitet. Den habe ich noch nie herumliegen sehen.«

»Woher wissen Sie dann von dem Laptop?«

»Manchmal arbeitet Herr Rauschenbach von hier aus, dann steht das Gerät auf seinem Schreibtisch.«

Der junge Mann an der Tür grunzt etwas, zeigt mit dem Finger auf den Boden. Wir treten beide einen Schritt zurück, um zu sehen, was er meint. Oh, ja, unter einem Stuhl liegt ein Zettel. Der Kommissar beugt sich vor, liest die Notiz. Eine von Frau Rs freundlichen Erinnerungen, vermute ich, denn ihre Zurechtweisungen in Form von Zetteln auf dem Tisch gehören genauso zum Putzen wie der Umschlag mit dem Geld. He, wo ist der? Hat der Einbrecher den mitgehen lassen? Ach da, auf der Arbeitsplatte, wie üblich. Einen Moment überlege ich, ob ich die Knete mitnehmen darf, obwohl es heute bestimmt nichts wird mit dem Putzen. Ich bin ja nicht zum Spaß hier.

»Das ist wohl für Sie«, erklärt der Polizist. Ich bücke mich, will das Blatt aufheben, da greift er meinen Arm, zieht mich zurück.

»Halt. Fassen Sie nichts an.«

Frau Rs große geschwungene Handschrift ist auch im Stehen gut zu lesen. »Der Wasserkocher steht am rechten Rand der Arbeitsplatte, nicht mittig!«, lese ich, »rechten« dick unterstrichen. Schamröte steigt mir ins Gesicht. Muss sie mich vor diesem Polizisten so bloßstellen? He, Dörthe, sie konnte ja nichts von ihm wissen.

»Wo liegt so ein Zettel üblicherweise?«, fragt der Beamte völlig ungerührt.

»Auf dem Tisch oder der Arbeitsplatte.«

Er nickt, geht mit einem schnellen Schritt zur geschlossenen Verandatür. Ich weiß nicht, was er da sieht, auf jeden Fall brummt er zufrieden. Sein Assistent tritt näher, fummelt mit einem Gegenstand am Griff herum, genau erkennen kann ich es nicht, aber die Tür schwingt ganz leicht auf.

»Ist die normalerweise abgeschlossen?«, fragt dieser Falkner. Ich wette, seine Kollegen nennen ihn »Falke«.

»Ja. Der Schlüssel hängt an dem kleinen Nagel.« Ich muss es ihm zeigen. Er spricht leise mit seinem Mitarbeiter. Der nickt und geht aus dem Raum.

Wieder überlegt der Polizist eine Weile. Dann sagt er: »Das mit dem Schuh, bitte erklären Sie mir das einmal genau.« Aufmerksam hört er zu. Wir gehen in den Flur, wo der Turnschuh noch immer einsam herumliegt.

»Wo ist der zweite?«, fragt der Polizist.

»Keine Ahnung, ich hatte vor, ihn zu suchen, dazu bin ich allerdings nicht mehr gekommen.«

»Ist das üblich, dass einzelne Schuhe herumliegen?«

»Nun ja. Sehr ordentlich ist es hier selten, aber dass der andere nicht zu finden war, hat mich allerdings gewundert.« Automatisch öffne ich den Schuhschrank: »Hebbes!« Ich ziehe den Vermissten heraus.

Der Beamte pfeift kurz, ruft nach oben: »Bitte den Schuhschrank auf Fingerabdrücke überprüfen!«

»Mook we«, kommt die Antwort von oben.

»Ihre Abdrücke brauchen wir auch, Frau Petersen, damit wir sie aussondern können.«

Aussondern, natürlich, denke ich misstrauisch. So lange ich nicht beweisen kann, wo ich zwischen elf und halb zwölf war, bleibe ich eine Verdächtige. Ich habe niemanden getroffen, ich habe einfach gebummelt, Himmel noch mal. Wer denkt denn daran, dass er ein Alibi braucht! Das kann ich definitiv nicht liefern. Zwar ist der Falke nicht mehr darauf eingegangen, aber das war auch nicht nötig.

Wie ein Angelhaken hat sich die Angst in mir festgesetzt, zieht meinen Magen zusammen. Der kann so nett sein, wie er will, ich weiß, ich bin noch lange nicht von der Leine.

So kaputt ich auch bin, ich muss unbedingt zum Mini-Shop. Ich brauche Klopapier, nützt alles nichts. Ich laufe zügig durch den Laden, nicht groß aufhalten, gleich wieder raus. Och nee, wieder so eine alte Schachtel vor mir an der Kasse. Kann die nicht schneller machen? Jetzt kramt sie in ihrer Geldbörse nach den blöden Cent für ihr Hundefutter. Ich will nach Hause, ich bin müde. Ich stöhne laut. Soll sie ruhig merken, dass sie nervt. Da dreht sie sich um. Guckt mich freundlich an und fragt: »Warum so hektisch? Müssen Sie zu Ihrem Meditationskurs?«

Ups! »Nee, aufs Klo«, erkläre ich geistesgegenwärtig mit einem schnellen Blick auf mein Klopapier. Einen Moment schauen wir uns wortlos an, da fängt sie an zu kichern. Die Kassiererin grinst verhalten, reicht ihr das Wechselgeld.

»Tschüss, Frau Friese«, nickt sie der Alten hinterher. Als ich rauskomme, bindet sie gerade eine schwarze Promenadenmischung los, die sofort an der Leine zieht.

»Entschuldigung«, sage ich beim Vorbeigehen. Sie schaut mich erstaunt an, lächelt.

»Da nich für.« Sie will sich abwenden, dreht sich noch einmal um. »Übersehen Sie die Alten nicht. In zehn Jahren stehen Sie genau so da, vergessen Sie das nie.«

Sehe ich so alt aus, denke ich entsetzt. Muss wohl, denn gefühlt bin ich neunzig.

Plötzlich bleibe ich mitten auf dem Fußweg stehen. Habe ich eigentlich den Umschlag mit dem Putzgeld mitgenommen? Nein, vergessen.

Dörthe, so kommst du nie auf einen grünen Zweig.

FÜNF

Ich sitze bei meiner Nachbarin Annie Gallart auf dem Sofa und starre in den Vorgarten, die grauen Wolken drücken zusätzlich auf mein Gemüt. Die Sonne ist längst wieder verschwunden. Annie schenkt mir eine Tasse Kräutertee ein, ihr Rezept gegen jede Art von Unbill.

»Hast du in letzter Zeit Besuch von Marlies gehabt? Hast du ihr gegenüber von deinen Putzstellen gesprochen?«, fragt sie betont harmlos.

»Wieso? Warum fragst du?«

Alle Alarmglocken klingeln, ich bin sofort ganz wach. Marlies nennt sie bloß die *Galle*. So viel zu deren Beziehung. Als ob Annie nicht wüsste, wie oft Marlies mich besucht. Ich wette, sie steht die meiste Zeit am Fenster, um nichts zu verpassen.

»Weil sie, wie ich dir bereits mehr als einmal gesagt habe, nun ja ... äh, dunkle Flecken in ihrer Vergangenheit hat. Sehr dunkle. Du solltest vorsichtig sein.«

Nebulöse Anspielungen wie diese hat Annie immer mal wieder eingestreut. Ich will das jetzt ein für alle Mal vom Tisch haben. »Was meinst du mit ›dunklen Flecken‹?«, frage ich. »Wir alle haben Sachen gemacht, die wir nicht an die große Glocke hängen würden. Hör bitte auf mit diesen dümmlichen Andeutungen und rede Klartext: Was hat Marlies getan?«

»Sie ist kriminell. Sie hat gesessen. Lange. Angeblich ist sie nur wegen guter Führung schon raus.« Das letzte raunt sie bedeutungsschwer. Ich soll wohl nicht denken, Marlies sei eine einfache Eierdiebin oder Schwarzfahrerin. Am liebsten würde ich ihr eine knallen. Wie kann sie meine Freundin derart anschwärzen? Ich muss an mich halten, um halbwegs ruhig zu bleiben. Wenn ich mehr erfahren will, muss ich mich beherrschen.

»Warum? Was hat sie angestellt?«

»Das, äh, weiß ich nicht. Damit geht man schließlich nicht hausieren.«

Aha. »Und du denkst, einmal kriminell, immer kriminell?«, fauche ich. »Du verdächtigst sie, mir den Schlüssel der Rs geklaut zu haben? Darauf willst du doch hinaus, verstehe ich das richtig? Spinnst du? Das ist doch ausgemachter Blödsinn! Woher sollte Marlies überhaupt wissen, welcher Schlüssel zu welcher Wohnung passt? Meinst du, ich schreibe das dran? Für wie leichtsinnig hältst du mich? *Du* weißt auch nicht, wo ich putze, oder?«

»Mit einem *bisschen* krimineller Energie dürfte es kein Problem sein, das herauszufinden«, antwortet Annie jetzt deutlich eingeschnappt. Ich muss tief Luft holen, sonst platze ich.

Ein wenig ruhiger erkläre ich: »Der Schlüssel zu Rs ist ein Sicherheitsschlüssel, den zu klauen ist Unsinn, man kann den nicht einfach nachmachen lassen. So viel zu deinem dummen Verdacht. Und weiter: War Marlies überhaupt im Knast? Woher hast du diese Information?«

»Liebe Güte, Dörthe, ereifere dich bitte nicht so. Bist du verknallt in die Frau, oder warum verteidigst du sie so vehement? Typisch verträumte Fischegeborene, du glaubst immer, dass alle Menschen gut sind.«

»Quatsch!«, unterbreche ich sie wütend, aber sie redet einfach weiter.

»Ich weiß hundertprozentig, dass sie gesessen hat, sie hat es sogar selbst einmal bei einem ... äh, Treffen zugegeben.«

»Welchem ›Treffen‹?«, frage ich misstrauisch, denn ich kenne Annies ominöse Umschreibungen, wenn sie ihre Informanten nicht verraten will, entweder, weil sie mir suspekt sind, oder, weil es gar keine Quellen gibt.

»Selbst wenn sie je verurteilt war, heißt das für dich, dass Marlies weiterhin kriminell ist? Annie, bleib bitte fair. Es käme gewaltig darauf an, warum sie was auch immer getan hätte. Hätte ich der Mutter meines Exmanns die Gurgel umgedreht, wäre ich zwar in den Knast gewandert, selbst wenn mir das ganze Dorf applaudiert hätte. Das würde mir jedoch garantiert kein zweites Mal passieren. Also, worum geht es?«

»Dörthe, bitte, sei doch nicht so aggressiv. Soweit ich weiß, war es etwas sehr Schlimmes, mehr als, äh, Ladendiebstahl oder so. Aber wie gesagt, Genaueres weiß ich nicht«, antwortet Annie schmallippig.

»Redest du von Mord?« Ich würde gerne lachen. Marlies und Mord, das passt zusammen wie –, äh, wie Frau R und ein großzügiges Weihnachtsgeschenk. Na gut, blödes Beispiel.

»Das weiß ich nicht, wie gesagt.«

»Annie, das ist absurd. Ich kenne Marlies seit Jahren. Außerdem, ist man nicht ein für alle Mal kuriert, wenn man den Knast hinter sich gelassen und sich ein halbwegs normales Leben aufgebaut hat? Lohnt es sich, das alles wieder zu riskieren durch einen Einbruch?«

»Kommt drauf an, was gestohlen wurde, nicht wahr?« Arrogant zieht Annie die Augenbrauen hoch. Dieses Gesicht macht mich jedes Mal wütend. Dieses »Ich kenne die Welt, du armes Fischlein, denn ich bin Sternzeichen Jungfrau, wir stehen mit beiden Beinen im Leben und zeigen dir, was Realität ist«. Dabei ist sie mit ihrer ganzen Astrologiegläubigkeit weiter von jeder Realität entfernt, als ich es mit meinem Sternzeichen je sein werde. Ich hasse diese Überheblichkeit, ich weiß gar nicht, warum ich hier in ihrer Küche sitze. Ich hätte ihr nichts erzählen sollen eben vor der Haustür. Ach verdammt, ich war so voll von dem Ganzen, ich musste es doch irgendwie loswerden. Ausgerechnet Annie, die Vielschwätzerin unter meinen Bekannten, musste mir über den Weg laufen. Sie ist meine direkte Nachbarin, ich möchte sie ungern verprellen. Als Frührentnerin hat sie immer Zeit für mich. Als ich gerade frisch eingezogen war und kaum Nachbarn kannte, schaute sie nach meiner Wohnung, während ich im Urlaub war. Heute frage ich lieber andere Leute. Denn ich bin nicht sicher, ob sie mir aushilft, weil sie im Grunde eine herzensgute Frau ist oder einfach nur neugierig. Dazu noch ziemlich dominant, nach meinem Geschmack viel zu gesprächig. Sie war früher Sekretärin, glaube ich, die können mit Leuten umgehen. Aber auf Marlies ist Annie ganz schlecht zu sprechen. Ob sie sich mal in die Quere gekommen sind? Mir gegenüber schweigen beide sich aus.

In der Zwischenzeit hat Annie unbeirrt weiter geplappert. Irgendetwas habe ich offensichtlich verpasst, sie schaut aufmerksam zu mir herüber. Ups, ich sollte wenigstens so tun, als würde ich zuhören. Sie atmet durch und erklärt langsam: »Nach dem, was du erzählt hast, geht es ja weniger um Gemälde oder die von dir oft zitierte Ming-Vase.« Sie lacht wissend. »Wenn Ordner und Papiere auf dem Boden lagen, geht es genau darum: um Papiere. Klingt banal, aber muss wohl so sein. Vielleicht ein Testament oder Wertpapiere oder Vergleichbares?«

Gar nicht dumm. Ach komm, darauf wärst du genauso gut alleine gekommen, wenn du erst wieder im vollwertigen Besitz deiner Verstandeskräfte gewesen wärst.

»Für ein Testament sind die noch zu jung. Also gut, sie werden eines gemacht haben, sicherlich gibt es was zu holen, aber die rechnen bestimmt nicht mit ihrem baldigen Tod.«

»Es sei denn, jemand will nachhelfen.«

»Annie, spinnst du? Das war ein Einbruch, kein Mord.«

SECHS

Ich mache mir ein sehr spätes Mittagessen. Eigentlich ist es ein frühes Abendessen, aber heute stimmt sowieso nichts. Ein Chaostag erster Ordnung. Ich hätte Annie fragen sollen, ob das schon in meinem Tageshoroskop zu lesen war. Allerdings kann sie ziemlich ungehalten werden, wenn ich sie mit ihrer Lieblingsbeschäftigung auf den Arm nehme. Manchmal gefällt es mir sogar, wenn alles anders kommt, als ich es dachte. Dieser Einbruch hat allerdings etwas Bedrohliches. Etwas, das noch nicht ausgestanden ist. Der prüfende Blick des Falken verfolgt mich bis in meine Küche.

Lass gut sein, Dörthe, tu die Nudeln ins Wasser, es kocht.

Das Telefon klingelt. Ach nee, was denn jetzt noch? Rufnummer unterdrückt. Kann jeder sein, vielleicht wieder wer, der mir vorgaukelt, ich hätte einen BMW gewonnen. Prima. Nur schade, dass ich nirgendwo spiele. Geh ran, Dörthe, womöglich ist es wichtig.

»Rauschenbach«, meldet sich eine melodiöse Stimme. Frau R? Was will die denn? »Frau Petersen, wir haben uns heute Mittag gar nicht mehr sprechen können. Zum Putzen sind Sie auch nicht gekommen.« Sie lacht heiter. Ich halte die Luft an. Was kommt nun?

»Das kann ich Ihnen allerdings nicht übel nehmen, die Polizei war bis in den Nachmittag hinein hier beschäftigt. Ich möchte Sie bitten, morgen Vormittag das Versäumte nachzuholen. Einmal in der Woche sollte gründlich geputzt werden, ich komme nicht dazu. Wir erwarten zudem am Abend Gäste. Wichtige Gäste. Sie werden verstehen, dass ich sie gern in einer ansprechenden Wohnung empfangen möchte. Sie müssen schon Ihr Bestes geben. Ich denke, eine, äh, zusätzliche kleine Aufmerksamkeit meinerseits wäre angemessen. Wann kann ich mit Ihnen rechnen?«

Gar nicht!, möchte ich fauchen. Wie selbstverständlich verfügt sie über mich? Mittwochs und donnerstags gebe ich Kurse bei der Volkshochschule.

»Ich kann morgen früh erst ab elf«, höre ich mich fast unterwürfig antworten.

»Wunderbar, Frau Petersen, morgen um elf«, gurrt sie und legt auf.

Dörthe! Du frisst der dummen Kuh aus der Hand, wie macht sie das? Nein, es ist nicht das

Geld allein, auch nicht, dass sie ausnahmsweise ausgesprochen freundlich gefragt – oder eher: befohlen – hat, nicht einmal die angekündigte »Aufmerksamkeit« lockt mich. Vielleicht legt sie 'nen Fünfer drauf. Wäre ihre Art von Angemessenheit.

Es ist etwas anderes. Diese Frau ist eine geborene Herrscherin. Ein antiquiertes Wort, aber ich finde, es gibt kein passenderes. Darum habe ich sie gleich zu Beginn instinktiv »Ihro Ladyschaft« getauft. Ich kenne das von mir, dass ich angesichts von so selbstverständlicher Autorität leicht einknicke. Und mich direkt danach schwarz und grün ärgere. Natürlich hatte ich den Tag anders verplant. Trotzdem werde ich morgen früh bei Rauschenbachs auf der Matte stehen und »mein Bestes geben«. Kein Atelier morgen, kein neues Bild. Putzen bei Rauschenbachs, morgen um elf. Deine Dummheit. Zum Glück haben Gäste nicht die Angewohnheit, unterm Teppich nach Schmutz zu suchen oder hinter den Heizkörpern. Zumindest nicht die wichtigen Gäste. Es sei denn, ihre Schwiegermutter kommt, die könnte allerdings zu solchen Taten in der Lage sein.

Dörthe, spinn nicht rum, du kennst die doch gar nicht. Außerdem sind Schwiegermutterwitze frauenfeindlich. Lass das nicht deine Freundinnen hören.

Pah! Denen erzähle ich was von Onnos Mutter, da bleibt jeder Frau der Feminismus im Halse stecken. *Sie* hat unsere Ehe zerstört, nicht Onno. Na gut, er hat sie machen lassen, hat sich geweigert, ihr den Hausschlüssel wegzunehmen, weil: Es könnte ja mal was sein! Ich schnaube wütend. Immer noch stößt es mir sauer auf bei der Erinnerung. Dabei ist das Ganze eine Ewigkeit her. Aber die Wut ist noch frisch. Wenn ich was nicht riechen kann, dann Menschen, die ungefragt zu jeder gotteslästerlichen Zeit in der Tür stehen und genauso ungefragt ihre guten Ratschläge abgeben. Ratschläge, die, wenn überhaupt, 1878 gültig waren, aber nicht mehr 1978. Damals haben wir geheiratet, Onno und ich, im tiefsten Ostfriesland, wo sich Fuchs und Hase Gute Nacht sagen. Geheiratet in den wilden Zeiten, während um uns herum alle der Ansicht waren, Gruppensex sei die Lösung aller Probleme.

Lass die alten Geschichten, Dörthe, was ist heute los mit dir? Erst fallen dir alte Schulgeschichten ein, jetzt dein Ex. Kommt das von diesem Einbruch? Hat der irgendwie an meinem Langzeitgedächtnis rumgepfuscht? Trage ich etwa ein unerkanntes Einbruchstrauma mit mir herum? Frühkindlich, versteht sich.

Ich schüttele wild den Kopf, als könne ich auf die Weise den alten Mist loswerden. Ein irres Kichern steigt in mir auf. Spinn nicht rum, Dörthe! Am liebsten würde ich laut schreien, aber dann steht garantiert Annie wieder vor der Tür. Es ist eben alles viel zu hellhörig hier.

Ich lehne mich gegen die Spüle, schließe fest die Augen und atme bewusst ein und aus, immer wieder ein und aus, bis sich das Durcheinander in meinem Kopf ein wenig gelegt hat. Wieso malst du gleich den Teufel an die Wand? Putzen bei Rs dauert nicht den ganzen Tag. Frau R bezahlt zwei Stunden. Also putze ich zwei Stunden. Es bleibt genug Zeit für deine eigenen Pläne, warum lässt du dich von dieser Frau derart ins Bockshorn jagen?

Nachdenklich sehe ich den Nudeln beim Kochen zu. Zwei Gedanken streiten um die Vorherrschaft in meinem Kopf, als ich mich endlich an die Nudelsoße aus der Packung mache. Frau R hat mich demnach nicht im Verdacht, sie möchte sogar, dass ich weiterhin komme. Das hatte ich nicht erwartet. Zugleich versuche ich zu ergründen, worin die Macht liegt, die sie über mich hat. Natürlich finde ich darauf keine Antwort, vielleicht sollte ich eine Therapeutin aufsuchen. Die würde nicht allein das Einbruchstrauma, sondern dazu einen Autoritätskonflikt, im Zweifel einen Mutterkomplex feststellen. Nun muss ich laut lachen. »Hoffentlich haben sie wenigstens das Arbeitszimmer aufgeräumt«, erkläre ich dem Weihnachtskaktus, mit dem ich mich ab und zu in Ermangelung eines Haustiers unterhalte.

Das Essen belebt mich. In Gedanken liste ich auf, was mir unklar ist: Was hat der Einbrecher gesucht? Etwas Schriftliches, da wird Annie recht haben. Hat er es gefunden? Wie soll man das beantworten können bei dem ganzen Durcheinander? Frau R wird es bestimmt wissen, es wird sich schließlich kaum um die letzte Abrechnung der Gaswerke handeln. Annie. Ich hätte ihr vorhin zuhören sollen. Was hat sie noch alles gesagt?

Egal. Weiter: Warum hat sich der Kriminalmensch so für den Schuh interessiert? Schien ihm wichtig zu sein.

Mir rutschen die Nudeln von der Gabel. He, *sollte* der vor der Tür liegen? Als eine Art Türstopper? Damit dem Eindringling Zeit blieb abzuhauen? Wie lange habe ich an der Tür herumgefummelt, bis ich eintreten konnte? Pfiffig, muss ich zugeben, *ich* habe das nicht begriffen.

Aber dann ... Aber dann war der Einbrecher noch im Haus, als ich kam! Der hätte doch sonst den Schuh wieder zurückgelegt.

Warum, Dörthe? Um aufzuräumen? Ich lache prustend los. Aufräumen! Wie im Arbeitszimmer?

Langsam, Dörthe, langsam. Es war still, ich hätte garantiert gehört, wenn jemand im Haus gewesen wäre. Dieser Jemand hätte durch den Flur gehen müssen. Vom ersten Stock runterspringen, das ist zu hoch. Ich war zwar minutenlang an der Tür beschäftigt, aber sie war immerhin die ganze Zeit einen guten Spalt offen. Ein Mensch, der den Flur betreten hätte, wäre mir nicht entgangen. Also doch nicht so pfiffig, diese Idee. Also doch ein Zufall, dass dieser Schuh unter die Tür geraten ist? So komme ich nicht weiter. Außerdem, warum ist das wichtig? Weil, weil ... Ja, weil es beweist, dass der Täter nicht durch die Wohnungstür entkommen ist. Tolle Erkenntnis, Frau Detektivin. Wie also? Wahrscheinlich über die Veranda. Darum war die Tür auch nicht mehr abgeschlossen. Nur, woher wusste der Einbrecher von dem Schlüssel? Denn den hat selbst der Falke nicht bemerkt.

Ich stöhne laut auf. Oh Mann, wie machen die Kriminalisten das, dass sie aus so einem Detail eine ganze Spur lesen können?

Die lernen das oder die tun bloß so, als wüssten sie etwas. Du bist Künstlerin, keine Polizistin. Darum ist es nicht deine Aufgabe, dieses Rätsel zu lösen. Iss die Nudeln auf, sie werden kalt.

SIEBEN

Ein bisschen mulmig ist mir allerdings, als ich am nächsten Morgen die lange Auffahrt zu Rauschenbachs hochgehe. Wenigstens hat nichts in der Zeitung gestanden, war bestimmt zu unspektakulär. Demnach werden meine anderen Arbeitgeberinnen nichts erfahren. Habe ich mir wieder zu früh ins Hemd gemacht. Warum rechne ich nur immer gleich mit dem Schlimmsten? Allmählich müsste ich doch gelernt haben, dass nichts so heiß gegessen wird wie gekocht. Keiner nimmt mir meinen Job weg, nicht mal die Rs. Das Jobcenter kann warten.

Trotzdem beschleicht mich Unwohlsein. Was mich wohl heute erwartet? Unwillkürlich sehe ich mich um, die Nachbargrundstücke sind durch die Sträucher schlecht einsehbar. Wie gut könnte da einer stehen und mich beobachten. Vielleicht hat das in der letzten Zeit jemand getan, um sicherzugehen, dass ich ihm – oder ihr, Dörthe – nicht in die Quere komme. Ich ziehe die Schultern hoch. Ach was, selbst, wenn es so war, warum sollte dieser Jemand *heute* da stehen, so dumm kann kein Einbrecher sein, der einmal glücklich entkommen ist. Es sei denn, er hat nicht gefunden, was er suchte.

Frau R scheint zu Hause zu sein, ihr Wagen steht vor der offenen Garage. Darum klingele ich lieber. Fast augenblicklich öffnet sie mir. Sie ist bereits im Mantel, hat es wohl eilig, aus dem Haus zu kommen, aber sie lächelt freundlich. Könnte sogar echt gemeint sein. Schau an.

»Schön, Frau Petersen, dass Sie sich freimachen konnten, es ist mir wirklich sehr wichtig, sehen Sie. Heute Abend kommen Kollegen von meinem Mann zu einem Geschäftsessen. Das macht mich, äh, ja, ein wenig nervös. Er ist sehr anspruchsvoll ... wenn Sie verstehen.« Sie sieht einen Moment gar nicht mehr ladylike aus, eher wie eine simple, verärgerte Frau Rauschenbach. Doch dann ist der Moment vorbei, ganz geschäftsmäßig freundlich fährt sie fort: »Darum putzen Sie ausnahmsweise heute zusätzlich das Fenster im Esszimmer. Ich berechne Ihnen entsprechend zweieinhalb Stunden. Also bitte, geben Sie Ihr Bestes!«

Ich lächele zurück, kostet mich nichts. »Mache ich, Frau Rauschenbach«, versichere ich. »Wissen Sie denn inzwischen, was die Einbrecher gesucht haben?«

»Nein. Ich vermisse nichts. Auch keine Wertgegenstände, das ist das Erstaunliche. Es gibt einiges zu holen, wie Sie wissen. All die wertvollen afrikanischen Trophäen im Arbeitszimmer ... Äh ... Meine Fotos sind Gott sei Dank unangetastet ...« Ihre Stimme verliert sich, sie sieht mit leerem Blick die Treppe hinauf, ihre Gedanken mögen weiß ich wo sein. Aber schnell wendet sie sich mir wieder zu.

»Frau Petersen, ich lasse Sie alleine, ich habe noch einiges zu erledigen. Ihr Geld.« Sie reicht mir einen Briefumschlag, greift nach ihrer Handtasche, nickt kurz zum Abschied und rauscht hinaus, jetzt wieder ganz die Chefin.

Ich kann es mir nicht verkneifen, erst einmal die Treppe hoch zu schnaufen und ins Arbeitszimmer zu gucken. Alles picobello aufgeräumt, alles an seinem Platz. Was hast du erwartet, Dörthe? Ich zucke die Achseln und mache mich an die Arbeit. Am Anfang bin ich ungewohnt nervös, angespannt, lausche ständig auf Geräusche im und um das Haus. Es dauert eine Weile, bis ich meine Ruhe wiedergefunden habe. Irgendwann übernimmt die Routine, ich mache selbst viel zu viel Lärm, um einen möglichen Eindringling zu hören. Wenn er nicht dümmer ist als Bohnenstroh, verscheucht mein Gerödel ihn sowieso.

So, habe ich alles? Ich sehe mich um. Ach je, das Fenster muss ich putzen, hätte ich fast vergessen. Ich schnaufe gereizt. Was noch alles, Ihro Ladyschaft? Und nur das Fenster im Esszimmer? Sonst darf es aussehen wie Hund?

He Dörthe, sei froh. Willst du etwa alle Fenster putzen? Weißt du, wie viele das sind? Wäre ja noch schöner. Ich würde den ganzen Tag brauchen. Wie überaus großzügig von der R, mir ganze dreißig Minuten dafür zu berechnen. Dürfte knapp werden, meine Liebe, darum: klotz ran.

Unsanft knalle ich den Wassereimer vor der riesigen Scheibe auf den Boden. Langsam, sonst schwappt es über, und du kannst auch noch den Boden feudeln. Sehnsüchtig schaue ich hinaus. Jetzt ein Spaziergang an der Weser! Es weht gerade so schön.

Da fällt mir eine Person ins Auge, die in der Auffahrt steht und sehr neugierig herüberschaut. Nanu? Ein junger Mann im Werder-Trikot. Ist heute Fußball? Mitten in der Woche? Kann sein, man verliert den Überblick. Als der Mann mich bemerkt, wendet er sich schnell ab und geht auf die Straße zurück. Die Nummer »*22*« prangt groß auf seinem Rücken. Misstrauisch sehe ich ihm nach. Was hat der hier zu glotzen?

Vielleicht ein Fan, der wildpissen will. Die bepinkeln gern die Hecken rings ums Stadion herum. Markieren nennt man das bei Hunden. Gut, dass ich *dafür* nicht zuständig bin, das würde der R gefallen.

Endlich bin ich fertig. Was hat die gute Frau R denn ins Tütchen getan? Zweieinhalb Stunden Lohn und die versprochene Aufmerksamkeit, müssten also *mindestens* dreißig Euro sein. Es sind genau dreißig Euro. Wütend knalle ich die Haustür zu. Warum ärgern, Dörthe? Du weißt, sie ist geizig, warum erwartest du von ihr, dass sie sich ändert? Wahrscheinlich hat Annie recht, und ich wünsche mir von Menschen Anstand oder Respekt. Ich glaube nicht, dass das etwas mit einem Sternzeichen zu tun hat. Mehr mit dem altmodischen Spruch: Was du nicht willst ...

Achselzuckend schließe ich ab. Drehe den Schlüssel zweimal um, sicher ist sicher. Ob der Junge wirklich bloß pinkeln wollte?

Ich sehe mich unauffällig um, während ich die Tür zum Windfang zuziehe. Rauschenbachs sollten auch hier abschließen, überlege ich kurz. Wenn man erst im Windfang ist, kann man in aller Seelenruhe an der Haustür herumfummeln, da sieht einen keiner.

Nicht dein Bier, Dörthe. Müde trete ich auf den Osterdeich. Putzen ist ganz schön anstrengend, denke ich zum wiederholten Mal.

Ich muss mich an einem schwarzen Kombi vorbei quetschen, der ziemlich unverschämt und mit laufendem Motor am Straßenrand parkt. Stinkstiefel! Keine Chance für einen Kinderwagen oder Rollstuhl. Ein junger Mann sitzt am Steuer, kaut Kaugummi. Ob ich etwas sagen soll? Ich gucke genauer hin. He, das ist ja der Kerl im Werder-Trikot. »*Frings*« lese ich über der 22. Nicht mehr das neueste Modell, wenigstens hat er sich einen feinen Kerl als Helden ausgesucht. Sollte er sich mal eine Scheibe von abschneiden.

Was macht der Bengel hier? Will der etwa ins Haus?

Da wirft er mir einen vollkommen leeren Blick zu und fährt los. Unwillkürlich bleibe ich stehen, erfasse gerade eben das Nummernschild, HB-FI-365, speichere es in meinem Gedächtnis ab. Dieser Blick war zu gelangweilt, um echt zu sein, der Kerl hat auf mich gewartet.

Blödsinn, Dörthe, dann wäre er nun nicht weggefahren. Jetzt ist die Villa doch leer.

Ich bin schon in der Nebenstraße, da bleibe ich stocksteif stehen.

Mein Smartphone! Ich greife in die Tasche. Weg. Habe ich es verloren? Nein, warte, vorhin kam diese Nachricht von der VHS-Kollegin, die sofort eine Antwort wollte. Warte, was hast du danach mit dem Handy gemacht?

Ehe ich zu Ende gedacht habe, mache ich auf dem Absatz kehrt, laufe zurück. Es muss bei Rs im Schlafzimmer liegen. Ausgerechnet. Hoffentlich ist Frau R noch bei der Arbeit. Ich muss ihr wirklich nicht begegnen, während ich mich im Schlafzimmer ihres Mannes aufhalte. Dörthe, du Huhn, rede keinen Mist. Der R ist auf Dienstreise, schon vergessen? Außerdem, der R interessiert sich für mich keinen Deut, ich bin doch nur die Putze. Was geht dir denn für ein Zeug durch den Kopf heute? Muss Marlies sein, die hat mich wohl angesteckt mit ihrer Affäre. Kein Auto zu sehen, die Villa ist leer. Ich werfe einen schnellen Blick in die Küche, ins Bad, ins Esszimmer, wo ich das Fenster geputzt habe, man kann ja nie wissen, aber nein, nirgendwo ein Smartphone. Also doch im Schlafzimmer. Warte, ich habe mich wegen der Masken länger im Arbeitszimmer umgesehen, ist es vielleicht hier? Warum so hektisch? Du tust doch nichts Unrechtes. Selbst wenn Frau R ausgerechnet jetzt zur Tür reinkäme, könntest du ihr das Ganze wohl erklären. Trotzdem fühle ich mich wie eine Einbrecherin. Wie ertappt werfe ich einen Blick in den Vorgarten.

Da! Der *Frings*! Der Junge mit dem Werder-Trikot!

Er kommt mit schnellem Schritt auf das Haus zu, ist fast an der Tür. Was hat er in der Hand? Papiere? Briefe. Er schlägt sie rhythmisch gegen seinen Oberschenkel. Normale Briefe. Herrje, will der hereinkommen? Einbrechen? Schon wieder? Dem möchte ich nicht begegnen.

Was mache ich? Wohin?

Das Schlafzimmer! Schnell! Wenn es um Papiere geht, wird er *hier* kaum reinkommen. Dann bete mal, Dörthe, Einbrecher lassen kein Zimmer aus! Ich höre schon, wie unten die Wohnungstür geöffnet wird. Der Bengel hat einen Schlüssel! Wie kann das angehen?

Ich ziehe die Tür zum Arbeitszimmer nicht ganz zu. Ich muss rauslinsen können.

Er wird hier raufkommen! Bist du verrückt, er wird dich entdecken!

Ich muss sehen, was der Kerl macht. Unerträglich, nur zu warten! Ich halte den Atem an. Nicht bewegen, Dörthe, womöglich knarrt der Fußboden!

Er kommt tatsächlich hoch! Hilfe!

Sei realistisch. Das ist kein Einbrecher, sonst hätte er keinen Schlüssel. Er *bringt* Briefe, die gehören auf den Schreibtisch des Großen R. Wahrscheinlich ist er ganz einfach ein Bote, der etwas abzuliefern hat. Der guckt nicht ins Schlafzimmer.

Durch den Türspalt sehe ich ihn eintreten, er schaut sich nicht um, geht zielstrebig in den Raum hinein. Ja, jetzt wird er die Papiere auf den Tisch legen und gehen, dann bist du gerettet. Aber nein, er geht am Schreibtisch vorbei. Sehen kann ich ihn nicht mehr. Nur hören. Etwas klappert, eine Maske? Etwas klirrt leise wie Metall. Der Safe? Wieder Stille.

Da hämmert plötzlich eine irre Musik los. Mir fährt der Schreck in alle Glieder, nur mit Mühe unterdrücke ich einen Schrei. Und wieder!

»Jaa?«, höre ich seine gelangweilte Stimme. Meine Güte, sein Handy! Was ist das für ein fürchterlicher Klingelton! Der weckt ja Tote wieder auf. Ich atme ganz leise aus. »Nee, Mama, ich bin gerade erst reingekommen. ... Nee, die Putze war die ganze Zeit hier. ... Weiß ich doch nicht. Aber gestern konnte sie ja schlecht putzen.« Er lacht hämisch, hantiert mit irgendwas herum, es klirrt wieder. »Nee, die hat nichts geschnallt. Mama, ich bin vorsichtig. Der Arsch merkt nie, dass die weg waren. ... Sollen wir den Wisch reintun wegen der Nutte, mit der er rummacht? ... Für die Bullen. ... Warum später? Jetzt bin ich ... Und was für die Putze, Mama. Wegen der wäre ich beinahe rausgeflogen. ... Konnte *ich* doch nicht ahnen, dass er zu Hause war und die olle Putze gleich gefragt hat. Die verdammte Petze. Putzpetze! Hähä. ... Mama. Das lasse ich nicht mit mir machen. Die kriegt ihr Fett weg. ... Ja, ja, bis gleich.« Wieder klappert es draußen, der Junge brummt: »Warum später? Der Blödmann guckt garantiert nie hier rein.« Er murmelt etwas Unverständliches.

Mir brennen die Augen, so intensiv starre ich durch den Türspalt. Mein Kopf dröhnt. Atmen, Dörthe!

Schritte. Geht er? Kommt er gucken? Ich sehe den grün-weißen Rücken, *Frings 22*. Er trampelt ungerührt die Treppe hinunter, gibt sich keine Mühe, leise zu sein.

Ich bin schweißnass, schnappe nach Luft. Wahrscheinlich habe ich einen knallroten Kopf. Weg hier, Dörthe. Halt, verdammt, das Handy! Da liegt es, unschuldig, auf dem Nachttisch vom Großen R. Ich breche in hysterisches Lachen aus, na, na, Dörthe! Frau R wird das bestimmt nicht unschuldig finden. Ich werfe nur einen nervösen Blick durchs Arbeitszimmer, ob ich die Briefe irgendwo liegen sehe, nein, alles ist wie vorher. Selbst im Durcheinander auf dem Schreibtisch entdecke ich sie nicht. Sie müssten ja obenauf liegen.

Dörthe, spinn nicht rum, er hat die Briefe in den Safe getan, das hast du gehört. Ich mache einen schnellen Schritt auf die Maske zu. Da schreit mich meine innere Stimme an: Bist du verrückt? Lass die Finger davon! Bis jetzt ist es gut gegangen, hau ab hier! Warum?, jammere ich. Ich darf doch hier sein. Nein, nicht um die Uhrzeit und nicht, wenn hier gerade mysteriöse Dinge geschehen sind. Es geht dich nichts an, was der Junge hier gemacht hat. Lass die Finger von dem Safe!

Aber es geht auch um mich, die, äh, Putzpetze. Moment, Petze?

Ach nee! Dann war er der Bote, der mit irgendwelchen Plänen nicht rechtzeitig angekommen ist. *Sensible* Pläne, sagte der Große R, die dem *Frings* eine Menge Ärger eingebracht haben. Wer weiß, wohin es dich führt, wenn du hier herumschnüffelst. Verschwinde hier, aber schnell!

Eben will ich auf den Fußweg treten, da erstarre ich.

Der schwarze Kombi! Er steht gegenüber auf dem Parkstreifen, bloß ein paar Meter weit entfernt. Eine Frau beugt sich gerade zum Fahrer in Grün-Weiß herunter. Der merkwürdige Bote. Steht da nassforsch. Der Verkehr hat einen Moment nachgelassen, ist wohl rot an der Ampel vorne, ich kann den Mann jetzt gut erkennen, auch das HB-FI des Nummernschilds. Das ist er, hundertprozentig.

Da richtet sich die Frau auf, sieht zum Haus herüber. Frau R! Das ist Frau R! Ich halte den Atem an. Was mache ich? Was sage ich ihr, falls sie mich hier sieht? Ich müsste längst weg sein. Was hat sie mit dem Kombi zu schaffen?

Dörthe, wahrscheinlich ist das einer ihrer Angestellten, der für sie diese Briefe gebracht hat und nun mitteilt, dass alles erledigt ist. Oder ist sie etwa die Mama? Haben die Kinder? Dann ist der Große R bestimmt nicht der Vater, so wie der *Frings* vorhin geredet hat.

Geht es dich etwas an? Mach, dass du hier verschwindest. Bisher hat sie dich nicht gesehen, hau ab durch den Garten, weg hier! Der Verkehr rollt wieder, da kommt sie schlecht rüber.

Aber das macht mich erst recht verdächtig, jammert es in mir, während mich meine Beine bereits in den Garten treiben. Wie der Einbrecher, denkt es in mir. Schnell schaue ich über die Schulter zurück, keine Frau R in der Auffahrt. Geschafft. So, langsam, nicht durch den Garten rennen. Geh gemütlich, wer weiß, wer alles aus dem Fenster guckt. Der Gartenzaun ist ein bisschen höher, als es für eine über Sechzigjährige angenehm ist, aber ich bin nicht ganz unsportlich. Schwer atmend erreiche ich meine Wohnung. Gott sei Dank ist von Annie nichts zu sehen. Meine zitternden Beine schaffen es mit Mühe in den ersten Stock, auf mein Sofa.

ACHT

In meinem Kopf wirbeln Fragen über Fragen herum, die mich ganz konfus machen. In solchen Situationen brauche ich Marlies. Mit ihr kann ich so gut Argumente hin und her werfen. Bei ihr macht es nichts, wenn ich mich blöde anstelle. Außerdem habe ich seit dem Morgen nichts mehr gegessen, denn heute Mittag war mein Magen wie zugeschnürt von der ausgestandenen Aufregung.

Wir treffen uns am frühen Abend in der Pizzeria um die Ecke. »Nicht so lange, ich muss morgen früh raus.«

»Ich auch.«

Marlies sieht müde aus, vermutlich hat sie einen harten Tag beim Amt für Soziales hinter sich. Während wir auf das Essen warten, betrachte ich meine Freundin eingehend. Ich muss an Annies bösen Verdacht denken. Sieht so eine ehemalige Schwerverbrecherin aus? Sie wirkt so offen und irgendwie ... unschuldig. Das Wort verhakt sich in meinem Kopf. Nein, Annie, du tust Marlies unrecht. Keine Behörde würde sie einstellen, gerade im Sozialbereich. Oder? Ich schiebe den bösen Gedanken zur Seite. Lass gut sein, Dörthe. Es gibt Wichtigeres.

»Hör zu, Marlies, mir ist was Komisches passiert. Vielleicht kannst du mir helfen, den Krautsalat in meinem Kopf zu sortieren.«

»Sortierter Salat ist langweilig«, erklärt Marlies, lacht kurz auf, fragt: »Kennst du das Buch ›Kunst aufräumen‹? Da sieht man, was man mit Ordnung anrichten kann.«

Ja, kenne ich, will ich antworten, aber ich mag nicht darauf eingehen. Marlies fragt nicht weiter, sie spürt wohl meinen Unmut. »Möchtest du erzählen? Soll ich die Klappe halten?«, fragt sie stattdessen.

Ich berichte in knappen Sätzen von dem Einbruch, von dem merkwürdigen Verhalten der *Nummer 22*. Das Gespräch mit Annie lasse ich wohlweislich außen vor.

»Eine Villa am Osterdeich, schau an«, murmelt sie einmal kurz, sieht mich mit schelmischem Lächeln an. Dann hört sie weiter zu.

»Du glaubst, dass der junge Mann etwas mit dem Einbruch zu tun hat, weil er das Haus beobachtet und dich betont *nicht* angesehen hat. Und später Papiere *gebracht* hat? Verstehe ich das richtig?«, fragt sie vorsichtig.

»Du meinst: Malerin, bleib bei deinen Skizzen.« Ich seufze und schüttle den Kopf. »Vielleicht hast du recht.« Das Bier kommt, wir stoßen an und trinken. Eine Weile sitzen wir in einvernehmlichem Schweigen, hängen unseren Gedanken nach. Marlies setzt mehrmals zum Reden an, lässt es aber.

Erst, als der erste Heißhunger gestillt ist, beginne ich erneut: »Moment, warte. Gesetzt den Fall, also nur mal so angenommen, der Junge wollte in die Hütte. Wenn er ein legaler Bote war, hätte er nicht warten müssen, bis ich mit Putzen fertig war. Zumal er einen Schlüssel hatte.«

»Ich finde, es liegt nahe, dass er den von dieser Frau R hat, schließlich hat er sich auf offener Straße mit ihr unterhalten. Das würde in deiner Lesart heißen, Frau R hat mit dem Einbruch zu tun. Also nicht als Opfer, sondern als Mittäterin. Klingt, äh ..., ziemlich absonderlich, finde ich.«

»Mit ›absonderlich‹ meinst du, ich habe einen Knall, stimmt's?«

»Wieso verdächtigst du diese Frau, weil sie sich mit einem Menschen unterhält, der vor ihrem Haus parkt?«

Gute Frage. Weil ich sie nicht leiden kann? Weil sie arrogant ist? Macht sie das zur Straftäterin? Wie unsinnig ist das alles! Jetzt bin ich nicht besser als Annie, die Marlies wegen ihrer angeblich kriminellen Vergangenheit verdächtigt. Vielleicht, nur vielleicht hat Annie gewichtigere Gründe als ich gegenüber Frau R.

Stopp, das nun nicht, Dörthe. Geh Annie nicht auf den Leim, eine Lüge bleibt auch beim hundertsten Mal eine Lüge. Aber sie frisst sich ein, ich merke es schon in den wenigen Minuten, dass ich Marlies anders wahrnehme. Das hemmt und erschreckt mich. Am meisten Angst habe ich, dass sie etwas merken könnte. Ist sie deswegen so angefasst, dass ich Frau R verdächtige, weil sie es kennt? Falsche Verdächtigungen. Wieder Stopp. Dörthe! Marlies ist keine andere als gestern. Aber das kleine unausgesprochene ›Oder?‹ lauert in meinem Hinterkopf.

Nachdenklich stochere ich in der Pizza herum und lenke meine Gedanken wieder auf den *Frings*. »Weil dieses Telefongespräch ganz und gar verdächtig war. Warte, ich versuche, mich genau daran zu erinnern. ... Der Junge hat gesagt, dass niemand merken würde, dass etwas weg war. ›Etwas‹ können nur die Briefe sein. Das alles klang ziemlich konspirativ. Ein normaler Bote redet nicht so.« Ich ereifere mich, je mehr Einzelheiten des Gesprächs mir einfallen. »Außerdem sagte er, dass er irgendwas für die Bullen hineinlegen wolle.«

»Wozu sollten unsere Freunde und Helfer denn gut sein?«

»Er sagte, wegen der ›Nutte, mit der er rummacht‹, also klar, dass der R eine Geliebte hat. Was mich nicht sonderlich überrascht. Egal. Die will der *Frings* auffliegen lassen. Demnach arbeitet er für die Ladyschaft, wer sonst hätte ein Interesse daran?« Ehe Marlies etwas sagen kann, haspele ich weiter: »Vor allem aber für die Putze, hat er gesagt, für *mich*, Marlies, damit ich mein Fett wegkriege. Angeblich hat er mir etwas übergeben. Sensible Pläne. Aber ich habe ihn nie zuvor gesehen. Zum Glück hat der R mir geglaubt. Ich begreife das alles nicht. Warum will mir einer was? Ich bin doch nur die Putze!«

Schon sprudelt es weiter aus mir heraus: »Wieso soll sich die Polizei überhaupt für den Inhalt des Safes interessieren? Die kommen doch nicht, weil Frau R sagt, hier ist ein Beweis für die Untreue meines Mannes. Das würden sie nicht mal beim Papst machen. Das ist albern.« Wir essen schweigend weiter.

Marlies kaut nachdenklich an ihrer Pizza herum. Irgendwann sagt sie: »Dann muss er etwas inszenieren, so was ähnliches wie den ersten Einbruch. Der scheint auf sein Konto zu gehen.«

»Nee, passt nicht, der wusste ja, dass ich dienstags putze. Da riskiert er nicht, erwischt zu werden. Der kann doch besser am Mittwoch einbrechen.«

»Nach deiner Lesart war das aber seine Absicht, um dir das Ganze in die Schuhe zu schieben.«

»He, Marlies, das ist absurd. Warum *mir*?«

Marlies nickt. »Eben. Deine Geschichte ist genau das, absurd. Kann es sein, dass du dir einfach etwas einbildest?«

»Du meinst also, an alldem ist nichts dran?«, frage ich, nun sehr verunsichert. »Alles Spinnerei?« Ich sehe mich wieder durch die Auffahrt hetzen, so hektisch über den Gartenzaun klettern, dass ich mir fast die Hose zerrissen hätte. Sei froh, wenn dich bei dieser Turnübung niemand beobachtet hat.

Marlies' Gedanken scheinen den gleichen Weg zu gehen. Sie beginnt zu kichern, prustet in ihr Glas.

»Erst verdächtigst du einen armen Werder-Fan eines Verbrechens, wobei in den Garten pissen meiner Meinung nach eines ist, obwohl offiziell eben nicht, na gut, gehört nicht hierher. Bloß, weil er dich nicht beachtet hat. Du bist nun mal nicht Pizarro. Später versteckst du dich wie ein Dieb im Schlafzimmer des Hausherren. Ausgerechnet! Wieso haben die getrennte Schlafzimmer? So gut scheint das bei denen demnach nicht zu laufen. Das allein verdient schon den Orden wider den tierischen ... du weißt schon.

Tätä muff!« Sie lacht schallend. »Damit nicht genug, träumst du dir eine Kriminalstory zusammen, weil der Bote die Briefe gleich in den Safe getan hat. Hatte er denn dazu einen Schlüssel oder die Kombination? Spricht alles weniger für eine kriminelle Handlung. Okay, er ist sauer auf dich, weil ein Trick nicht funktioniert hat. Damit ist er beim R nicht gelandet, du bist damit aus dem Schneider. Was also sorgst du dich wegen eines verärgerten Botenjungen? Oder seiner Mutter? Glaubst du, die ist eine Mafia-Mama? Am Ende schleichst du davon, als wärst *du* ein Dieb. Nee, nee, nee, Deern, was für eine intellektuelle Meisterleistung.«

Diesmal stimme ich in ihren Heiterkeitsausbruch ein.

Mit einem Mal bleibt mir das Lachen im Hals stecken. Ich fahre mir durch die Haare. Da ist etwas. Ich weiß es. Nicht mit dem Verstand. Der Mensch besteht nicht nur aus Logik, es gibt in meinem Bauch ein ungutes Zucken. Ich kenne dieses Gefühl, dieses Gespür für Unstimmiges. Ich habe gelernt, auf dieses Zucken zu hören, selbst wenn es keinen Sinn zu ergeben scheint. Ich versuche verzweifelt, dem Widerspruch auf die Spur zu kommen, den mein Unterbewusstes erfasst hat. Er liegt mir sozusagen auf der Zunge, klopft an meinen Kopf.

Marlies interpretiert mein Schweigen richtig. Sie kennt mich einfach zu gut.

»Du glaubst, an deiner Geschichte ist etwas dran. Die Welt ist verrückt genug. Möglich ist es. Was wirst du tun? Die Stelle bei R kündigen? Wenn dir die Geschichte Angst macht, ich verstehe zwar nicht, warum, wäre das allerdings zu empfehlen.«

»Kündigen? Das wäre vorschnell«, gebe ich widerwillig zu. »Gut möglich, dass sie mich sowieso rauswirft, wenn ihre wichtigen Gäste irgendwo ein Staubkorn finden.« Ich stutze. »Moment, Marlies. Eines ist allerdings komisch. Vorige Woche habe ich nämlich den Großen R beim Putzen angetroffen. Das kommt vor, wenn er von zu Hause aus arbeitet. Er macht irgendwas mit Beratung. Irgendwas mit Investment ... äh ... Kram, ich verstehe da nix von. Ich sollte vielleicht weniger erzählen, die Polizei hat mich bereits gründlich in die Mangel genommen wegen der Schlüssel.«

Marlies blickt erstaunt auf. »Wieso?«

»Äh, ja, wer alles von den Putzstellen und den Schlüsseln weiß, ob, ey, ehrlich, Marlies, ob ich euch den Schlüssel zeige und sage, da und da könnt ihr damit ... Du verstehst?« Mist, warum spreche ich das jetzt an? Fühlt sie sich angegriffen?

Aber sie schüttelt nur ungläubig den Kopf. »So müssen die wohl denken, Berufskrankheit.«

»Egal«, rede ich schnell weiter, weg von diesem Thema. »Der R ist nicht so zugeknöpft wie seine Frau. Darum weiß ich auch, dass er diese ganze Woche auf Dienstreise ist. Frau R sagte aber ständig ›*wir* kriegen Gäste‹ und ›Kollegen meines Mannes‹.«

Wir gucken schweigend auf unsere leeren Teller. Hat das nun etwas zu bedeuten?

»Dienstreisen kann man abbrechen«, mutmaßt Marlies. »Vielleicht ist dieses Gespräch dazwischengekommen und war wichtig genug. Womöglich sind die Gäste Freunde von *ihr*. So, wie du Frau R beschreibst, spielt sie sich gerne auf, da klingt ›Kollegen meines Mannes‹ natürlich bedeutsamer als ›meine Strickschwestern‹.« Marlies kichert wieder los. »Das ist ein Gespann. Eigentlich schade, dass ich ihnen nicht begegnen darf. Solltest du die Stelle aufgeben, sagst du mir hinterher, wer das ist? Ich möchte die gern mal begutachten. Vielleicht kann er mich beraten, wie ich meine 3,50 Euro am Besten anlege.« Sie zwinkert mir fröhlich zu.

Als wir draußen vor der Pizzeria stehen, fragt Marlies: »Warum interessiert dich das Ganze eigentlich? Selbst *wenn* der R eine Geliebte hat und alle Welt sich gegen die verschwört, was geht dich das eigentlich an?«

Äh. Gute Frage. Ich stocke. »Weil ich in etwas verwickelt werden soll. Etwas, das mir Angst macht«, erkläre ich. »Wenn ich mein Fett wegkriegen soll, will ich wissen, warum, verstehst du.«

Ist es diese Überlegung, die mich noch einmal um den Pudding gehen lässt, nachdem Marlies und ich uns verabschiedet haben, am Osterdeich entlang, Richtung Rauschenbach-Villa? Vielleicht will ich mir nach dem üppigen Essen auch nur ein wenig die Beine vertreten. Auf jeden Fall stehe ich, ehe ich mich versehe, im Schatten der Hecke und blicke erstaunt auf die hell erleuchteten Fenster. Ja, da sind Gäste, viele Gäste. Der Fußweg ist zugeparkt. Laute Rockmusik schallt aus dem Haus herüber. Ein Geschäftsessen habe ich mir ruhiger vorgestellt.

»Geile Fete!«, sagt da jemand neben mir.

Ich zucke zusammen, fühle mich ertappt. Aber ehe ich reagieren kann, antwortet eine helle Stimme: »Aber hallo! Wenn die Jule einlädt, rockt der Elch.«

Ein roter Punkt glüht jenseits der Hecke in der Einfahrt. Da, ein zweiter. Zigarettenrauch streift meine Nase. Ich atme erleichtert aus.

»Ganz schön wild, die Braut«, antwortet der erste. »Ist ihr Mann nicht eifersüchtig?«

»Was er nicht weiß ... Der ist auf Dienstreise. Meinst du, die Jule macht solche Feste, wenn der Alte zu Hause ist?«

»Die perfekte Ehe«, lacht der eine. »Hat man da Chancen?«

»Nee. Vorsicht. Finger weg. So weit geht sie nicht. Der Alte hat das Geld.«

»Du kennst dich ja gut aus.«

»Alte Schulfreundschaft, mehr nicht.«

Ich quetsche mich an den dicken Wagen vorbei, schlendere langsam weiter. Dabei fühle ich mich wie eine Spionin.

Unsinn. Dies ist schließlich eine öffentliche Straße.

Ich lache in mich hinein. Dörthe, die große Detektivin! Marlies hat recht, ich sollte bei meinen Bildern bleiben. Dies sind zwar keine Strickschwestern, aber die Ausrede der Lady war genauso harmlos.

NEUN

Gehe ich jetzt noch rüber ins Atelier? Was für ein Glück, dass ich die alte Schuhmacherwerkstatt im Hof mieten durfte. Es kostet mich nicht viel, und ich bin in drei Minuten drüben. Das ist außerordentlich praktisch, falls mich der kreative Schub packt. Ich würde es kaum aushalten, erst durch die halbe Stadt fahren zu müssen. Aber bin ich entspannt genug? Mein Kopf ist gar nicht frei für Neues. Es ist eigentlich schon zu spät, um rüberzugehen, da komme ich vor zwei, halb drei nicht ins Bett.

Geht nicht, ich muss morgen früh zu meinem VHS-Kurs. Ich sollte noch mal überlegen, was ich mit den Kursteilnehmerinnen machen will. Zwar leite ich diesen Frauenkurs im kreativen Zeichnen seit vielen Semestern, ich kann das alles im Schlaf, aber bestimmt nervt Petra Gerken wieder. Sie stellt regelmäßig die merkwürdigsten Fragen, braucht immer ganz besonders viel Aufmerksamkeit. Mich ärgert das, weil die anderen dadurch zu kurz kommen, egal wie sehr ich versuche, die Frau abzuwimmeln. Dabei besucht sie den gleichen Kurs schon zum dritten Mal. Ich habe ihr bereits mehrfach erklärt, dass dies ein Anfängerkurs ist und ihr nahegelegt, in den Fortgeschrittenenkurs zu gehen.

Leider bin ich ihr sogar ein bisschen zum Dank verpflichtet. Als ich einmal erzählte, dass ich mein Geld auch mit Putzen verdiene, wollte sie mir eine Stelle vermitteln.

»Die Sekretärin beim Rauschenbachschen Unternehmen ist meine Nachbarin, Dörthe. Sie bat mich, mich nach einer ehrlichen, zuverlässigen Putzhilfe umzuhören. Eine Schlüsselstelle, Dörthe. Da habe ich an dich gedacht«, erklärte sie mir, als würde mir damit das Bundesverdienstkreuz überreicht. Ehrlich und zuverlässig. Das wiederholte Petra mindestens dreimal. Entweder zweifelte sie an meinen Qualitäten, aber dann hätte sie mich wohl kaum empfohlen, oder sie wollte mir ihre Ehrfurcht bezeugen. Da konnte sie mir sogar ein bisschen leidtun. Ausgerechnet bei Rauschenbachs!

»Er ist ein großer Mäzen, Dörthe, vielleicht, haha, man weiß ja nie ...«, witzelte Petra noch und versuchte, schelmisch zu zwinkern. Mehr wusste ich nicht über die Leute, dachte mir: Warum nicht? Vielleicht spendiert er mir tatsächlich etwas. Skrupel kann ich mir nicht leisten. Daher war ich Petra Gerken gegenüber ein bisschen dankbar und nachsichtiger.

Ich fürchte, sie hat ihren Kredit inzwischen mehr als aufgebraucht. Manchmal möchte ich sie schütteln und sagen, sie soll sich einen Partner zum Anlehnen suchen. Das ist bei diesen offenen Kursen leider so, es kann jedes noch so bedürftige Mäuschen kommen. Ich seufze. Eine Schulter zum Anlehnen hätte ich manchmal auch gern. Das Singledasein hat seine Schattenseiten, vor allem im Herbst.

Ehe ich zum Schreibtisch gehen kann, klingelt es an der Tür. Ach nee, wer ist das nun noch? Das ist wohl heute so ein Tag, denke ich müde.

»Moin Frau Petersen«, grüßt mich der alte Hermann vom Erdgeschoss. »Ich hoffe, ich störe nicht. Ist ja schon 'n büschen spät.« Höflich wie immer, der Hermann. Einundachtzig ist er, fit wie ein Turnschuh, nur ein bisschen schwerhörig. Und einsam, seit seine Frau Elke vor mehr als sechs Jahren gestorben ist. Damals wohnte ich noch nicht hier, aber sie ist mir durch seine Erzählungen fast vertrauter als meine Mutter. Ich weiß, ich darf »Nein« sagen, er ist sehr einsichtig. Heute bringt er mich vielleicht auf andere Gedanken.

»Kommen Sie rein, Hermann«, nicke ich ihm zu und stelle ihm ungefragt ein Bier hin.

Hermann ist mein Vermieter, aber das lässt er nie durchblicken. Kein Genörgel oder Gemecker. Immer höflich und korrekt. Immer »Sie« und »Frau Petersen«. Dabei ist er für mich wie für alle in der Straße und umzu bloß Hermann, oder bei den ganz Alten: Hermann, der Schomaker. Hermann ist ein Viertelkind, hat von klein auf hier gelebt, selbst während des Kriegs. Ich liebe seine Geschichten.

Wenn ich seine aufrechte Gestalt betrachte, kaum gebeugt durch das Alter, muss ich an meine ostfriesische Familie denken. Ich schlage ja aus der Art, da hat meine Großmutter dazwischen gepfuscht, die stammt nämlich aus Italien. Von ihr habe ich die schwarzen Locken und die braunen Augen. Leider habe ich mir von ihr das Plattdeutsche austreiben lassen, Hochdeutsch fand ich damals weltmännisch. Trotzdem verstehe ich Hermann, der ins Bremische verfällt, wenn er sehr aufgeregt ist. Ich wende mich meinem Besucher zu.

»Sie sehen betrübt aus, Hermann. Bedrückt Sie etwas?«

»Ja, ja, doch. Frau Petersen. Wir müssen uns wohl auf unangenehme Veränderungen umzu einstellen. Haben Sie noch nicht davon gehört?«

»Veränderungen? Nein, worum geht es?«

Er zieht einen Zettel hervor, sieht aus wie ein Flugblatt. Er schiebt es zu mir herüber. »*Hände weg vom Platanenring! Nieder mit den Spekulanten! Keine Zerstörung unseres schönen gewachsenen Viertels. Kommt alle am Sonntag 16 Uhr zu Chris. Keinen Zentimeter den Baulöwen!*«

Ich drehe das Blatt um, da steht einiges an Kleingedrucktem. Fragend sehe ich Hermann an. »Erzählen Sie, das muss ich jetzt nicht alles lesen.«

»Es geht um den Platanenring an der Berliner Straße. Sie wissen doch: der Platz mit der großen Platane und dem Steinring umzu. Vor Kurzem ist ja Frau Weber gestorben, ihr gehörte das große Eckhaus. Ich habe gehört, dass sich da die R-B-Bau für interessiert. Die ganze linke Seite soll weg. Der Baum und das Rondell natürlich auch.«

»Der wunderschöne Baum? Ich glaub es nicht! Was soll denn da hin?«

»Das weiß ich nicht. Es wird 'ne Menge geschnackt. Darum dachte ich, Sie wissen schon davon. Die einen sagen, ein Bürohaus, die anderen, ein Wohnblock. Außerdem habe ich gehört, es soll eine breitere Straße zum Mecklenburger Platz durchgeführt werden, für die großen Laster. Damit die die Plünnen für die Supermärkte besser anliefern können. Aber das klingt ein bisschen zu sehr nach Tünkram. Da müssten sie noch mehr abreißen. Aber weiß man es? Wo viel Geld im Spiel ist, hört aller Anstand auf. Nee nee aber auch.«

Er nimmt einen tiefen Zug aus seinem Bierglas. Ich folge seinem Beispiel, versuche, mir den umgebauten Platz vorzustellen, es will mir nicht gelingen. Wir schweigen beide einen Moment. Hermann berichtet weiter: »Viele reden sogar von Geldwäsche. Dass es gar nicht darum geht, etwas Kluges da hinzusetzen, sondern dass jemand bloß spekulieren will mit den Grundstücken. Kein Wunder bei den rasend steigenden Bodenpreisen.«

»Was sagt denn der Beirat dazu?«

»Oh, ich habe mit Tobias Corde gesprochen, der meint, solange das Privatgrundstücke sind, und der Bauherr sich an die Regeln hält, kann man nix machen.« Er tippt auf das Blatt. »Er hat dieses Papier mitunterschrieben, er muss also mehr wissen. Ich hatte das dumme Gefühl, dass Tobias mir nur die halbe Wahrheit gesagt hat.«

»Der Baum steht mitten auf dem Platz, das ist städtisches Gebiet. Eine Straße wäre Sache der Stadt.«

»Richtig. Aber man sagt, die haben einige aus dem Beirat damit geködert, dass sie Ordnung schaffen wollen. Weil das Steinrondell immer mehr verludert, seit Leute einfach ihren Müll hin kippen. Das ist wirklich eine Schande. Aber deswegen muss man nicht gleich alles in'n Dutt hauen.« Der Alte knallt sein Bierglas heftig auf den

Tisch. Er wedelt mit der Hand hin und her, als wolle er böse Geister verjagen. Derart entmutigt erlebe ich ihn selten.

»Ich dachte, Sie wissen davon, weil Sie ja den Jörg Rauschenbach kennen.«

»Woher wissen Sie, dass ich den kenne?«

»Na, Sie putzen da doch, oder nicht mehr?« Als er sieht, wie verblüfft ich bin, haspelt er schnell weiter: »Oh, Frau Petersen, habe ich etwas Falsches gesagt? Bin ich Ihnen zu nahe getreten?«

»Nein, Hermann, ich wundere mich nur, woher Sie wissen, dass ich bei ihm putze. Denn, sehen Sie, das darf ich nicht erzählen, weil ich die Hausschlüssel habe. Wenn sich das rumspricht, also, kann sein, es hat sich schon herumgesprochen. In jedem Fall wurde dort eingebrochen, die Polizei wollte wissen, mit wem ich darüber geredet habe.« Ich erzähle dem erstaunten Hermann kurz von dem Einbruch. Er schweigt einen Moment, trinkt sein Bier aus.

»Nee, Frau Petersen, von mir hat das keiner. Ich weiß es von Jörg selbst. Aber ich habe es nicht weitergeschnackt.« Er guckt ein bisschen verlegen, erklärt: »Ich habe das Maul ein bisschen zu voll genommen, habe ihm gegenüber damit angegeben, dass Sie bei mir wohnen. ›Eine echte Künstlerin‹, habe ich wohl gesagt. Äh, nun, das durfte ich doch, oder?«

Er wird tatsächlich rot. Och nee. Ich nicke ein bisschen amüsiert. Der liebe alte Mann, bringt er mich nicht in Teufels Küche?

Wieso denn? Wie soll ein Irgendwer deinen Schlüssel klauen, dazu noch unbemerkt wieder hinhängen? Das ist Annies spinnerte Idee, das kann gar nicht sein. Du hättest es garantiert gemerkt, wenn der Schlüssel verschwunden wäre. Die einzige, die dazu eine Chance gehabt hätte, wäre Annie selbst, denke ich ein bisschen boshaft. Klar, und Marlies, aber die kommt schließlich nicht infrage. Mach dem armen Hermann mal kein schlechtes Gewissen.

Trotzdem muss ich nachfragen: »Woher kennen Sie denn den Rauschenbach? Ich weiß, Sie kennen Hinz und Kunz, aber ...«

»Über Jörgs Vater, den Knut. Wir sind zusammen zur Schule gegangen, bis zum Einjährigen. Der ist ein Vierteljunge wie ich, hat früher in der Berliner Straße gewohnt, wir hatten den gleichen Schulweg. Seit Kurzem wohnt er in einem Altenheim in Oberneuland. Is ganz schön dort. Aber auf die Weise sehe ich ihn nicht mehr. Schade drum.« Er lacht bitter. »Das war ein plietscher Kerl, der Knut. Ja, ja. Hat ein Geschäft mit Baumaschinen aufgebaut. War zur Zeit des Baubooms in den Sechzigern eine Goldgrube. Jörg und sein Bruder Alex haben das Geschäft in den letzten

Jahren weiter ausgebaut, die machen jetzt auch was mit Bauplanung. Klar, dass die scharf sind auf einen Umbau am Platanenring. Die verdienen doch an jeder Schaufel Dreck, die in dieser Stadt bewegt wird.«

»Ich dachte, der macht irgendwas mit Investitionen.«

»So? Da mach was an sein. Der Jörg hat sich nie sonderlich für den Bau interessiert. Als kleiner Pöks ging er hier ein und aus. Ich dachte sogar, er würde bei mir anfangen als Lehrjunge. Er war ein ganz Verträumter. Wie oft hat Knut zu mir gesagt: ›Ich weiß nicht, was aus dem Bengel werden soll, der sitzt bloß und schreibt *Gedichte*. Dabei soll er den Laden übernehmen.‹ Nach der Schule ist er durch die Welt gereist. Nichts war ihm weit genug weg.« Hermann schüttelt den Kopf. »Mich hat das nie gereizt, nee man, ich habe aber auch nie Gedichte geschrieben. Außerdem musste er dadurch nicht zur Bundeswehr. Als er zurückkam, war er ein anderer. Hat vielleicht gesehen, wie elend es anderswo zugeht. Heute hat er immer viele Eisen im Feuer. Wissen Sie, wir schnacken im Allgemeinen nicht über Geschäfte, das geht sowieso über meinen Schuhmacherverstand. Ich mag den Jörg nicht mehr. Zu ... skrupellos, verstehe Sie? Dem Schietkerl traue ich zu, dass er eiskalt hier die Räummaschinen anfahren lässt.

Aber er ist nun mal der Sohn von ’nem Freund, darum trinken wir ab und an ein Bier zusammen. Wir haben die gleiche uralte Stammkneipe, den *Schuster*, schien mir früher so passend.« Jetzt lacht er ein bisschen befreiter.

Ich muss das alles erst verdauen. Jörg Rauschenbach, der Große R! Ist *das* der Gleiche, der seine Masken liebevoll abstaubt? Der verträumte ältere Herr, der so faszinierend von Indonesischen Drachen erzählen kann? Hat der Mann so viele Gesichter? Ich muss innerlich lachen. Dass man vom Pinseln und Gedichteschreiben selten reich wird, muss mir niemand sagen.

»Noch ein Bier?« Hermann nickt. Er ist noch nicht fertig mit der Geschichte.

»Hermann, wissen Sie ganz sicher, dass Rauschenbach in diesen Deal am Platanenring verwickelt ist?«

»Ja. Das hat er mir selbst erzählt. Das war, Momang, letzte Woche Montag. Ich war im *Schuster* auf'n Bier. Da kam er rein. War richtig aufgekratzt, hat mir sogar einen ausgegeben. Ich fragte ihn, ob er ein gutes Geschäft gemacht hätte, da nickte er nur und sagte: ›Alter, du wirst dich noch wundern, wie schön das bei euch in der Gegend wird. All der halbgare Kram, diese Bauruinen, kommt alles weg, alles!‹ Ich hatte schon ganz sutsche von diesen Plänen läuten hören. Ich wusste, wenn der Jörg seine Finger im Spiel hat, wird es ernst.«

»Hermann, was Sie da erzählen, äh, womöglich sollten Sie damit zur Polizei gehen.«

Argwöhnisch runzelt er die Stirn. »Polizei? Warum das denn?«

»Weil der Einbruch einen ganz anderen Beigeschmack bekommt. Jemand hat nach Papieren gesucht, davon kann selbst ich als Laie ausgehen. Vielleicht hat jemand von dem Deal gehört und wollte ihn verhindern.«

»Haha, na prima! Da gehe ich doch nicht zur Polizei! Dem gebe ich doch einen aus, Frau Petersen!«

Ich gucke verblüfft, dann stimme ich in sein Lachen ein. Kleine Anarchistenträume.

»Sie haben recht, Hermann, wir sollten versuchen, diesen Deal zu verhindern. Deswegen muss man allerdings nicht gleich bei Rauschenbachs einbrechen.«

»Das wäre sowieso dumm Tüch«, erklärt Hermann abfällig. »Man hat doch heutzutage diese ganzen Pläne auf dem Computer. Selbst wenn jemand die Unterlagen klaut, drucken die das einfach neu aus. Dafür würde ich mich nicht mit dem Gesetz anlegen.«

Da ist es hin, mein Motiv für den Einbruch. Außerdem, falls der Große R so viele »Eisen im

Feuer« hat, wie Hermann meint, gibt es bestimmt viele Motive. Wer weiß, wem er alles auf die Zehen getreten ist, sollte er wirklich ein dermaßen skrupelloser Geschäftsmann sein, wie es Hermann angedeutet hat. Wenn Hermann jemanden einen Schietkerl nennt, dann verdient er diesen Titel garantiert. Trotzdem will es mir nicht gelingen, das Bild eines brutalen Machtmenschen mit dem Mann auf Deckung zu bringen, den ich kenne.

Eine Erinnerung drängt sich nach vorn. Sind die Pläne für den Platanenring womöglich diese so genannten sensiblen Papiere, die der *Frings* bringen sollte? Durch die ich in die ganze Geschichte verwickelt wurde? Das würde bedeuten, dass sie damals doch noch rechtzeitig beim Großen R gelandet sind, schließlich hat er mit Hermann darauf angestoßen. Mein Verdacht gegen den Jungen stellt sich somit wieder als ein Sturm im Wasserglas heraus. Dörthe mit ihren Katastrophenerwartungen.

Der Gedanke, die Verschandlung des Platanenrings womöglich zu verhindern, beflügelt meine Fantasie. Der Tatendrang lässt mich ganz hibbelig werden.

»Hermann, wir gehen am Sonntag zu dieser Bürgerinitiative. Zusammen mit den anderen können wir planen, wie wir am besten vorgehen. Ich will nicht, dass der wunderschöne Baum gefällt wird. Und noch weniger, dass die Häuser einfach abgerissen werden! Zumindest will ich wissen, was da gebaut werden soll.«

»Ich werde mich in der Zwischenzeit umhören. Nicht bloß bei Tobias. Wie Sie vorhin richtig sagten, kenne ich Hinz und Kunz und deren Enkel. Soll doch mit dem Teufel zugehn, wenn da nicht was rauszufinden wäre.«

»Sollte es lediglich um ein neues Wohnhaus gehen, bin ich nicht abgeneigt. Ich wohne auch gerne hier. Aber dazu muss man den Platz nicht umgestalten und vor allem den Baum nicht fällen.«

Hermann grinst mich an, hebt das Glas, wir stoßen an. »Ich bin dabei, Frau Petersen.«

ZEHN

Erstaunlich, wie viele Menschen gekommen sind. Das sind die Vorteile von Internet und Facebook. Die Zettel in den Briefkästen, die die Nachbarn verteilt haben, das große Plakat am Rondell haben sicherlich das Ihre getan.

Bestimmt fünfundzwanzig oder dreißig Anwohnerinnen und Anwohner jeden Alters quetschen sich in das winzigen Café am Platanenring, in dem wir uns verabredet haben. Chris hat extra für uns geöffnet. Immerhin steht auch ihr Geschäft auf dem Spiel.

Mir wird unwohl, als ich die aufgeregt schnatternde Versammlung betrachte. Was stoßen wir hier an? Ist das richtig? Eigentlich wissen wir noch gar nichts. Aber jetzt ist es zu spät. Die Karre rollt. Hoffentlich in die richtige Richtung. Die vier Punks vom Eckhaus lümmeln sich demonstrativ desinteressiert, aber hellwach neben einem dicken Mann im gepflegten Outfit. Witziges Bild, denke ich ein bisschen entspannter. Wenn die nebeneinander sitzen können, ist das schon die halbe Miete.

Es dauert eine Weile, bis ein wenig Ruhe eingekehrt ist. Dass auch der alte Hermann aufgeregt ist, merke ich an seinen zitternden Fingern, mit denen er sich dauernd über die Nase fährt.

Tobias vom Beirat steht auf und erklärt: »Ich sage, was ich weiß oder als ziemlich sicher gehört habe, viel ist es nicht. Danach sehen wir weiter. Das Haus der Weberschen, ich meine das große Eckhaus zur Prangenstraße, wurde an Investoren verkauft. Das angrenzende Grundstück, das da vorne«, Tobias weist nach draußen, »das soll auch aufgekauft werden. Wie viel mehr da außerdem passieren wird, keine Ahnung, da hat der, äh ... ich sag keine Namen, also der hat den Mund zugesperrt. Also ist da mehr. Ich hätte Einblick in die Pläne nehmen können, aber ich sag's euch, das war ein krummes Ding, und der Preis war mir zu hoch. Ich bleibe aber am Ball und versuche, auf legalem Weg mehr zu erfahren. Ich betone: legal! Eure Häuser gegenüber sind davon nicht betroffen.«

Wieder deutet er nach draußen, diesmal auf die schmucken Altbremer Häuser am Platz. »Was die mit den Grundstücken vorhaben, weiß niemand vom Beirat. Möglicherweise geht es sogar um den Mecklenburger Platz, aber das ist nicht klar. Garantiert soll der Platanenring umgebaut werden. Der Steinkreis und die Platane sollen weg, weil da zu viel Müll rumliegt, aber das ist nur ein Vorwand, denk ich mal.«

Sofort bricht ein Tumult los, alle reden, protestieren zur gleichen Zeit; einige empört, andere verängstigt, wieder andere zucken bloß die Achseln.

Jemand schreit: »Wenn der Scheißmüll dadurch wegkommt, bin ich dafür.«

»Ja, spinnst du denn, und was ist mit dem Baum?«

»Grüne Ökotante! Zieh doch aufs Land.«

»Ruhe! He! Seid *bitte* mal ruhig!«

»Wohnungen sind ja wohl wichtiger als ein Baum, die Menschen brauchen bezahlbaren Wohnraum.«

»Bezahlbar? Glaubst du an den Weihnachtsmann? Wenn die Bauhaie das in die Krallen kriegen, dann werden die Preise abgehen wie Raketen, sage ich dir. Und unsere Mieten steigen weiter.«

»Bau*löwen*, heißt das. Haie haben keine Krallen.«

»Aber ich, soll ich's dir mal zeigen, du Kapitalistenknecht?«

»Ey Opa, wir ham nich mehr '68!«

»*Wir* haben wenigstens noch was umgekrempelt damals. Ihr abgeschlafften Schlepptopschlepper! Komm du erst mal in mein Alter.«

»Tobias, mach was!«

»Lasst uns erst mal Ruhe bewahren und den Beirat fragen. *Die* müssen sich kümmern.«

»Hab munkeln hören, dass der Rausch da mit drin hängt.«

»Woher haben Sie das denn?«

»Langsam, wir sollten in dieser aufgeheizten Stimmung besser keine Namen nennen, ehe wir Genaueres wissen.«

»Mann, warum so rücksichtsvoll? Der spielt hier im Baugewerbe die erste Geige, den kann man immer nennen, der ist immer irgendwie dabei.«

»Der Rausch? Na, dann gute Nacht, Platanenring.«

»Wer ist denn der Rausch?«

»Kennste den nicht? Jörg Rauschenbach von R-B-Bau, das ist der Superplattmacher von Bremen.«

»R-B-Bau für Raubbau, hähä.«

»Ich hab gehört, hier soll 'ne Schnellstraße durch!«

»Redet doch nacheinander!«

»*Schnell*straße, dass ich nicht lache, hier kannste doch nur kriechen, da hilft es auch nichts, wenn der Baum wegkommt.«

»Vielleicht kommt ja noch'n Frisör hin.«

»Wieso ist Ünal von den Grünen nicht hier? Der wohnt auch umzu und ist schließlich für so was gewählt worden.«

»Lasst uns erst mal abwarten.«

»Spießer, um eure schicken Häuser geht's ja nicht.«

So schreit es wüst durcheinander. Ein kleines Mädchen, das an der Hand von seiner Mami hängt, fängt verängstigt an zu weinen.

Liebe Güte, wie soll man die Leute unter einen Hut kriegen, wenn das schon so losgeht? Was tun? Verzweifelt sehe ich mich um. Fehlt noch, dass einer 'ne Schlägerei anfängt, dann hauen sie der armen Chris das Lokal in'n Klump.

Plötzlich greift Marlies verschreckt nach meiner Hand, flüstert: »Diese Gewalt! Macht mir Angst! Wir müssen etwas tun!«

Hermann ist blass geworden, starrt entgeistert auf seine Nachbarn. Nein, damit hat er nicht gerechnet. Tobias gelingt es auch nicht, zu Wort zu kommen.

Von der Seite rempelt mich ein Mädchen an, Typ Koalabär mit Nagelbrett, schnauzt: »He Alte, du gehst doch bei dem Raubbau-Arschloch ein und aus. Haste was mit dem? Biste hier als dem sein Spitzel? Das mögen wir hier nicht. Du verpisst dich besser, klaro?« Andere werden aufmerksam, fragen erstaunt, aggressiv, neugierig: »Mit wem hat die was?«

»Mit dem Rausch?«

»Was will die hier?«

»He! Das ist bloß die Dörthe!«

Woher wissen die das? Sage ich was dazu? Ich bin doch nur die Putze, verdammt.

Da steigt Annie auf einen Hocker, in der Hand hält sie eine kleine Schale. Sie schlägt wortlos einmal dagegen. Ein satter Ton schwingt durch den Raum. Einige gucken verdutzt zu ihr rauf. Sie schlägt ein zweites Mal.

Bing! Es wird still. Annie! Irre!

In die Stille flüstert jemand: »Bürgerinitiative Platanenring! Pling!«

Befreites Lachen entspannt alle für einen Moment.

»Super Idee, Leute«, erklärt Annie ganz ruhig. »Ich schlage vor, wir reden einer nach der anderen. Tobias, du hast angefangen. Übernimm hier bitte. Jemand sollte die Forderungen aufschreiben. Dann sammeln wir Vorschläge zum weiteren Vorgehen. Leo, du bist Lehrer, schreib du bitte mit.«

»Halt«, schreit einer. »Erst fliegt der Spitzel raus.«

Er zeigt auf mich. Annie sagt ganz ruhig: »Dörthe ist kein Spitzel, was soll der Quatsch?«

Aber ich stehe auf, merke, dass mein Gesicht heiß und rot wird. »Lass man, Annie, ich gehe freiwillig. Mit Gewalt habe ich eh nichts am Hut.«

Wieder folgt wildes Geschrei. Einige ergreifen für mich Partei, andere beschimpfen mich. Marlies und Hermann nehmen meine Hände, zu dritt verlassen wir das Café. Die Frau mit dem Kind folgt uns, zwei, drei andere ebenfalls.

»Hermann, bleib bitte«, ruft Tobias hinterher, aber der dreht sich nicht einmal um.

Draußen stehen wir unschlüssig beieinander, wollen nicht so einfach auseinandergehen. Marlies kaut auf ihren Lippen, blickt immer wieder fast verängstigt um sich. Sie ist immer noch blass. Zwar wohnt sie nicht umzu, trotzdem liegt ihr viel an diesem Platz. Auf dem Weg zum Treffen strotzte sie noch vor Ideen und Übermut. Was ist mit ihr? Wo ist ihr Schneid? Um sie ging es am Ende doch gar nicht. Hatte sie Angst um mich?

»Dass sie so über den Jörg ... äh ... Rauschenbach geifern, finde ich sehr unfair«, murmelt sie nun. Huch. Marlies?

»Warum? Wieso machst du dich als Altlinke für 'nen Konzernchef stark?«

Marlies schüttelt den Kopf. »Ist doch albern, bloß weil er Bauunternehmer ist. Der muss auch seine Brötchen verdienen.« Sie schaut mich spöttisch, fast böse an. »Du kennst den doch auch. Ist dein Großer R, liege ich richtig? Konnte ich mir denken, als du von der Villa am Osterdeich sprachst. Ich dachte, du findest den Mann ganz in Ordnung?«

»Sag mal, *kennst* du den etwa?«

Sie zuckt die Achseln. »Äh, ja, flüchtig.«

»Wie? Woher?«

»Ist doch egal.« Sie guckt weg, will nicht mehr sagen. Komisch. Demonstrativ geht sie ein paar Schritte zur Seite, wo Hermann mit ein paar Nachbarn weiterdiskutiert.

Hermann schimpft: »Diese unsinnige Gewalt, das hilft niemandem weiter.«

»Oh bitte, nicht noch einmal alles von vorne«, fleht ein Nachbar. »Vielleicht setzt sich die Vernunft am Ende ja durch.«

Hermann scheint nicht beschwichtigt, er klopft dreimal gegen den Baumstamm und brummt: »Na denn, auf ein gutes Gelingen.«

ELF

Ich komme mir vor wie in einem Film in Dauerschleife, als ich am darauffolgenden Dienstag den schweren Staubsauger die Treppe zu Rs Arbeitszimmer hinaufschleife. Natürlich sind es jede Woche die gleiche Handgriffe, das ist das Angenehme an der Arbeit. Während mein Körper mechanisch sein Programm abspult, kann mein Geist frei schweifen. Manchmal kommen mir dabei die besten Ideen. Es ist mir schon passiert, dass ich bei Frau D in der Küche stand und eine Skizze in meinen Block werfen musste. Zum Glück holte mich die Bohrmaschine der Nachbarn zurück, ehe ich meine Zeit vergaß. Heute allerdings kommt mir diese scheinbar endlose Wiederholung bei Rauschenbachs wie ein Albtraum vor.

Dabei hatte der Tag so gemütlich begonnen. Ich konnte nämlich ausschlafen. Frau D rief mich gestern an, sie sei krank und bat mich, das Putzen einmal ausfallen zu lassen. Da gehe ich normalerweise dienstags als erstes hin, früh um halb acht. Sie arbeitet bei einer Behörde und schwört auf Gleitzeit. Weil sie bereits um sieben anfangen kann, habe sie, so behauptet sie, mehr vom Tag. Ich begreife das nicht, denn ihr Tag hat auch nur vierundzwanzig Stunden. Sie muss schlicht früher ins Bett gehen, das nimmt sich nichts. Wahrscheinlich ist sie ein Morgenmensch. Egal, ihr Bier.

»Keine Sorge, Frau Petersen, ich bezahle Ihnen die Stunden, ist ja nicht Ihre Schuld.« Großzügig, die Frau. Weil ich sie gerade an der Strippe hatte, fragte ich sie direkt: »Wissen Sie als SPD-Frau etwas über das Bauvorhaben am Platanenring?«

Eigentlich bin ich nach der Anmache am Sonntag an der Bürgerinitiative wenig interessiert. Doch der Platanenring ist mir nicht gleichgültig. Ich muss mich auf dem Laufenden halten.

Frau D antwortete sehr knapp, fast schroff: »Wo? Nein. Keine Ahnung. Ich habe mit dem Bauressort nichts zu tun.«

»Es gibt Gerüchte wegen einer Straße ...«

Sie unterbrach mich mit krächzendem Lachen: »Frau Petersen, die Zeiten der Mozarttrasse sind lange vorbei. So einen Kahlschlag kann heute niemand mehr wagen. Sie können sich denken, was da los wäre. Wir haben einen rot-grünen Senat.« Sie schwieg einen Moment, erklärte dann wieder kurz angebunden: »Was Privatleute planen, entzieht sich selbstverständlich meiner Kenntnis. Bis nächste Woche.«

Dörthe, träum nicht. Ich stoße beim Saugen mit dem Ellbogen gegen die Wand, aua! *Bums* – Scheiße, schon passiert. Die Maske mit dem riesigen Maul fällt auf den Boden. Oh weh, hoffentlich ist sie heil geblieben! Mach den Sauger aus, ehe er was frisst, was er nicht soll! Die plötzliche Stille erschreckt mich. Ich fühle mich wie ein Eindringling.

Dörthe, was ist heute los mit dir? Beruhige dich. Du bist die Putze, nur die Putze. Schnell bücke ich mich, hebe die Maske auf. Langsam gleitet mein Blick über das Holz. Ist irgendwo die Farbe abgeplatzt? Gibt es womöglich einen Sprung? Nein, nichts passiert.

Uffa! Erleichtert atme ich auf. Da erinnere ich mich an das Gespräch der Polizisten. Keine Alarmanlage. Sind die Masken Imitate? Ich schaue gründlich im Innern des Schmuckstücks nach einem Stempel oder Beleg, wo die hergestellt sein mögen, aber es gibt nichts. Vielleicht hat er sie geschmuggelt, grinse ich bösartig in mich hinein. Vorsichtig hänge ich die grimmige Fratze an ihren Haken, trete einen Schritt zurück. Hängt sie richtig? Na prima.

Mein Blick wandert zur Maske daneben. Der kleine Drachen.

Welcher Teufel mich reitet, ich weiß es nicht. Ich greife nach dem Stück. Zögere. Dörthe, was machst du da? Spinnst du? Vielleicht gibt es doch eine heimliche Kamera!

Ach was, die Polizei hat einen Blick dafür. Außerdem hätte ich so ein Gerät in all den Monaten längst entdeckt.

Es ist strikt verboten!

Gerade drum, antwortet die trotzige Dörthe in mir, hebt die Maske behutsam von der Wand.

Der Safe ist geschlossen. Ich stupse mit dem Finger dagegen. Zum Glück habe ich die Putzhandschuhe an, so bleiben keine Fingerabdrücke. Aber Seifenschlieren, du Döskopp! Ach was, wer soll das hier nachprüfen?

Mein Herz klopft mir bis zum Hals. Noch nie in meiner jahrelangen Putztätigkeit habe ich mich an Dingen im Haus meiner Arbeitgeberinnen vergriffen. Noch nie diese Grenze überschritten. Dörthe, das verstößt gegen deine Putzfrauenehre. Lass das sein!

Ich klaue doch nichts, der ist doch garantiert abgeschlossen.

Aber wie um mich zu prüfen, schwingt die Safetür geräuschlos nach außen. Die war nur angelehnt. Bestimmt kaputt nach dem Einbruch, das muss es sein.

Dörthe! Lass es!

Ach Quatsch, in einem offenen Safe kann nichts drin sein. Ich will bloß mal reingucken. Dieser *Frings* hat mich einfach zu neugierig gemacht.

Der Safe ist nicht leer. Die Briefe, ach nee, wer sagt's denn! Ohne sie anzufassen, schiele ich auf die Adresse.

»Herrn

Knut Rauschenbach

2800 Bremen

Berliner Straße 4a«

steht da in sehr gerader, ein wenig altmodischer Schrift. Knut? Das ist der Vater von Jörg, Hermanns Freund, fällt mir ein.

Dörthe, das geht dich nichts an! Trotzdem hebe ich den obersten Brief vorsichtig an den Kanten an, drehe ihn herum. *E. G.* Mehr nicht.

Ein Geräusch lässt mich auffahren. Was war das? Kommt die R zurück? Wie lange bin ich schon hier?

Ich spüre, wie mir das Blut in den Kopf steigt. Mir zittern die Finger, als ich den Briefumschlag zurücklege.

Nicht so hektisch! Lag er exakt so? Ja, doch, mach endlich! Tür zu! Maske vor.

Ich atme tief ein. Mit kräftigem Schritt gehe ich zur Treppe. »Frau Rauschenbach?«, rufe ich.

Keine Antwort.

Du musst dich verhört haben, Dörthe. Das Geräusch kann von überall gekommen sein. Mach, dass du fertig wirst.

Ein Blick auf die Uhr zeigt mir, dass meine abenteuerliche Aktion nur wenige Minuten gedauert hat. Ich spüre den irren Wunsch, einen dieser Briefe zu lesen. Aber es gelingt mir, den Impuls zu unterdrücken. So weit kommt es noch. Du hast nicht einmal die Briefe deines Mannes gelesen. Untersteh dich! Sieh zu, dass du aus dem Haus kommst!

So schnell ich kann, sauge ich fertig, dabei verfolgen mich die Blicke der Masken mit bösartigem Spott. »Dich kriegen wir«, rufen sie mir stumm zu. »Dich kriegen wir.«

Es reicht, Dörthe. Das sind Holzstücke mit Glasaugen. Was dich verfolgt, ist dein schlechtes Gewissen. Wie konntest du nur?

Als ich in den Flur trete, sehe ich, dass der Schrubber umgefallen ist. Das war deine Frau R! Das war mein guter Schutzengel, der mich vor einer gewaltigen Eselei beschützt hat. Es wäre nie und nimmer unbemerkt geblieben, wenn ich mit diesen dreckigen Gummihandschuhen den Briefumschlag geöffnet hätte.

Ich blicke in den Spiegel. Mein Gesicht glüht immer noch schamrot. Doch aus den Augen funkelt mir etwas entgegen: Neugier.

Neugier bringt die Katze um.

Katzen haben neun Leben, liebe Dörthe, du nur eines.

ZWÖLF

Schon wieder Sonntag! Liebe Güte, wo ist die letzte Woche hin? So aufregend sie begann, der Rest rauschte unbemerkt vorbei, alles im gleichen Trott, die Kurse, der Alltag, alles wie gewohnt. Dazu der eigene Haushalt. Davon, dass ich bei anderen putze, wird meine Wohnung ja nicht sauberer. Der nervige Dauerregen macht es nicht leichter, sich aufzuraffen, eigentlich bin ich immer müde. Hoffentlich werde ich nicht krank. An den Safe und die Briefe zu denken, verbietet mir die Scham. Ich muss zugeben, das Verbot funktioniert nicht gut. In den unmöglichsten Augenblicken ertappe ich mich dabei, wie ich daran denke. Ich verstehe mein Verhalten nicht mehr. Ich würde es gerne mit meinem unbestimmten Gefühl begründen, meinem Zucken im Bauch. Aber, sorry, nein. Es gibt keine Entschuldigung für mein Verhalten, sofern man das überhaupt als Entschuldigung akzeptieren würde. Es war pure, primitive Neugier. Die blöde Drohung von diesem *Frings* ist ein Vorwand, mehr nicht.

Ich sitze bei meinem späten, sehr späten Frühstückskaffee. Es ist nicht nur Scham, es ist auch eine sehr rationale Erklärung: Kein Mensch legt geheime oder kompromittierende Briefe in einen nicht abschließbaren Safe. Oder vertraut sie einem Botenjungen an. Diese Briefe haben nichts Geheimnisvolles, sie sind ganz einfach Briefe von E.G. an Jörg Rs Vater. Da hast du dich beinahe wegen einer Nichtigkeit um deinen Job und, schlimmer, um deine Reputation gebracht. Kümmere dich um deinen eigenen Kram. Zum Beispiel um den Platanenring. Ich gebe zu, der Gedanke daran hebt meine Stimmung genauso wenig. Wo ist er hin, der erste Schwung? Weggeschwemmt durch Regen, durch den Alltag, durch die Angriffe Einzelner. Womöglich ist das falsch. Du weißt gar nicht, ob die paar Schreier sich durchgesetzt haben, bist weggelaufen, als wärst du tatsächlich ein Spitzel. Du hättest bleiben sollen. Ich ziehe die Schultern hoch. Ich bin kein Kämpfertyp. Wenn es kritisch wird, verziehe ich mich lieber.

Ich beende mein Frühstück und tappe träge rüber zu Annie. Auch bei der *BI-Pling* gibt es nichts Neues. Darum wurde der Termin am heutigen Sonntag abgeblasen. Annie mischt nun in der Organisation mit. Auf meine Nachfrage hin schüttelt sie verdrossen den Kopf. »Nichts, nada, rien, nothing. NICHTS in Großbuchstaben. So wenig, dass es schon auffällt. Verstehst du? Da mauert wer.«

»Vielleicht ist es einfach noch zu früh.«

»Dörthe, sei nicht derart naiv, ich bitte dich. Irgendjemand hat immer einen Gedanken, ein Gerücht, irgendetwas gehört. Aber alle Leute, die wir befragen wollten, sind entweder abgetaucht, oder sie hüllen sich in Schweigen. Sie wiegeln nicht einmal ab, sie schweigen. Das heißt im Klartext: Es stinkt gewaltig. Da braut sich etwas zusammen.« Annie zuckt missmutig die Achseln. »Das *Viertel-Info* will morgen einen Artikel bringen«, erklärt sie. »Viel hatten wir leider nicht.«

»Frau D von der SPD wusste auch nichts. Sie war sehr kurz angebunden. Okay, sie war krank, wollte bloß ihre Ruhe haben. Aber trotzdem.«

»Frag sie übermorgen wieder.«

»Geht nicht, Annie, ich treffe sie ja nie an, sie geht schon vorher aus dem Haus. Außerdem sagt sie, dass sie keine Ahnung von Bausachen hat.«

»Hmpf. Ich sage dir, die *wollen* alle nicht reden.«

Mir ist es im Moment völlig egal, ich bin müde, schaue resigniert in den Regen draußen. Mir fällt die Decke auf den Kopf. Es ist nicht allein der Regen, es ist, ja, Einsamkeit.

»Weißt du was, Annie, mir geht das alles tierisch auf den Senkel. Ich gehe ins Kino. Ich brauche unbedingt was Positives. Vielleicht gibt es einen Film, in dem immer nur die Sonne scheint. Wenn der Termin heute ausfällt, kommst du mit?«

Aber sie will nicht. Ein Anruf bei Marlies bleibt erfolglos. Wie seit Tagen ist nur der Anrufbeantworter dran. Auch sie ist abgetaucht. Vielleicht haben alle bloß den Herbstblues wie ich. Kein Wunder, wo es seit Monaten regnet. Zumindest gefühlt. Egal, ins Kino gehe ich auch alleine.

DREIZEHN

Das war die einzig richtige Idee für einen verregneten Sonntagnachmittag, ins Kino zu gehen. Ich summe fröhlich vor mich hin, als ich nach Hause bummele. Selbst der Regen stört mich nicht weiter. Im Gegenteil, mich faszinieren die vielfältigen Lichtspiele, mit denen die Lampen und Laternen sich in den Lachen widerspiegeln.

Ich will gerade einen Bogen um eine besonders ausladende Pfütze machen, als mich plötzlich jemand kräftig in den Rücken boxt.

Ah! Nicht! Aua!

Ich torkele ins Wasser, dass es hoch aufspritzt, stürze fast in den Dreck. Zerre eben noch die Hände aus den Jackentaschen.

»He!«, bringe ich gerade noch raus, will mich umdrehen. Da reißt jemand meinen rechten Arm nach hinten, drückt ihn mir auf den Rücken.

»Aua!«

Eine Handschuhhand presst sich auf meinen Mund.

Mach was, Dörthe, mach was! Ich stoße meinen Kopf kräftig nach hinten, treffe.

»Oh, autsch«, schnauft es gedämpft.

Sofort wird mein Arm stärker gepackt, ich kippe vornüber. Da, hinter mir, ein paar Jeans in Springerstiefeln. Blinder Hass kocht in mir hoch. Mich kriegst du nicht! Nicht billig jedenfalls.

Wütend trete ich nach hinten aus. Wieder getroffen! Der Griff lockert sich ein wenig, doch ich komme nicht frei. Im Gegenteil, noch fester zerrt er jetzt an mir.

Etwas klirrt.

Hilfe! Hat der *Fesseln*? Will der mich entführen?

Verzweifelt trete ich noch einmal zu, diesmal weicht er aus. Seine Hand um meinen Mund rutscht ab, ich will schreien, aber meine Stimme versagt mir.

Au, au, au! Alles tut so höllisch weh!

Ich habe Angst!

Kann nicht mehr klar denken. Ich knicke in die Knie, lasse mich einfach fallen, Pfütze oder nicht.

Zum Glück kann ich mich mit der Linken etwas abstützen. Der Angreifer stolpert, er fällt doch nicht etwa auf mich drauf? Wieder flucht er. Ich kann eine vermummte Gestalt erkennen, Kapuze tief ins Gesicht gezogen, ein Tuch davor. Metall blitzt.

Hat er *Orden* auf der Brust? Da begreife ich. Das ist einer der Punks mit seinem Kettenzeugs. Was will der von mir?

Plötzlich fällt ein Lichtstreifen auf die Straße vor uns. Ein Hund schießt auf uns zu.

Oh Gott, hat der Kerl seinen Köter dabei? Ist der bissig?

Aber das Tier fegt an mir vorbei, springt kläffend und knurrend an meinem Angreifer hoch. Das ist Bimbo, der Hund der uralten Frau Wischhusen von schräg gegenüber! Tatsächlich höre ich die zittrigen Rufe der alten Frau nicht weit entfernt.

»Bimbo, komm zurück!«

Bimbo denkt nicht daran. Er zerrt den Punk hinter mir am Hosenbein, grollt weiterhin gefährlich. Da endlich lässt der Kerl mich los, weicht zurück.

»Scheißköter«, ächzt eine junge Männerstimme. Schnelle Schritte entfernen sich. Bimbo rennt bellend hinterher.

Mühsam rappele ich mich auf. Oh, wie weh tut mir alles! Ganz vorsichtig bewege ich den rechten Arm. Funktioniert er noch?

Klatschnass bin ich. Ich schlottere am ganzen Körper. Mit einem Mal ist die alte Frau neben mir.

»Frau Petersen!«, ruft sie erschrocken. »Herrje, sind Sie verletzt? Hat der Lümmel Ihnen was angetan?«

Ich stöhne, versuche zu antworten, aber meine Zähne klappern unkontrolliert. Sie fasst mich resolut am Arm, zum Glück dem Linken, schiebt mich die paar Meter zu ihrem Vorgarten, der im hellen Licht ihrer Außenlampe liegt.

»Dschungedi!«, entfährt es ihr. »Sie sehen ja schlimm aus!«

Weiter in ihren Flur. Ich finde die ersten Worte.

»Ich mache bei Ihnen alles dreckig, Frau Wischhusen!«

»Ach Gott, als ob das wichtig wäre.« Sie sieht an mir rauf und runter. »Brauchen Sie einen Arzt?«

Ich schüttele den Kopf. »Nein, danke, bloß was Warmes und Trockenes.« Wo ich stehe, bildet sich bereits eine kleine Wasserlache. »Herrje, Frau Wischhusen, ich triefe auf Ihren Teppich!«

»Flurläufer, der kann das ab.« Sie schiebt mich weiter, diesmal in ihr Bad. Will vielleicht doch lieber den Fußboden retten. Nörgel nicht. Wie wär's, wenn du dich erst mal bedankst?

Die alte Frau lässt mich nicht zu Wort kommen. »Das machen wir so: Sie duschen hier. Ich gehe fix rüber zu Ihnen und hole ein paar Sachen. Es sei denn, Sie wollen in meinen Plünnen herumlaufen.« Sie lacht hoch und meckernd.

Ich bin nicht in der Lage, Widerstand zu leisten, reiche ihr also meinen Hausschlüssel. »Bimbo, komm, Frauchen muss noch einmal los. Nicht, dass der unverschämte Kerl zurückkommt.« Sie greift nach ihrem Einkaufstrolley, wendet sich grinsend zu mir um und raunt: »Nicht aufmachen, wenn es klingelt.« Lachend schiebt sie ab. Ich glaube fast, ihr macht das Ganze Spaß. Ihr aufregender Alltag beschränkt sich für gewöhnlich wohl darauf, dass der Hund an einem anderen Baum als üblich sein Bein hebt.

Eine halbe Stunde später sitze ich in Frau Wischhusens altmodisch gemütlichem Wohnzimmer und schlürfe einen heißen Grog. Mein rechtes Knie ziert ein großes Pflaster, ansonsten bin ich unverletzt davongekommen. Bimbo liegt neben der Heizung und pliert neugierig zu mir hoch. Ich kann Hunde nicht sonderlich gut leiden, diesen kleinen Mischling allerdings mit seinen mindestens siebenundzwanzig Farben im Fell werde ich ab sofort lieben.

»Das habe ich in Ihrem Flur gefunden.« Ein verdrecktes Blatt. *»Kapitalistenhure! Bleib weg vom Rausch. Platanenring bleibt!«*

»Das war der Basti. Der ist ein ganz Schlimmer.«

»Haben Sie ihn erkannt?«

»Nein, ich nicht, aber Bimbo. Der Basti hat einmal versucht, mir mein Portemonnaie zu klauen. Da hatte ich den Bimbo dabei, der hat ihn gebissen. Seitdem verbellt er den Mistkerl, sobald er ihn sieht.« Stolz sieht die Alte zu ihrem Hund hinunter. »Jaha, er ist klein, aber seine Zähne sind scharf.« Bimbo schnauft zustimmend.

»Ich kaufe ihm morgen eine Riesenwurst oder einen Sack Knochen«, verspreche ich. »Und bei Ihnen putze ich ganz umsonst.«

»Ach was, da nich für«, wehrt sie ab.

Ich sehe doch, dass sie kaum hinterherkommt. Es ist nicht schmutzig, das nicht, aber richtig sauber, na ja, da gehen die Meinungen natürlich weit auseinander. »Das schlagen Sie mir nicht ab, Frau Wischhusen. Sie haben mich gerettet. Ich weiß nicht, was der Kerl mit mir vorhatte, aber Gutes sicher nicht.«

»Nee, der ist brutal. Ich verstehe die anderen Punks nicht, warum sie ihn nicht rauswerfen. Die sind nämlich ganz freundlich. Der mit dem grünen Haarbüschel fegt mir jetzt im Herbst immer den Vorgarten. Und die Deern mit den vielen Ketten hat mir schon oft mit den schweren Einkäufen geholfen. Nee, nee, die sind nicht verkehrt.«

Wieder überfällt mich das Zittern, diesmal nicht vor Kälte. Mit Wucht kommt die Angst zurück. Was hätte der mit mir gemacht? Muss ich mich etwa neuerdings fürchten, hier in meiner lieben, friedlichen Prangenstraße? Ich kann es nicht verhindern, ich breche in Tränen aus. Dabei will ich vor der netten alten Dame nicht heulen.

»Was soll ich denn machen«, schluchze ich. »Ich putze bloß bei dem Rauschenbach, ich habe mit seinen Geschäften gar nichts zu tun. Ich bin doch nur die olle Putze!«

Frau Wischhusen tätschelt unbeholfen meine Hand, reicht mir ein Taschentuch. »Nee, nee, Deern. Darum geht es denen gar nicht. Also ich sehe das so: Diese jungen Leute sind wütend. Auf die ganze Welt oder was weiß ich. Weil Wut blind macht, hauen sie auf den, der im Weg steht. Ich bin man eine einfache Frau. Aber dass es dem Basti um den Platanenring geht, nee, da glaube ich man nicht dran. Heute ist es der Platz, morgen ein falsch parkender Autofahrer. Ach was, geh mir weg mit dem Lümmel. Der gehört eingesperrt. Eingesperrt gehört der.«

VIERZEHN

Dienstag. Frau D ist wieder gesund. Geld, auch für letzte Woche, liegt bereit, sie hat nicht zu viel versprochen. Gitte hat es eilig wegzukommen, wirft mir nur im Vorbeirauschen ein Kusshändchen zu. »Nimm dir 'n Kaffee, Dörthe, ich muss weg.« Rumms, Tür zu, Getrappel auf der Treppe. Haustür zu.

Schade, ich hätte gern ein bisschen mit ihr geschnackt, so viel beschäftigt mich zur Zeit. Den Kaffee will ich mir für hinterher aufheben als Belohnung. Da geht die Arbeit schneller von der Hand.

Mit Erstaunen sehe ich den Zeitungsartikel über den Platanenring auf dem Schreibtisch liegen. Sie hat ihn aus dem *Viertel-Info* von gestern ausgeschnitten. Leider steht kaum etwas drin, bloß, dass sich die *»Bürgerinitiative Platanenring, kurz: BI-Pling«* gegründet hat, um das *»Bauvorhaben zu beobachten«*. Ein Foto von Werner als Vorsitzendem ist dabei.

Warum hat Gitte den Artikel aufgehoben? Sie wohnt im Peterswerder am Brommyplatz. Weiß sie, dass ich da wohne? Nee, so sehr interessiert sie sich nun auch wieder nicht für ihre Putzfrau. Vielleicht kennt sie wen anderes, in Bremen kennt doch jeder jeden. Nächste Woche werde ich sie fragen.

Auf dem Weg zu Rauschenbachs geht mir vieles durch den Kopf. Seit fast einem Jahr bin ich einmal in der Woche dort, aber über die Rs wusste ich bisher eigentlich herzlich wenig. Erst das Treffen am Sonntag hat mir die Augen geöffnet, wer der Große R ist. Dass ich mit dieser Bezeichnung instinktiv richtig gelegen habe, trotz seines eher, äh, ich sag mal ... zurückgenommenen Verhaltens. Klar, ich hatte bereits wenig Vorteilhaftes von R-B-Bau gehört, aber ich hatte immer Schwierigkeiten, dieses Wissen mit dem Menschen Jörg Rauschenbach in Verbindung zu bringen. Irgendein Knoten im Gehirn, vermute ich.

Jemand hat ihn den Superplattmacher genannt. Wahrscheinlich übertrieben wie so vieles am Sonntag, aber ein bisschen muss wohl dran sein.

Ändert das etwas für mich?

Wie sollte es? Selbst wenn er manchmal ein bisschen Zeit für Small Talk oder seine Dönekens findet oder gar einen Zehner rüber reicht, ist er im Grunde an mir genauso wenig interessiert, wie es Gitte ist. Ich bin die Putze, mehr nicht. Ich werde ihm darum nicht den Papierkorb über dem Schreibtisch ausleeren, ich werde ihn nicht zur Rede stellen und anklagen oder beschimpfen. Mein Verstand hat das genau begriffen. Dann hoffe ich mal, dass ich nicht spontan irgendeinen Unsinn rede. Zum Glück ist er selten zu Hause, wenn ich komme. Vielleicht kann ich ihm für eine Weile aus dem Weg gehen.

Natürlich kommt es anders. Sein Auto steht vor der Garage, der Hausherr ist anwesend. Ich atme tief durch, ehe ich aufschließe. Ich bin nur die Putze, sage ich mir wie ein Mantra. Ich bin nur die Putze.

Natürlich grüße ich ihn freundlich, als ich ins Arbeitszimmer komme. Wie immer frage ich: »Passt es Ihnen gerade, oder soll ich erst die anderen Zimmer hier oben machen?«

Er lächelt förmlich. »Bitte erst nebenan. Ich bin in fünfzehn Minuten fertig, dann haben Sie freie Bahn.«

Er der Hausherr, ich die Putze. Alles wie üblich, was hast du erwartet?

Tatsächlich ist er im Mantel, Laptop unterm Arm, als ich wieder hinübergehe. In der Tür dreht er sich plötzlich zu mir um und mustert mich kalt. »Sind Sie unter die Revoluzzer gegangen, Frau Petersen?«

Ich gucke dumm.

»Na, diese Bürgerinitiative, da mischen Sie doch mit.«

»Woher ...?«

Er lässt mich nicht ausreden. »Woher? Was haben Sie denn in Ihrem Repertoire an Vorurteilen? Wo Sie schon das billige Klischee vom bösen Kapitalistenschwein bedienen. Ich hatte zwar den Verdacht, dass doch Sie es waren, die vor drei Wochen dem dummen Botenjungen die Pläne abgeschwatzt hatte für Ihren hehren Widerstandskampf. Aber die lagen Ihnen dann doch nicht vor. Ich hörte, der Preis war zu hoch. Ihr Glück, Frau Petersen. Sonst wären Sie längst gefeuert. Wenn ich Ihnen einen guten Rat geben darf: Verplempern Sie Ihre Zeit nicht mit Unternehmerbashing. Das ist was für junge Leute, die sich wichtig machen müssen und zu viel Energie haben. Oder linke Beiratsspinner, die wiedergewählt werden wollen. Bleiben Sie bei Ihrer Kunst, das sollte mehr Ihrem Niveau entsprechen und ist auf lange Sicht hoffentlich auch erfolgreicher.« Er wirft mir einen forschenden Blick zu, sein Ton wird schärfer: »Ich hoffe, Sie missbrauchen unser Vertrauen nicht, indem Sie hier herumschnüffeln. Die Polizei geht zwar nicht unbedingt davon aus, dass *Sie* das Chaos hier angerichtet haben. Aber mein Zutrauen in deren Fähigkeiten ist, sagen wir, begrenzt.«

Nicht unbedingt? Was bedeutet das? Die fehlenden fünfzehn Minuten hängen noch immer wie ein Damoklesschwert über mir.

Er will sich schon abwenden, da fährt er herum. »Ach ja. Sie sind auf Empfehlung meiner Sekretärin hier.« Er lacht hämisch. »Was für eine Empfehlung! Sollten Sie in deren Auftrag hier herumschnüffeln, dann seien Sie gewarnt! Es gibt nichts zu finden. Merken Sie sich das.«

Es liegt etwas Lauerndes, Drohendes in seinem Blick. Ich kann mich nicht rühren. *Das* ist der Große R! Ich bekomme Angst vor diesem Kerl. Gänsehaut kriecht fröstelnd über meinen Rücken, meine Arme.

Er steigert sich immer weiter in Rage, schnauft ungehalten. Dabei läuft er knallrot an vor Wut, brüllt mich an, geifert richtig: »Die Briefe gehören ihr nicht! Sie hat nichts, aber auch gar nichts zu erwarten. Mischen *Sie* sich nicht ein. Sonst lernen Sie mich anders kennen! Sie werden Ihres Lebens nicht mehr froh, wenn Sie die Finger nicht davon lassen können!«

Und da, ich glaube es nicht, da spuckt er tatsächlich auf den Boden! Stößt dabei ein unverständliches Kisuaheli aus. Vielleicht einen indonesischen Fluch. Der Mann hat völlig den Verstand verloren. Hilfe! Was macht er als nächstes?

Blitzartig begreife ich: Ich bin allein mit diesem Wüterich. Wie kann ich mich wehren? Er steht in der Tür, Weglaufen ist unmöglich. Ich sitze wie die Maus in der Falle. Hilfe!

Da fährt er auf dem Absatz herum, raus aus dem Zimmer. Peng, Tür zu. Ich gaffe dumm auf die geschlossene Tür, höre, wie er lautstark aus der Wohnung stürmt, draußen den Motor anlässt und losbraust.

Was war das denn? Ich schüttele mich. Allmählich löst sich die Angststarre. Junge, war der wütend! Ich glaube, heute hat er mich zum ersten Mal richtig wahrgenommen. So beleidigend das eigentlich ist, vorher war er mir lieber.

Aber warum? Plötzlich wird mir bewusst, dass sein Schreibtisch ratzeputz leer ist. Alles weggeräumt. Das habe ich noch nie erlebt, das heißt abgesehen von dem Einbruchstag natürlich. So viel zu seinem Vertrauen.

Ich schaue unsicher aus dem Fenster. Fehlt noch, dass im Vorgarten dieser Werder-Lümmel steht, dann lasse ich alles fallen und renne.

Während ich mit dem Staubsauger über das Parkett schiebe, versuche ich zu begreifen, was ihn derart aufgeregt hat. Die *BI* allein hat ihn weniger beunruhigt. Er hat seine Baulöwenzähne gezeigt. Mehr nicht. Was ihn vollkommen aus dem Konzept gebracht hat, waren die Briefe.

Was geht hier vor?

Er muss gemerkt haben, dass ich am Safe war. Gibt es doch eine Kamera? Ich schaue mich gründlich um, kann jedoch nichts entdecken. Habe ich das richtig verstanden: Die Sekretärin will die Briefe haben? Ich soll in ihrem Auftrag hier spionieren? Ich verstehe nur Bahnhof. Ich kenne die Frau ja gar nicht. Lange sehe ich auf den Drachen. Wenn ich in irgendeinem Komplott drin hänge, womöglich satten Ärger bekomme, will ich zumindest wissen, worum es geht. Ich sollte mir die Briefe ansehen, jetzt erst recht.

Aber ich zögere. Vielleicht hat er sie gesichert, vielleicht wartet er bloß darauf, vielleicht ist er nur so lautstark verschwunden, um leise zurückzukommen und zu lauern, was ich mache. Der Kerl war nicht bei Verstand, der tut mir echt etwas an, sollte ich mich an dem Safe vergreifen. Finger weg, ich sollte darauf hören.

Doch als ich angeekelt seine Spucke wegwische, schwöre ich mir: Das war der Punkt zu viel. Brüllen ist schon grenzwertig. Aber Spucken? Das lasse ich mir nicht bieten.

Ob ich die Gerken fragen sollte, wer diese Sekretärin ist? In Bremen kennt doch jeder jeden, gut möglich, dass ich ihr bereits begegnet bin, ohne zu wissen ... Stopp, Dörthe, bloß keine Gespräche mit Petra über das absolut Notwendige hinaus. Ich muss nicht wissen, wer diese Frau ist, es reicht, dass ich für niemanden hier spioniere.

Sag das dem R, meine Liebe. Der glaubt mir kein Wort. Selbst wenn ich ihm eidesstattlich versichere, dass ich keine Ahnung habe, worum es geht. Wenn der mich fertig machen will, wird er einen Weg finden. Ich bezweifle, dass der R mir überhaupt je zuhören wird.

Was für ein Widerling ist das, dieser charmante Erzähler indonesischer Geschichten. Ob das wirklich ein Fluch war? Ich muss kichern. Das sollte ich Annie erzählen. Womöglich fallen mir ab sofort die Haare aus. Ich werfe einen schnellen Blick zu den Masken, die mich böse beäugen. Ich ziehe die Schultern hoch und putze schnell fertig.

Wenn es dir hier zu bunt wird, kündigst du. Das Geld wird dir fehlen, aber vielleicht tut sich eine andere Stelle auf. Wenn du nur genügend herumfragst, wird sich schon etwas Neues ergeben. Schlimmstenfalls setzt du dich mit der Bettelschale vor den Supermarkt zu den Junkies. Hihi.

FÜNFZEHN

»Frau Petersen, Frau Petersen, haben Sie schon das Neuste gehört?«, hält mich auf dem Heimweg Frau Wischhusen aufgeregt an. Sie greift sogar nach meinem Arm. Vielleicht muss sie sich aber auch abstützen. »Ich habe es eben von Frau Hüber gehört, die aus der Berliner Straße. Sie werden es nicht glauben, aber in diese Neubauten am Platanenring soll ein ...« Sie sieht sich scheu um und flüstert: »... ein Bordell hin! Ein ... eine Nebenstelle der Helenenstraße!« Sie hat einen roten Kopf bekommen vor Scham oder Aufregung. Oder beidem. Meine Güte, gleich kriegt sie einen Herzklabaster! Bimbo bellt eifrig mit, will Frauchen wohl unterstützen.

Einen Moment muss ich durchatmen, um nicht laut zu lachen. »Das kann ich mir nicht vorstellen, Frau Wischhusen, das ist enges Wohngebiet hier. Das wird bestimmt nicht erlaubt.«

»Was?« Jetzt kreischt sie fast. »Das versuchen die gerade in der Neustadt mit Erfolg, die dürfen alles, so lange es ihr Privatgrundstück ist. Bestimmt haben sie die Politiker bestochen. Sind doch meistens Männer. Die gehen da ja alle hin. Zugeben tun sie es nicht, aber Frau Petersen, herrje, wir Frauen wissen schließlich Bescheid.« Sie macht eine wegwerfende Handbewegung, ganz schmal sind ihre Lippen geworden.

Die Gerüchteküche kocht langsam zu heiß, fürchte ich. Sag was dagegen, Dörthe, das musst du bremsen.

»Nee, Frau Wischhusen, so einfach ist das nicht. Bei Prostitution hat die Stadt ein Wörtchen mitzureden. Auf jeden Fall der Beirat. Es sind inzwischen genug Frauen drin.«

Müßig, darauf hinzuweisen, dass sicherlich auch die Mehrheit der Männer, vermutlich sogar alle, gegen ein Bordell am Platanenring stimmen würde. Ich muss an den Großen R denken. Bordell passt hervorragend ins Klischee: Gewinngeiler Bauunternehmer verdient an Prostitution. Sollte sich das herumsprechen, ist hier der Teufel los, egal, wie unwahrscheinlich das Ganze ist. Mir wird mulmig zumute. Was hat die *BI* da losgetreten? Aber muss man stillhalten, bloß weil es irgendwelche Dumpfbacken gibt, die aus einer guten Idee einen Misthaufen machen? Denn trotz meiner blauen Flecken und dem schmerzenden Knie will ich nach wie vor den Platanenring retten.

Jeder mit ein bisschen Grips im Kopf wird wissen, dass es hier nie und nimmer einen Puff geben wird, das ist absurd. Zugleich ist mir klar, dass das nur wenige davon abhalten wird, auf diesen Zug aufzuspringen. Hoffentlich gibt es keine echte Randale. Wenn mein Putzjob schon reicht, um verprügelt zu werden, was kann noch alles passieren?

Falls das so weitergeht, kann ich meine Arbeit bei Rs echt vergessen. Vielleicht wäre es ohnehin besser so, unser Verhältnis ist ziemlich vergiftet. Je mehr ich darüber nachdenke, umso unvorstellbarer ist mir, dass ich je wieder dort putzen will.

Plötzlich frage ich mich, woher R eigentlich seine Informationen hatte? Irgendwer vom Sonntagstreffen muss ihm berichtet haben. Das begreife ich jetzt erst. Die Punks waren es garantiert nicht. Warum denke ich automatisch an Marlies? Der Gedanke gefällt mir nicht. Ganz und gar nicht.

SECHZEHN

Ich steige müde die Treppe zum Arbeitszimmer des Großen R hinauf. Von oben dröhnt laute Musik. Ich will weglaufen, alles scheint mir falsch zu sein, aber wie an einem Faden gezogen zwingt es mich hinauf. In der Tür erstarre ich:

Marlies und Jörg Rauschenbach tanzen eng umschlungen zwischen den Papierstapeln auf dem Fußboden. Marlies trägt gestreifte Sträflingskleidung, eine schwere Kugel ist an ihren Fuß gekettet, die hindert sie allerdings nicht im Geringsten.

Als sie mich sieht, lacht sie und erklärt: »Du musst nicht spionieren, wir machen hier einen Puff auf. Damit kannst du mehr verdienen als mit dem blöden Putzen.«

Der Große R blickt mich böse an und schnarrt: »Finger weg!«

Wie von Geisterhand öffnet sich der Safe an der Wand, Briefe flattern wie bleiche Vögel durch die Luft, umkreisen meinen Kopf. Ich will nach ihnen greifen, aber sie entwischen mir geschickt.

Wie auf Kommando erscheint Frau R im scharfen lackschwarzen Domina-Outfit, knallt mit einer Peitsche durch die Luft und kreischt: »Geben Sie Ihr Bestes!«

Im gleichen Moment halte ich einen Staubsauger in der Hand und muss alles vom Boden wegsaugen, aber es nimmt kein Ende, immer neue Briefe fallen zu Boden. Während das Paar sich ungestört in seinem Tanz dreht, knallt Frau R wieder und wieder mit ihrer Peitsche, kommt näher und näher.

Jetzt fixieren mich auch die Masken, sie rollen mit den Augen, die Münder klappen auf und zu, sie beginnen erst leise zu raunen, dann lauter und lauter zu brüllen: »Wir machen einen Puff! Geben Sie Ihr Bestes.«

Mit einem Mal wirbeln die Papierberge auf, füllen das ganze Zimmer mit wildem Rascheln und prasseln auf mich nieder. Ich kann nicht dagegen ansaugen – Luft! Ich brauche Luft! Ich ersticke!

Japsend fahre ich hoch. Ein heftiger Hustenanfall schüttelt mich, ich keuche und röchele. Nur langsam komme ich zur Ruhe. Mein Nachthemd klebt schweißnass auf meiner Haut.

Erschöpft und zitternd falle ich zurück in die Kissen. Was für ein furchtbarer Traum!

Ich mache Licht, lasse die Augen noch einen Moment geschlossen. Ich muss mich erst in der

Realität zurechtfinden. Nun bin ich wach. Ich sehe zur Uhr. Es ist kurz vor vier. Mist. Das kenne ich. Wenn ich gegen vier wach werde, ist es mit dem schnellen Wiedereinschlafen vorbei.

Ächzend steige ich aus dem Bett, tappe in die Küche. Ich trinke langsam einen Schluck Wasser. Iih, kalt rinnt es bis in meinen Bauch. Automatisch krumpelt sich mein Magen zusammen. So was Blödes, jetzt bin ich erst recht wach. Was war das für ein Husten! Hoffentlich werde ich nicht krank. Nee, Dörthe, Krankheitshusten ist anders, vielleicht hast du dich an deiner Spucke verschluckt.

Der Traum hakt sich in meinem Kopf fest. Ich setze mich an den Küchentisch, nehme einen Zettel und beginne, alles, was mir einfällt, aufzuschreiben. Liebe Güte, was für ein Unsinn, wie komme ich darauf? Marlies und der R als Liebespaar, ja geht es noch? Ich halte mitten im Aufschreiben inne. Warum soll das Unsinn sein? Sie ist eine attraktive Frau. Sie wäre ein Kontrastprogramm zu seiner Frau. Marlies hat sich komisch verhalten, als ich sie nach R gefragt habe. Komm, komm, das bedeutet nicht, dass die was miteinander haben. Träume übertreiben oft maßlos. Die beiden passen gar nicht zusammen, die linke Marlies – sie war als junge Frau richtig radikal, hat sie erzählt – und der dicke Unternehmer.

Falsch, er ist eben genau das *nicht*, besser, nicht allein. Er kann verdammt charmant sein. Auch wenn unsere letzte Begegnung alles andere als charmant war. Außerdem, was hat Politik mit Liebe zu tun. Oder mit Sex? Ist das wieder Unternehmerbashing?

Aber gesetzt den Fall, nur mal angenommen, müsste Marlies dann nicht wissen, dass ich da putze? Dann hat sie bloß so unschuldig unwissend getan, als sie meinte, die Rs wolle sie gern mal kennenlernen. Hat sie mich damit auf den Arm genommen? Wirklich überrascht hat sie am Sonntag nicht gewirkt, als das Ganze bei dem Treffen rausgekommen ist.

Dörthe, tu ihr nicht unrecht. Selbst wenn da was wäre, was ich, je wacher ich werde, umso weniger glaube: Kannst du dir ernsthaft vorstellen, dass der Große R mit seiner Geliebten im Bett über seine *Putze* redet? Du leidest unter Größenwahn, liebe Dörthe.

Plötzlich muss ich grinsen, es würde auf jeden Fall Annies Verdacht ausräumen, denn wenn Marlies beim R aus- und eingeht, muss sie den Schlüssel nicht klauen.

Ich fahre mit den Fingern durch meine Haare. Es war ein blöder Traum, Dörthe, dichte Marlies nichts an. Der Konflikt der *BI-Pling* mit R hat sie beschäftigt, das war deutlich, aber dein Unterbewusstes macht gleich ’ne Beziehung draus. Träume sind so. Lass es stecken.

Ich sehe wieder Frau R als Domina vor mir und beginne zu kichern. *Das* ist ein fantastisches Traumbild. Das hätte mein Wachbewusstsein nicht besser hinkriegen können.

SIEBZEHN

»Dörthe, letzten Donnerstag hast du uns ein Rezept für Temperafarben gegeben.« Petra Gerken! Verdammt, ich brauche eine Pause. In fünfzehn Minuten kommen die ersten Teilnehmer für meinen Fortgeschrittenenkurs. Mit todernster Miene reicht sie mir ein Blatt Papier herüber. »Ich habe dieses Rezept hier im Internet gefunden. Es ist, wie du sehen kannst, anders als deines. Hier gibt es ...«

»Petra, ich hatte gesagt, es gibt unterschiedliche Mischungen.« Ich sehe demonstrativ auf meine Uhr. »Ich muss für den folgenden Kurs noch etwas vorbereiten, bitte ...«

»Oh, natürlich, Dörthe. Entschuldige. Dann lasse ich dir diese Anleitung hier, du kannst uns beim nächsten Mal erklären, welche Mischung für uns günstiger ist.« Mit diesen Worten und einem unterwürfigen Blick legt sie mir das Blatt auf den Schreibtisch. Fehlt nur, dass sie einen Knicks macht, denke ich entnervt. Würde bei einer gepflegten Dame mittleren Alters ziemlich peinlich wirken. Schlimm genug, dass man sich in diesen Kursen duzt, »Arbeits-Du« nennt sich das. Klar, es ist praktisch und stört mich im Allgemeinen nicht. Allerdings gibt es Menschen, bei denen empfinde ich das Du als Zumutung.

Es ist eben erst Mittag, aber ich bin schon wie gerädert. Ich habe schließlich die halbe Nacht nicht geschlafen. Muss sie gerade heute wieder mit ihren Sonderwünschen kommen? Ein Windstoß vom geöffneten Fenster weht das Papier auf den Boden. Grummelnd bücke ich mich danach. Leider kann ich es nicht einfach zusammenknüllen und wegwerfen, denn sie wird mir nächsten Donnerstag Löcher in den Bauch fragen.

Aber ...

»Noch mehr Sexsklavinnen im Viertel!«

Das hat doch nichts mit Tempera zu tun. Ich wende das Blatt um, ah hier. *»Für Ihre Farben ...«* Aber was um alles in der Welt ist das hier? *»Baulöwen planen zweiten Puff mitten im Steintor. Sollte es nach den Plänen dieser Herren gehen, laufen bald die Nutten bei uns von Haus zu Haus, müssen unsere Kinder jeden Tag zwischen den Freiern Spießrutenlaufen. Es reicht, dass sie sich an jeder Ecke Heroin und Schlimmeres kaufen können.«*

Verblüfft lese ich weiter. Es geht um den Platanenring, eindeutig. Ziemlich dick aufgetragen und unangenehm moralisierend, hier zum Beispiel: *»Diese schamlosen Frauen, die ihren Körper wegwerfen.«* Und so weiter und so weiter. Bla bla. Ich überspringe einen Absatz.

Wer hat das geschrieben? Von der *BI-Pling* kann es unmöglich sein, das hätte ich mitbekommen. Annie ist an allem beteiligt, was veröffentlicht wird. Sie gehört zu den allseits anerkannten Anführern der *BI-Pling*. Das hier hätte sie nie mitgetragen. Niemals! Diesen Zettel hätte sie mir sofort in den Briefkasten geschoben, ach was, in den Briefkasten. Mit diesem Flugblatt wäre sie sogar mitten in der Nacht bei mir aufgekreuzt. Das Ding muss irgendjemand unterschrieben haben. Da unten: Verantwortlich: *»Jasmin Winkler von den ›Müttern in Sorge‹«.*

Nie gehört. *›Mütter in Sorge‹*, wat dat nit all gift!

Wohnt die bei uns um die Ecke? Wo hat Petra Gerken das Flugblatt her? Erstmals seit zwei Jahren bedauere ich, dass sie bereits verschwunden ist. Ich weiß, dass sie in der Neustadt wohnt. Wie kommt sie also an ein Flugblatt aus dem Viertel? Ein Flugblatt, das ich als Betroffene noch nie gesehen habe.

Stimmen im Flur lassen mich hochschrecken. Mist, ich muss unbedingt noch einen Kaffee trinken, sonst fallen mir gleich die Augen zu. Das

Flugblatt werde ich nachher Annie zeigen, bin auf ihr Gesicht gespannt.

Zunächst bin ich es aber, die ein langes Gesicht zieht, als ich nach dem Kurs die SMS lese, die Frau R mir geschickt hat: »*Liebe Frau Petersen. Sie sind mit meinem Mann aneinandergeraten. Bitte lassen Sie sich nicht von seinem Anfall abschrecken, es wird nicht wieder vorkommen. Mein Mann wird Sie beim Putzen nicht noch einmal stören, dafür sorge ich. Ich erwarte Sie am Dienstag zur gewohnten Zeit. Herzlichst Juliane Rauschenbach.*«

»*Herzlichst*«? Donnerwetter! Was mache ich? Gehe ich noch einmal hin? Wenn sie garantiert, dass ich das Große Ekel nicht mehr antreffe? Kann sie das? Denn eins ist ausgeschlossen: dass ich ihm je wieder gegenüberstehen will.

Beinahe vergesse ich darüber dieses merkwürdige Flugblatt. Ich trabe damit zu Annie. Sie macht tatsächlich ein *sehr* langes Gesicht.

»Was ist das denn für ein Wisch?« Sie schaut kurz auf die Rückseite, stutzt, schüttelt unwirsch den Kopf.

»Kennst du diese Jasmin? Ist die bei euch aufgetaucht?«, frage ich.

»Nein, auch keine Gruppe, die sich *Mütter in Sorge* nennt. Pff!« Wieder überfliegt sie den Text. »Verständlich, dass Mütter keinen Puff nebenan wollen, mich begeistert der Gedanke auch nicht. Gar nicht mal wegen der Frauen, sondern wegen der Kerle. Allerdings klingt der Ton dieses Textes irgendwie, ich weiß nicht, sehr reaktionär«, befindet sie. »Dörthe, bitte: Was ist ›Schlimmeres als Heroin‹? Ich dachte immer, das sei die Hölle. Also, davon abhängig zu sein, meine ich.«

Ich nicke. In meinen wilden Jugendjahren habe ich den ein oder anderen Joint geraucht, zum Glück habe ich nie geglaubt, dass Drogen zur Kunst gehören. Heute brauche ich das Zeug nicht mehr. Ich finde nicht, dass es meine Kunst beflügelt hat, aber das ist Ansichtssache.

Trotz Annies Ärger riskiere ich einen Einwand: »Die *BI* hat nicht das Alleinvertretungsrecht in Sachen Platanenring, vielleicht gibt es andere, die sich getroffen haben. Aber warum melden die sich nicht, dass man zusammenarbeiten kann? Eure Kontaktadressen sind überall zu finden.«

»Weil ich ein linksradikaler Mann bin.«

»Wie bitte?«

»Dörthe, hast du diesen herrlichen Teil etwa überlesen?« Sie zeigt auf eine kleiner gedruckte Passage.

»Ach das, nee, das habe ich nicht mehr geschafft, ich musste arbeiten.«

»Ich zitiere«, grinst Annie süffisant: »›*Von der sogenannten BI-Pling erhoffen wir uns keine Un-*

terstützung, denn dort geben linksradikale Männer den Ton an, wie im Viertel-Info *zu lesen war.‹ Männer* dick gedruckt.« Sie lacht röhrend los. »Mit diesen Puten will ich bestimmt nichts zu tun haben. Wäre interessant, welche Sternzeichen die sind.«

»Nicht jetzt«, wiegele ich ab. Doch Annie ist in ihrem Fahrwasser. Hätte ich den Zettel bloß in den Papierkorb geworfen.

»Das kommt nur, weil Zeitungen immer einen Leiter brauchen, die glauben auch im einundzwanzigsten Jahrhundert noch nicht an Basisdemokratie. Werner hat einen Pimmel, ist folglich als Leiter qualifiziert, sonst wäre es ja auch eine Leiter*in*. Versteht du?«

Ich stöhne leise. Nicht *die* Nummer schon wieder!

»Außerdem ist Werner ein Rindvieh. Nein, Löwe, aber in dem Fall deckt sich das. Weil er 1969 im KBW war, meint er, er sei die Speerspitze der Revolution, die er nun vom Platanenring in die Welt führt.«

Ich lache ungläubig. »Oh, Annie, so redet heute keiner mehr!«

»Glaubst du! Dann komm nächste Woche zu unserem Treffen, du denkst, die seligen 68er sind wiederauferstanden. Ich kann es manchmal auch nicht fassen, was da gefaselt wird.«

Annie, hast du denn seitdem dazugelernt, möchte ich fragen, lasse es dann aber bleiben.

Sie fährt fort mit ihrer Tirade: »Weißt du, wie viel Zeit wir verplempern, weil Männer wie Werner erst einmal ihre Grundsatzerklärungen abgeben müssen? Okay, Leo und Yunnan sind prima Jungs, sonst hätten Britta und ich längst alles hingeworfen. *Wir* schreiben die Presseerklärungen, regeln die Termine. Der Werner blökt nur rum.«

»Wenn es an seinem Sternzeichen liegt, kann er eigentlich nichts dafür«, wage ich eine spöttische Bemerkung.

Tödlich beleidigt sieht Annie mich an. Ich gehe wohl besser, sonst geschieht noch ein Mord.

ACHTZEHN

Ich glaube es nicht! Wieder starre ich in ein Chaos. Wieder ist der Fußboden übersät mit Büromaterial! Überall Papiere. Allein das blöde grinsende Sparschwein glotzt mir unversehrt vom leergefegten Schreibtisch entgegen. Ungläubig schüttele ich den Kopf. Das ist kein Traum, das ist ein Albtraum! Diesmal ein ganz und gar realer. Nichts wird mich gleich wecken. Selbst eine Marlies als Domina wäre mir jetzt lieber als dieser Anblick.

Zweimal hintereinander, das kann nicht wahr sein. Ich möchte mich kneifen, aber ich kann kein Glied rühren. Nur meine Augen wandern rastlos durch den Raum, zu den Wänden, den Masken, zum versteckten Safe. Ungestört schützt der kleine Drache das Versteck. Seine Glasaugen scheinen den Fußboden vor sich zu fixieren, instinktiv folge ich seinem Blick.

Ein paar gelbe Socken schauen unter dem Schreibtisch hervor. Ein paar gelbe *zusammengebundene* Socken.

Entsetzt weiche ich zurück. Dörthe, das sind Füße! Oh, natürlich, Füße, äh ... aber ... Mein Verstand weigert sich zu begreifen, was die Augen sehen. Mit zitternden Knien schleiche ich näher.

Da liegt einer! Ein gefesselter Mensch! Aaah! Das ist der Große R!

Sein Gesicht ist blau angelaufen, ein breites Pflaster klebt über seinem Mund, die Augen quellen hervor, stieren mich an, aber ich wette, sie sehen mich nicht. Sieht R überhaupt noch etwas? Oder ist er gar ... tot? *Ist er tot?*

Ich presse die Faust vor den Mund, möchte schreien, aber hier kann es um Minuten gehen. Mach das Pflaster ab! Vielleicht kann ich ihn retten. Darf ich ihn denn anfassen? Was, wenn ...?

Dörthe, fühl seinen Puls, ob er noch lebt, mach endlich.

Vorsichtig knie ich mich neben den reglosen Mann, achte kaum darauf, dass ich gerade einen Bildband plattdrücke. Ich will das Handgelenk fühlen, aber da ist Klebeband drüber. Trotzdem greife ich mechanisch nach den zusammengebundenen Händen. Schockiert zucke ich zurück, als hätte ich mich verbrannt. Dabei ist die Hand nicht heiß. Im Gegenteil. Sie ist kalt. Kalt und leblos.

Nein, für den Großen R kann ich nichts mehr tun. Nur noch für mich selbst. Das dürfte schwierig genug werden.

NEUNZEHN

Ich sitze in einem trostlosen Büro bei der Kripo. Neben dem Kommissar sitzt einer von der Mordkommission. Die Fragen stellt bloß der Falkner. Er hat etwas von »Zuständig für Rauschenbach« gemurmelt. Wieder und wieder muss ich erzählen, wie und vor allem wann ich das Haus betreten habe. Wie ich ihn gefunden habe, was ich angefasst habe. Mir schwirrt der Kopf. Die Angst verkleistert mein Gehirn, denn natürlich bin ich hier nicht nur als Zeugin. Ich bin Verdächtige. Von der Freundlichkeit der ersten Begegnung ist wenig geblieben, auch wenn Kriminalkommissar Falkner sachlich bleibt. Ich kann es ihm nicht verdenken.

»Es gibt eine Lücke von dreißig Minuten, Frau Petersen«, erklärt er. »Sie sagen, Sie haben Ihre Putzstelle am Brommyplatz um Punkt elf Uhr verlassen. Gibt es dafür Zeugen?« Das weiß er alles längst, was soll das? Das gleiche haben wir vor drei Wochen fast wortwörtlich bereits einmal durchgespielt. Ich komme mir vor wie bei einem

Flashback. Kann er nicht wenigstens anders formulieren? Es gruselt mich.

»Nein, aber ich *habe* geputzt, und das sieht man hoffentlich. Ich brauche dafür eine Stunde, schneller geht es nicht.«

»Um elf Uhr dreißig sind Sie bei Rauschenbachs eingetroffen. Wie sind Sie zum Osterdeich gekommen? Wieder mit dem Fahrrad?«

»Zu Fuß. Bei dem Regen fahre ich ungern mit dem Rad. Die Bahn war gerade weg. Ich habe kein Auto.«

»Wie lange brauchen Sie?«

»Etwa eine Viertelstunde.«

»Bleiben noch fünfzehn Minuten. Wo und wie haben Sie die verbracht?«

Ich atme tief aus. Immer die gleiche Fragen. Sie zermürben mich. Ich habe immer noch kein Alibi. Ich will auch keines haben müssen. Wo lebe ich denn? Am liebsten würde ich schreien.

Alles gut, Dörthe, denke ich immer wieder, alles gut. »Ich habe in dem kleinen spanischen Café an der Hamburger Straße einen Espresso getrunken. Das mache ich manchmal. Pablo kann das bestätigen, wir haben uns ein bisschen unterhalten.«

»Worüber?«

»Über den Dauerregen, und ob er sich nach Spanien zurücksehnt.«

Der Polizist lacht auf. Ich schaue ihn erstaunt an. »Frau Petersen, das ist leider ein so banales Thema, dass es immer stimmen kann.«

»Tut mir Leid, wir haben in fünfzehn Minuten nicht die ganze Weltpolitik durchgehechelt. Es war eh ziemlich voll.«

»*Mir* muss es nicht leid tun, für Sie wäre es eventuell besser. Sie sagen, es war voll. Kannten Sie andere Besucher?«

»Nur vom Sehen, weil ich manchmal hingehe. Morgens sind oft die gleichen Leute da, von der Schule gegenüber. Aber ich habe mit niemandem gesprochen. So viel Zeit hatte ich nicht.«

»Nun, das überprüfen wir. Gut. Wie sind Sie überhaupt an die Putzstelle bei Rauschenbachs gekommen?«

»Über eine Frau Gerken, über die Sekretärin von Herrn Rauschenbach.«

»Über die Sekretärin Petra Gerken, verstehe, woher kennen Sie Frau Gerken?«, fragt der Falkner.

Nein, will ich ihn berichtigen. In dem Moment begreife ich: Frau G *ist* die Sekretärin. Ach nee! Der Kommissar wird sie im Lauf der Untersuchung getroffen haben, er wird sich nicht irren. Der Fehler liegt bei mir. Petra Gerken hat mich angelogen. Warum nur? Hat sie mich tatsächlich mit übler Absicht bei Rauschenbachs eingeführt? Dann macht die Wut des Großen R vielleicht Sinn! Und bringt mich in Teufels Küche. Denk später darüber nach, der Kommissar wartet auf eine Antwort.

»Sie besucht einen meiner Zeichenkurse. Am Donnerstagvormittag.«

Der Kollege seufzt vernehmlich. »Schöne Arbeitszeiten!«

Der Kommissar räuspert sich. »Ein anderer Punkt: Wie stehen Sie zu der *BI-Pling*?«

Ich muss tief durchatmen. Klar, das musste irgendwann kommen. »Anfangs fand ich die Initiative gut«, beginne ich zögernd. »Wegen dem Platz. Ich will den so erhalten. Aktiv mache ich bei der ganzen Sache aber nicht mit. Ist mir zu ... dogmatisch. Trotzdem informiere ich mich über alles. Darum war ich bei dem ersten Treffen. Herr Rauschenbach hat mich deswegen gewarnt.«

»Gewarnt?« Der Falke zieht die Augenbrauen hoch.

»Ja, vorige Woche war er im Haus, während ich geputzt habe. Da hat er mir geraten, von der *BI* wegzubleiben.«

»Hat er Ihnen mit einer Kündigung gedroht?«

»Nein. Er beschuldigte mich allerdings indirekt, dass ich den Einbruch begangen habe, weil ich Informationen gesucht haben soll für die *BI*. Aber das ist ja Unsinn. Wo heute alles im Computer gespeichert ist. Außerdem wusste ich zu dem Zeitpunkt des Einbruchs noch gar nichts von dieser *BI* und dem Bauvorhaben am Platanenring.« Rede nicht so viel, Dörthe, pass auf, was du sagst, wer weiß, wie das am Ende verdreht wird. Vor allem kein Wort zu den Briefen! Du hast keine Ahnung, worum es dabei geht, vielleicht sind sie ein Mordmotiv. Lass die Finger davon! Wenn der Kommissar erfährt, dass der R mich des Spionierens für seine Sekretärin verdächtigt hat, wer weiß, in was für einen Schlamassel ich gerate. Ich beiße mir auf die Lippen. Vorsicht, Deern!

Der Polizist reicht mir ein Flugblatt über den Tisch. »Haben Sie das schon einmal gesehen?«

Ach herrje, die *Mütter in Sorge*. Ich kann mir ein Grinsen nicht verkneifen, es ist so schwer, sich in dieser Verhörsituation im Griff zu haben. »Ja, das habe ich gesehen, aber ich kenne diese Leute nicht.«

»Hm.« Nachdenklich sieht er mich an. »Das ist leider nicht spaßig. Ich hoffe, Ihnen ist bewusst, wie problematisch die Unterstellung ist, in der Berliner Straße ein Bordell bauen zu wollen.«

»Ja, sicher, die Leute reden von nichts anderem mehr. Mir macht das Geschwätz auch Angst. Das stammt garantiert nicht von der *BI*, Herr Falkner.« Ob er das glaubt? Ich kann in seinem Gesicht nichts lesen. »Ach du heilige Scheiße«, entfährt es mir, als ich auf einmal begreife, was ihn umtreibt. »Äh, sorry.« Er zuckt bloß mit den Achseln, er ist bestimmt ganz andere Ausdrücke gewohnt. »Glauben Sie, dass der Rauschenbach darum umgebracht wurde? Weil Leute sich gegen einen Puff ... äh ... ein Bordell wehren wollten?« Entgeistert starre ich ihn an.

Er zeigt keine Regung. Das wäre ... Das wäre ... So geht das doch nicht! Natürlich täte es mir leid um die Platane, sehr, sehr leid sogar, aber ein Baum ist es letztendlich nicht wert, dass einem Menschen sein Leben genommen wird. Selbst wenn es einen üblen Spekulanten trifft, wie der R einer sein mag. Das heißt, gewesen sein mag. Wohin soll das denn sonst führen?

Wieder steht das Bild des gefesselten Mannes vor mir, sehe ich die verquollenen Augen. Er muss an diesem Knebel qualvoll erstickt sein, vermute ich. Wie furchtbar! Nein, das habe ich ihm nicht gewünscht. Wie kann man so einen Tod überhaupt jemandem wünschen? Womöglich war es ein dämlicher Unfall, vielleicht dachte der Täter, R würde genug Luft kriegen, würde rechtzeitig gefunden werden, oder was weiß ich.

Ich will mich nicht damit abfinden, dass Menschen täglich morden und quälen. »Du bist ein naives Fischlein«, höre ich Annie sagen. Ja, verdammt, solange dazugehört, Menschen nicht misshandeln zu wollen, bin ich gerne ein blödes naives Fischlein. Ich will und werde mich nie daran gewöhnen, dass diese Art von Brutalität selbstverständlich ist. Ich weiß, es widerspricht jeder Vernunft, doch ich kann so nicht leben. Ich kann es nicht. Ich spüre, dass mir die Tränen kommen.

He, du sitzt auf der Polizeiwache, Dörthe, heul zu Hause, sofern sie dich je laufen lassen. Trotzdem muss ich schniefen. Umständlich putze ich mir die Nase.

»Sie haben einen schweren Schock erlitten, Frau Petersen«, erklärt der Beamte sachlich, aber ein kleines bisschen freundlicher. »Unterschätzen Sie das nicht. Sie finden nicht jeden Tag einen Toten.«

Er wartet, bis ich mich wieder gefangen habe. Dann tippt er mit dem Zeigefinger auf das Blatt der merkwürdigen *Mütter*, sieht mich fragend an.

»Herr Kriminalkommissar, ich möchte die Zerstörung des Platzes verhindern. Ja, ja, ja! Doch nicht um jeden Preis. Ich will keine Randale. Darum habe ich mich bei der *BI* nicht eingeklinkt. Ich habe jedem, der mit diesem Sexquatsch anfing, gesagt, dass ich das für Unsinn halte.«

»Schätzen Sie die *BI-Pling* so ein, dass die Mitglieder zu Gewalttätigkeiten neigen?«

»Nicht generell, nein.«

Aber Basti. Mein Knie schmerzt immer noch. Soll ich davon erzählen? Werden die anderen Punks nicht ausrasten, wenn ich einen der Ihren an die *Bullenschweine* ausliefere? Frau Wischhusen hatte demgegenüber keine Bedenken. Ihr »Der gehört eingesperrt« klingt in meinen Ohren. Er wollte sie beklauen, eine uralte, hilflose, durch und durch friedliche Frau.

Der Polizeibeamte hat mir Zeit gelassen. Ich atme tief durch und erzähle von dem Überfall.

»Warum haben Sie nicht die Polizei verständigt?«, fragt der Falke.

Ich zucke die Achseln. »Je nun. Ich wohne um die Ecke. Ich will es mir nicht verderben mit den Nachbarn.« Eilig füge ich hinzu: »Ich glaube nicht, dass die anderen Punks gewalttätig sind. Meistens sitzen sie bloß rum mit ihren Hunden und trinken was.«

Wieder wartet der Falke ab, ehe er erklärt: »Wir haben noch ein Bündel Fragen, Frau Petersen, wie Sie sich denken können. Falls Ihnen noch etwas einfällt, sagen Sie es mir bitte, egal, wie unwichtig es Ihnen erscheint.«

Sofort ploppt das Bild des Werder-Jungen vor meinem inneren Auge auf. Der? Das war doch ein Hirngespinst. Soll ich ...? Der Polizist weiß sofort, dass mir etwas im Kopf herumspukt, er ist mir unheimlich.

»Woran denken Sie?«, drängt er. »Bitte, es kommt Ihnen vielleicht unsinnig vor, reden Sie.«

Also erzähle ich von *Frings* und seinem Besuch mit den Briefen. Dass ich selbst im Safe nachgesehen habe, kann ich eben noch verschweigen. Gedanken wird er ja nicht lesen können, dieser Falke. Obwohl ich mir da nicht so ganz sicher bin. Er fragt viel nach, manchmal denke ich, er hält mich für bekloppt. Aber er hat selbst gesagt, ich darf auch Tünkram erzählen. Die Autonummer notiert er sich.

Plötzlich fällt mir etwas ein. »Moment«, murmele ich, greife nach meiner Tasche und ziehe den Skizzenblock heraus. Wo ist es, wo ist es? Ach, hier. Ich reiße ein Blatt heraus und reiche es dem Beamten.

»Der Junge, der *Frings*. Ich habe ihn gezeichnet.«

»Warum?«

»Ich weiß nicht. Weil er mir irgendwie bedrohlich vorkam. Einfach so ein Gefühl.«

Er betrachtet das Bild.

»Können Sie behalten, äh ... wenn Sie meinen, dass Sie es brauchen.« Ich werde ein bisschen rot. Er soll ja nicht glauben, dass ich ihm meine Werke aufdrängen will.

Er lächelt, nickt. »Danke. Wir werden uns darum kümmern. Fällt Ihnen noch etwas ein?«

Eine Kleinigkeit, sagt mein Unterbewusstes, aber es will sich nicht zeigen. Weil es in meinem Kopf viel lauter dröhnt: »Marlies!«

Nein! Das erzähle ich nicht. Das wäre Verrat. Das geht zu weit. Wenn Marlies von dem Mord erfährt, wird sie selbst entscheiden müssen, ob sie zur Polizei geht. Wenn sie überhaupt etwas zu sagen hat. Denn was bedeutet schon, sie *kennt* den R? Ich kenne auch die Verkäuferin beim Bäcker, ihretwegen würde ich auch nicht zur Polizei gehen.

»Noch etwas?«

Herrje, Dörthe, lass dich nicht immer von deinen Gedanken ablenken, das hier ist kein Ort für Unaufmerksamkeiten.

»Ja ... äh ...«, antworte ich zögernd, denn die verborgene Kleinigkeit drängt sich klarer in den Vordergrund. Da ist sie! Ach, völlig unbedeutend. Egal, erzähl, sonst zieht er dir Marlies aus der Nase.

»Frau Rauschenbach hat mich angelogen. Als sie mich am Tag nach dem ersten Einbruch zum Putzen herbat, sagte sie, Kollegen ihres Mannes kämen zum Essen. Der hatte mir aber erzählt, er sei zu der Zeit auf Dienstreise. Zufällig bekam ich später mit, dass sie an dem Abend eine große Feier veranstaltet hat. Ich hatte den Eindruck, dass die Ehe, äh, nun ja, nicht die Glücklichste ist. Aber vielleicht hat das alles gar nichts zu sagen«, beeile ich mich, hinzuzufügen. »Warum soll sie nicht ein Fest feiern, wenn ihr danach ist? Also, ich meine, das muss sie *mir* ja nicht erzählen.«

Plötzlich wird mir mulmig. Was rede ich? Dörthe, schwärzt du die Frau etwa an? Sie hat ihren Mann verloren, und du ziehst über eine Fete her. Geht's noch? Bist du tatsächlich eine Putzpetze? Hätte ich doch lieber den Mund gehalten.

Wieder zieht der Polizist die Augenbrauen hoch. »So, so.« Er denkt nach. »Sie sehen, Frau Petersen, wie wichtig es ist, sich selbst an scheinbar Unwichtiges zu erinnern. Ob das Ganze für die Tat von Bedeutung ist, wird sich zeigen.« Jetzt lacht er herzlich. Nun ist er wieder der freundliche Onkel. Junge, Junge, dem möchte ich nicht gegenübersitzen, wenn ich echt was ausgefressen habe.

»Haben Sie Feinde, Frau Petersen?«

»Meine Ex-Schwiegermutter«, platzt es aus mir raus. Ich werde rot. »Äh, nee, also, die alte Frau ist seit drei Jahren tot, also. Entschuldigung. Feinde? Nein, wer denn? Warum?«

»Weil sich all diese Vorfälle immer dienstags zu Ihrer Putzzeit ereignen. Ich gewinne den Eindruck, jemand möchte Ihnen mit Gewalt eine kriminelle Handlung unterstellen.«

Ich fahre entsetzt zurück »Mir? Aber warum?«

Warum entsetzt dich das, Dörthe? Du hattest von Anfang an diesen Verdacht. Aber ihn von einem Kriminalbeamten *ausgesprochen* zu hören, lässt das Hirngespinst zu einer bösen Realität werden.

»Niemand verdächtigt Sie, Frau Petersen. Diese Versuche sind, sagen wir, ziemlich plump. Darauf falle ich nicht herein. Jedoch könnte es eine Spur sein, verstehen Sie?«

Ich nicke verunsichert. »Ich begreife es nicht, ich bin doch nur die Putzfrau. Ich kenne die Leute alle gar nicht.«

Er erhebt sich und reicht mir die Hand. »Danke für Ihre Hilfe, Frau Petersen. Es ist gut möglich, dass wir noch einmal auf Sie zurückkommen müssen. Vorerst sollten Sie versuchen, sich von dem Schrecken zu erholen. Bitte scheuen Sie sich nicht, um professionelle Hilfe zu bitten. Wir haben im Haus eine Beratungsstelle. Unterschätzen Sie nicht den Schock, den der Fund eines Getöteten auslöst.«

Damit bin ich entlassen. Frei! Ich kann es kaum glauben. Ich sah mich bereits in einer Zelle hocken, überlegte schon, ob ich einen Anwalt kenne. Ach ja, Thekla aus der Prangenstraße 91. Die wäre mir eben in all dem Stress nie eingefallen. Hoffentlich brauche ich sie nicht doch noch. Denn wie beim ersten Mal habe ich das Gefühl, ich bin noch längst nicht freigesprochen.

ZWANZIG

Ich stehe unschlüssig vor der Polizeiwache, muss erst mal meine konfusen Gedanken sortieren. Die eine Dörthe will davonrennen in die Freiheit. Eine andere ist schwer wie Blei. Da meldet sich eine dritte Dörthe: »Hunger!«

»Wie kannst du nach alledem ans Essen denken?«, fragt Dörthe Zwei empört. »*Ich* denke nicht daran, mein Magen tut das.« Die erste Dörthe grinst und steuert die nächste Pizzeria an.

So gut mir eine warme Mahlzeit tut, sie ermüdet mich zugleich. Du solltest gesünder leben, meldet sich eine vierte Dörthe. Heute nicht.

Ich verbiete mir mit Macht alle Gedanken an die vergangenen Stunden und blättere halbherzig in einer Illustrierten. Warum sind in dieser Zeitung überall Briefumschläge abgedruckt? Alle mit der Anschrift »Knut Rauschenbach«? Dörthe, aufwachen. Hier steht: *»Liebe Kundinnen und Kunden«*, das ist Werbung. Ja, ja, ist ja gut.

Ob Ihro Ladyschaft mich wohl weiter putzen lässt?, frage ich mich plötzlich. Ja, Himmel, will ich denn je wieder einen Fuß in dieses Haus setzen?

Nur einmal noch, flüstert eine der vielen Dörthes in meinem Kopf. Nur mal gucken, ob die Briefe noch im Safe sind …

Nein! Das ist eindeutig der Wunsch einer geistig umnachteten Dörthe!

Ich klatsche die Zeitschrift auf den Tisch. Vom Nachbartisch gucken ein paar Kids rüber und kichern. Oha, ich muss laut geredet haben. Passiert mir in letzter Zeit immer öfter. Ich werde alt.

Was soll das mit diesen Briefen? Das war eine Drohung des Großen R, die sich ja wohl mit seinem Tod erledigt hat. Ein Konflikt zwischen ihm und der Gerken.

Aber, he, Moment. Momäääánt! Ich sehe es wieder vor mir: Ich hetze durch die Berliner Straße, will nur nach Hause. Weil ich diese Idee habe. Ich murmele es ununterbrochen vor mich hin: »Ich muss mehr von dem dunklen Gelb nehmen. Ich muss mehr von dem dunklen Gelb nehmen.« Da renne ich fast gegen einen Lieferwagen, der mitten auf dem Fußweg parkt. Sieht nach Umzug aus. Leute schleppen Sachen aus dem Haus. Ich weiche auf die Straße aus. »*Entrümpelung*« lese ich. Geh weiter. Vergiss das Gelb nicht. In dem Moment höre ich vom Eingang des Umzugshauses eine eiskalte Stimme: »Die Briefe!«

»Aber die sind von ...«, piept eine Frau jämmerlich.

Ich drehe mich um. Da steht der Große R mit zusammengekniffenen Lippen und streckt die Hand nach einem Stapel Papiere aus. Eine Frau kehrt mir den gekrümmten Rücken zu, was sie jetzt sagt, verstehe ich nicht. Ein Bild der Unterwürfigkeit, schießt mir durch den Kopf. Na und, geht es dich etwas an?

Ich renne weiter.

Dass der R auch in Entrümpeln macht, hätte ich nicht erwartet. Warum nicht? So lange man Geld damit machen kann ...

Geh. Denk an das Gelb!

Das muss Mitte, Ende September gewesen sein. Das habe ich völlig vergessen. Wenn es um die Kunst geht, ist mir alles andere egal. Können damit die Briefe im Safe gemeint sein? Sie schienen dem R wichtig zu sein. War die Frau demnach Petra Gerken? Statur, Haltung, ja, könnte passen.

Aber Halt. Dann hätte der *Frings* sie doch nicht *bringen* müssen. Stimmt wieder nicht. Hm.

Selbst wenn der R in Entrümpeln macht, steht er als Chef nicht selbst in jeder Hütte. Nochmal Moment, die Briefe im Safe sind an Vater Knut Rauschenbach adressiert. Der wohnte in der Berliner Straße. Also war es dessen Wohnung, die aufgelöst wurde. Den Vater haben sie ins Altersheim gebracht. Das hat der alte Hermann erzählt.

Jetzt langsam, eins nach dem andern. Petra ist die Sekretärin vom R. Das wusste ich damals nicht.

Komische Geschichte, das.

Lenk dich nicht ab.

Sie hilft beim Ausräumen und findet Briefe, die sie offenkundig behalten will, das war deutlich. Folglich eine enge Beziehung zum Schreiber. Oder hat sie die selbst geschrieben?

Nee, das war eine alte Schrift. Dazu, ja, warte, die Postleitzahl 2800, die gilt schon lange nicht mehr. Könnten die von Petras Vater stammen? Möglich. Oder von ihrer Mutter? Das wäre brisanter. Diese Briefe nimmt der R ihr weg, ist dabei hörbar sauer. Briefe von Petras Mutter an Knut? Das macht Sinn. Was will Petra damit? Na, lesen, was sonst? Warum soll R das verhindern? Sie gehören ihm so wenig wie Petra.

Das alles war im Spätsommer. Wo waren die Briefe die ganze Zeit, bis der Junge sie ins Haus gebracht hat?

Schade, dass ich mit Marlies nicht daran herumdoktern kann, denn wie soll ich ihr von den Briefen erzählen? Weil, eines werde ich nie und nimmer tun: zugeben, dass ich den Safe geöffnet habe. Das wäre mir zu peinlich.

Was sagt uns das Ganze, Frau Detektivin?

Dass du, meine liebe Dörthe eins bis unendlich, sofort nach Hause gehst und dich aufs Sofa packst. Du träumst dir wieder eine Geschichte zusammen. Du hast eine blühende Fantasie. Vielleicht solltest du es in Zukunft mit dem Schreiben versuchen, wahrscheinlich hast du damit mehr Erfolg als mit dem Malen.

Selbst wenn Mutter Gerken an Knut R Briefe geschrieben hat, was geht dich das an? Selbst wenn es heiße Liebesbriefe sein sollten, WAS GEHT DICH DAS AN?

Bist du unter die Spanner gegangen? Sollte es von irgendeiner Bedeutung sein, würden sie nicht in diesem unbrauchbaren Safe herumliegen. Wenn du tatsächlich unerlaubt an den Safe gehst, bloß um deine dumme Neugier zu befriedigen und dabei erwischt wirst, dann bist du die Hauptverdächtige in einem Mordfall.

Darum wirst du gleich nachher bei der Ladyschaft anrufen und kündigen. Auf die Weise ersparst du dir einen demütigenden Rauswurf.

Stopp, es geht schon lange um mehr als Neugier. Es geht darum, dass der R mich mit Petra Gerken zusammengespannt hat. Er hat mich deswegen massiv bedroht. Vielleicht wissen andere davon. Möglicherweise enthalten diese Briefe ein Mordmotiv. Dann bist du dran, ohne zu wissen, woran eigentlich. Ich will unbedingt wissen, worum es geht, das ist kein Spannen, das ist Selbstschutz. Ich kann schließlich schlecht den Falken fragen, was drinsteht.

EINUNDZWANZIG

Ich sehne mich nur noch nach meinem Sofa. Doch Pustekuchen. Kommt es dicke, dann aber gleich doppelt und dreifach.

Ich hocke seit zwanzig Minuten in der Bahn, weil irgendein idiotischer Autofahrer auf den Schienen geparkt hat. Natürlich denkt man immer, es geht gleich weiter, darum bin ich nicht ausgestiegen. Zu Fuß wäre ich inzwischen wahrscheinlich zu Hause. Aber ich war viel zu müde für den Weg, Sitzen und Warten kostet wenigstens keine Kraft. Nur Nerven. Dazu kommt der alltägliche Regen, der einen Spaziergang durch die Stadt wirklich nicht erträglicher macht. Selbst die schrecklichen Bilder vom Vormittag sind einem grauen Rauschen in meinem Kopf gewichen.

Endlich kommt eine Frau angeschlendert, winkt lässig zum Straßenbahnfahrer, steigt in ihren Schlitten und braust davon. Die Fahrgäste sind empört. Ich lerne ein paar neue Schimpfwörter. Meine Sitznachbarin zuckt die Achseln.

»Arroganz hilft ihr auch nichts, die kriegt 'ne saftige Rechnung.« Endlich, endlich geht es weiter.

Ich bin wie durch den Wolf gedreht, als ich nach Hause komme. Kaum öffne ich die Haustür, steht Hermann im Flur. »Oh, bitte nicht jetzt«, rutscht es mir raus.

»Frau Petersen, ich weiß, was passiert ist. Bitte ...« Ehe er weiterreden kann, erscheint ein zweiter Mann im Treppenhaus. Er ist um die fünfzig, fünfundfünfzig, kommt mir irgendwie bekannt vor, aber ich weiß nicht, wo ich ihn einordnen soll. Er reicht mir die Hand.

»Alex Rauschenbach. Ich bin Jörg Rauschenbachs Bruder. Frau Petersen, ich verstehe, wenn Sie von unserer Familie nichts mehr wissen wollen, aber ich bitte Sie inständig, nehmen Sie sich ein paar Minuten. Ich bin ... äh, ich habe ein paar Fragen.«

Er redet zwar wie ein harter Bursche, dabei sieht er eher aus, als wolle er heulen. Verständlich. Wäre schließlich normal, wo man ihm gerade den Bruder abgemurkst hat.

Und so finde ich mich auf einem Sofa wieder, allerdings nicht auf meinem.

Wahrscheinlich stimme ich bloß zu, weil ich mich vor meiner leeren Wohnung fürchte. Und vor der Flut von Bildern und Gedanken, die ich, das ist mir nur zu klar, ab sofort nicht mehr werde zurückhalten können. Die mich schutzlos überrollen werden, wenn ich alleine bin. Bilder, die ich nie, nie hätte sehen wollen. Selbst in Filmen oder Büchern meide ich harte Gewaltszenen. Dass die Realität solche Abbilder so brutal übertrifft, hätte ich als Anhängerin der bildenden Kunst kaum für möglich gehalten. Mich graust vor der Nacht, vor dem Moment, an dem ich die Augen schließen werde, um zu schlafen. Dann werden sie wiederkommen, die herausquellenden Augen, die gelben Socken, all das. Selbst die Erinnerung an das debile Sparschwein wird mich in Panik versetzen. Ja, ich brauche jetzt Menschen um mich, gestehe ich mir ein. Hermann ist in seiner ruhigen Art genau die richtige Gesellschaft.

Und Alex? Noch ein Rauschenbach-Ekel? Oder ein betroffener, leidender Bruder? Wieso »oder«? Auch ein Ekel kann ein leidender Mensch sein.

Ich muss mich schütteln, um den Kopf frei zu bekommen und mich auf meine Gegenüber zu konzentrieren. Als erstes stellt mir Hermann einen großen Becher Kaffee hin.

»Trinken Sie, das wird Ihnen gut tun. Bei Schock hilft Kaffee.«

Alex hat bereits einen solchen Becher vor sich stehen, er muss gerade erst gekommen sein, der Dampf steigt noch aus der Tasse. Der Duft des frischen Kaffees beruhigt mich ein bisschen. Ich lehne mich zurück, betrachte interessiert diesen anderen Rauschenbach.

»Sie haben ihn gefunden«, beginnt der vorsichtig das Gespräch. »Die Polizei hat mir Jörgs, äh … Todesursache dargelegt, das möchte ich Ihnen gern ersparen.« Er schluckt. Das hätte er *sich* bestimmt auch gern erspart. »Viel wichtiger ist, was Sie selbst für einen Eindruck hatten. Äh, also Eindruck, ich meine: haben Sie eine Erklärung?«

Er knetet die Hände, seine Kiefermuskeln mahlen, er steht unter einem gewaltigen Druck, versucht dabei, den beherrschten Kerl zu geben. Ach Mann, warum das? Hermann legt ihm die Hand auf den Oberarm und sagt freundlich: »Junge, sei nicht so hart zu dir. Kannst man ruhig zugeben, dass dir zum Heulen ist. Du bist nicht bei deinen Geschäftspartnern. Wir sind hier unter uns.«

»Ja, ja, danke«, murmelt er und entspannt sich tatsächlich ein bisschen.

»Mich verwirrt vor allem eines«, beginne ich. »Das ganze Szenario war eine exakte Kopie von dem Einbruch vor drei Wochen.«

»Komisch, Jörg hat mir davon erst vor ein paar Tagen berichtet und die Sache abgewiegelt. Möglicherweise hatte es mit dem Geschäft zu tun, das hätte er mir unbedingt sofort mitteilen müssen.

Wir haben für solche Fälle einen Werksschutz. Die Jungs sind gut geschult und können anders arbeiten als die Polizei.«

»Aber seine Frau sagte, dass nichts gestohlen worden sei.«

»Ach, die Juliane, die hat keine Ahnung. War sein Laptop noch da?«

»Er war an dem Tag, glaube ich, auf Dienstreise, da nimmt er den bestimmt mit.«

»Dienstreise? Ach ja, Frankfurt, stimmt.« Sein Smartphone biept. Er wirft einen Blick aufs Display, ignoriert den Anruf.

»Aber vorhin!« Plötzlich habe ich den Raum wieder vor Augen. »Da war kein Laptop. Jörg, äh, Ihr Bruder war ja zu Hause. Der Computer hätte also eigentlich auf dem Schreibtisch stehen müssen.«

»So hat es mir die Polizei dargestellt«, bestätigt Alex mit beherrschter Wut. »Dieser Blödmann, was soll diese Geheimniskrämerei! Wissen Sie, was für Beträge bei uns über den Tisch gehen? Was ein geplatzter Deal uns kostet? Zum Beispiel ein Geschäft, das uns wer vor der Nase wegschnappt, weil wir nicht auf unsere Daten achten. Der Jörg ist ein arrogantes A...«

Er bricht ab, ihm scheint klar zu werden, dass es keinen Bruder mehr gibt, den er maßregeln kann. Ich versuche, abzuschätzen, wer von beiden der Ältere ist. Weit sind die nicht auseinander. Vermutlich Jörg. Oder dieser Alex hat es besser verstanden, sich fit zu halten. Er sieht gut aus, durchtrainiert und, äh, ja, attraktiv. Und längst nicht so blasiert wie sein Bruder.

Wieder klingelt sein Smartphone. »Oh, die Polizei. Entschuldigen Sie.« Er geht in die Küche.

Hermann und ich sitzen einen Moment stumm beieinander. »Deern«, murmelt er schließlich ungewohnt persönlich. Seine Stimme zittert leicht. »Glauben Sie, das hängt mit dem Platanenring zusammen?«

»Ich weiß es nicht.«

Zweifel steht in seinen Augen. »Man muss sich wehren. Man kann sich nicht alles gefallen lassen. Aber es ist schwer, für einen Toten verantwortlich zu sein, wenn auch nur indirekt.«

»Glauben Sie im Ernst, dass ihn jemand von der *BI-Pling* umgebracht hat? Es kann andere Gründe geben. Sie selbst haben ihn einen skrupellosen Schietkerl genannt.«

Wen willst du überzeugen, Dörthe, Hermann oder dich?

Der alte Mann hat mir gar nicht zugehört. Nachdenklich fährt er fort: »Schlafende Hunde sollte man nicht wecken. Vielleicht haben wir an eine Geschichte gerührt, die wir nicht überschauen. Jetzt ist es passiert, und wir stehen da.«

Darauf gibt es nichts zu antworten. Hermann spricht damit nur meine eigenen tiefsten Ängste aus.

»Haben Sie mit Alex über den Platanenring gesprochen?«

»Nein. Er hat bloß erzählt, dass Jörg tot ist. Alex und ich, tja ... Ich bin so'n bisschen wie'n Onkel für ihn. Seit es mit Jörg nicht mehr so gut laufen wollte, ist mir sein Bruder näher gekommen. Darum ist er hier. Nicht, um mich anzuklagen.«

»Sollen wir es ansprechen?«

»Nur, wenn er es tut. Ich rühre da nicht an.«

Alex kommt zurück. »Die Polizei hat Jörgs Smartphone gefunden. Wussten Sie, äh, wusstest du ...« Er bricht ab, weiß nicht so recht, wie er das mit der Anrede halten soll. Höflicher Mensch. Was ist wichtiger, der alte Mann oder die Frau, was sagt das Benimmbuch? Rasend schnell schießt mir das durch den Kopf. Verrücktes Gehirn!

»Bei der VHS benutzen wir das sogenannte Arbeits-Du. Wie wäre es damit?«, schlage ich vor. »Ich heiße Dörthe.«

Er lächelt, zum ersten Mal an diesem Abend echt und nicht bloß verkniffen. »Gern. Jörg hatte heute um halb elf einen Gesprächstermin mit Tobias Corde.«

Hermann und ich halten beide die Luft an. Tobias vom Beirat!

»Komisch ist«, wieder verfinstert sich Alex' Gesicht, »die Polizei findet ihn nicht. Sie können sein Handy nicht orten. Es ist völlig unklar, ob Corde den Termin wahrgenommen hat oder bereits vorher verschwunden ist. Oder abgetaucht, oder wie wir das nennen wollen.«

Also doch der Platanenring! Hermann und ich tauschen einen schnellen Blick. Er presst die Lippen aufeinander.

»Wann wurde er denn zuletzt gesehen?«, frage ich, um Lässigkeit bemüht.

Alex zuckt die Achseln. »Weiß man nicht. Vor ein paar Tagen.«

»Vielleicht ist er einfach verreist und hat den Termin vergessen. Soll vorkommen«, versuche ich zu beruhigen.

»Hast du im Haus etwas von ihm bemerkt? Oder von sonst jemandem?«, fragt Alex eindringlich. »Wenn der Termin um halb elf war, müsste er Jörg sehr schnell getötet haben. Das ganze Durcheinander anzurichten, hat schließlich auch seine Zeit gekostet. Sonst wärt ihr euch doch begegnet.«

»Nein, ich habe niemanden gesehen, im Haus war er garantiert nicht mehr. Ich vermute, dass Jörg vor halb elf getötet wurde. Also, weil ...« Ich muss heftig schlucken. »Also, ich habe ihn ja angefasst, weil ich dachte, ich könnte ihm eventuell noch helfen. Da war seine Hand schon ganz kalt. Ich weiß nicht, wie schnell das geht, aber wenn jemand erst eine knappe Stunde tot ist, äh ...« Ich verstumme.

Schweigend sehen wir uns an. »Er muss sich ja nicht an den Termin gehalten haben, ich meine, wollte ich irgendwo hingehen, um jemanden zu töten, muss ich nicht die Zeit einhalten, versteht ihr?«, erklärt Alex.

»Halt, halt, Junge«, unterbricht Hermann heftig. »Das würde bedeuten, es war eine geplante Tat. Ich kenne Tobias gut, ich kann mir vorstellen, dass er in Wut gerät und jemanden schlägt, der dabei zu Tode kommt. Wahrscheinlich kann das sogar jedem von uns passieren. Aber Mord? Nee, nee, das nun man nich.«

»Das sah nach vorsätzlichem Mord aus. Meines Wissens liegt im Arbeitszimmer normalerweise kein Klebeband herum. Das wäre mir beim Putzen sicher untergekommen.«

Ich trinke einen Schluck Kaffee. Er scheint meinen Verstand anzuregen. Mir kommt ein Gedanke, nein, der behagt mir ganz und gar nicht.

»Nur mal angenommen, der Tobias hat den Termin eingehalten. Vielleicht ist er dabei dem Mörder über den Weg gelaufen. Äh, das würde sein Verschwinden auch erklären.«

Hermann starrt mich entgeistert an, kreidebleich. »Um Himmels Willen, das wäre ja furchtbar!«

Wir schweigen, was soll man dazu auch sagen.

»Dafür haben wir die Polizei«, wehrt Alex heftig ab. Klingt ziemlich trotzig.

Ich bin es allmählich leid, immerzu über Mutmaßungen zu spekulieren.

»Gibt es noch etwas?«, fragt mich Alex ziemlich schroff, erinnert mich unliebsam an den Falken.

»Bloß, dass sich der erste Einbrecher auskennen musste. Er hat den Verandaschlüssel gefunden, der nicht einmal dem Falken, äh, dem Falkner aufgefallen ist.«

Alex nickt. »Der ist gut versteckt, das ist erstaunlich. Andererseits, meine Schwägerin Juliane ist eine geschwätzige Person, ich würde mich nicht wundern, wenn alle ihre Freundinnen dieses Versteck kennen und damit wahrscheinlich halb Bremen.«

Eins ist klar, auch Alex mag Juliane Rauschenbach nicht.

Was ihn mir immer sympathischer macht.

Wir diskutieren noch ein bisschen hin und her, aber etwas Neues will uns nicht einfallen. Der Platanenring bleibt unerwähnt.

ZWEIUNDZWANZIG

Ich räkele mich im Halbschlaf. Etwas ist anders. Ich drehe mich auf die Seite und blicke in ein schlafendes Gesicht.

Oh, Alex. Ach ja.

Sieht aus wie ein großer Junge, ohne all das Gehabe des großen Geschäftsmanns. Ich lasse den Kopf langsam zurück in mein Kissen sinken, um ihn nicht zu wecken.

Meine Güte, wie ist das denn passiert? Ich muss über mich selbst lachen. Ja, wie wohl? Wie so etwas eben passiert. Gestern nach dem langen Gespräch mit Hermann schien es mir völlig selbstverständlich, ihn in meine Wohnung einzuladen. Dass wir kurz darauf in meinem Bett gelandet sind, ebenso. Es war intensiv, schnell so vertraut. Nach dem Schrecken des Tages suchten wir wohl beide die Nähe.

Warum auch nicht? Mir hat es gut getan. Es *war* gut.

Ob mehr draus wird? Es ist an der Zeit, dass ich mich wieder verliebe, viel zu lange lebe ich schon alleine, man gewöhnt sich zu sehr. Aber Alex Rauschenbach? Ein Rauschenbach?

Keine Sippenhaft, bitte. Alex ist ganz anders als sein Bruder. Echter, einfühlsamer, liebevoller. Das ist *er*, Alex. Bei Jörg war alles so versponnen, ich fühlte mich nie als Person gemeint. Alex ist der Realo. Bei ihm kriegt man, was drin ist.

Bei Hermann musste er zuerst den unnahbaren Unternehmer spielen, aber das hake ich ab unter Gockeln, das gehört doch zum Spiel dazu. Liegt uns wohl in den Genen. Er meinte wahrscheinlich, das muss so. Dass er eigentlich ein ganz liebenswürdiger Kerl ist, hatte ich ziemlich bald erkannt. Sonst wäre er jetzt auch nicht hier. Unwillkürlich denke ich an Marlies. Vielleicht ist es ihr mit Jörg genauso ergangen. Man trifft sich, es funkt oder eben nicht.

Hat es denn gefunkt?, frage ich mich nüchtern. Ich bin viel zu alt für diesen Mann. Der sucht bestimmt eine knackigere Braut. Womöglich hat er wie Jörg eine zu Hause. Der kann mir viel erzählen, von wegen er sei geschieden.

Oh, Dörthe, zerrede es nicht gleich wieder. Genieß die Situation und warte ab, was passiert. Wenn du gleich zu Beginn schon denkst, dass es nichts wird, bleibst du bis zu deinem Lebensende allein. Ich sehe zu dem Schlafenden hinüber. Ich spüre das Prickeln in meinem Bauch, lächele in der Erinnerung an den Abend. Wenn ich ihn vorsichtig wecke, vielleicht ...

Da fällt mein Blick auf den Wecker. Oh Hölle und Finsternis, ich muss in die VHS! In einer guten halben Stunde fängt der Kurs an. Mist, verdammter! Vielleicht rufe ich an und melde mich krank.

Meine heftige Bewegung hat Alex geweckt. Er braucht auch einen Moment, um zu begreifen, wo er ist.

»Hey, Träumerin«, murmelt er. Er spürt meine Hektik, fragt ganz wach: »Ist es verkehrt?«

»Nein, Alex, ganz und gar nicht, aber ich muss zur Arbeit, ich bin schon zu spät.« Sofort schreckt auch er hoch, guckt auf den Wecker und flucht: »Shit, ich auch.«

Den Morgen danach hätte ich mir romantischer vorstellen können, es entbehrt allerdings nicht einer gewissen Komik, wie wir hastig in die Klamotten springen, uns im Bad fast auf die Füße steigen. Ich kann es mir nicht verkneifen: »Als ob gleich der Ehegatte in der Tür steht.«

»Oder die Gattin«, schiebt er grinsend nach. Das löst ein bisschen die Spannung, aber es bleibt eine blöde Hetze.

»Soll ich dich fahren?«, fragt er im Treppenhaus.

»Wo parkst du denn?«

Er stutzt. »Herrje, das weiß ich nicht mehr, ich war so durch den Wind gestern. Äh ... lass mich überlegen.«

»Nee du, da bin ich mit der Bahn schneller«, rufe ich schon in der Tür. Es gibt bloß einen flüchtigen Kuss.

He, ich will mehr! Er auch, aber es geht echt nicht. Verdammte Fron.

»Wir telefonieren.«

Nicken, abschließender Händedruck, und jetzt: Rennen.

DREIUNDZWANZIG

Ich schaffe es gerade noch, meinen Kurs mit einer tolerierbaren Verspätung zu erreichen. Zum Glück sind die Frauen kreativ, einige haben bereits ohne mich begonnen, eine andere legt schnell ihre Tageszeitung neben sich aufs Fensterbrett, als ich hereinstürme.

»Bitte entschuldigt, ich habe die Bahn verpasst«, erkläre ich schnaufend.

Wie gut, dass ich inzwischen so routiniert bin. Ich habe mich überhaupt nicht vorbereitet. Wann hätte ich das machen sollen? Aber es gelingt mir, den Kurs souverän über die Zeit zu bringen. Meine Gedanken wollen immer wieder abschweifen. Natürlich geht mir Alex nicht aus dem Sinn. Und sein Bruder. Nun, nach dem liebevollen Intermezzo, drängt Jörg R sich wieder in den Vordergrund. Sollte ich das Angebot des Kommissars annehmen und mich in professionelle Hände begeben?

Abwarten, Dörthe, das Ganze ist erst einen Tag her, ein bisschen Zeit darfst du dir schon geben.

Erst einen Tag! Gestern um die Uhrzeit lebte er wahrscheinlich noch. Unvorstellbar! Ich schiele auf die Überschrift der *Bremer Zeiten*.

»*Unternehmer ermordet*« – na, das geht ja noch. Im Käseblatt wird was anderes stehen, vermute ich. Aber es kommt auf den weiteren Text an.

Plötzlich bricht mir der Schweiß aus. Sollte da stehen, dass die Putzfrau den Mann gefunden hat, liebe Dörthe, kommst du in Teufels Küche, oder vielmehr in des Finanzamts Fänge. Nicht nur ich, auch Juliane R. Die lässt mich schließlich schwarzarbeiten. Wenn das Finanzamt erst einmal anfängt zu suchen, sehe ich alt aus. Am liebsten würde ich schreien. Warum habe ich diese verdammte Putzstelle angenommen? Ich hatte immer ein ungutes Gefühl dabei. Aber dieses eine Mal habe ich nicht auf meinen Bauch gehört. Was sollte daran schon schlimm sein, abgesehen von den Querelen mit Frau R, habe ich immer gedacht. Hinterher bist du schlauer. Oder du bildest dir jetzt nur ein, dass du ein schlechtes Gefühl hattest, immerhin bist du ein Fisch, frag die Annie.

Heute gebe ich nur einen Kurs, ich bin daher bereits am Mittag zu Hause. Ungeduldig zerre ich die *Bremer Zeiten* aus dem Briefkasten. Hastig überfliege ich den Artikel, aber viel steht nicht drin, zum Glück keine grausigen Details zur Todesursache. Es gibt für mich nichts Neues, natürlich *»ermittelt die Polizei in alle Richtungen«* und hat *»ein paar sichere Anhaltspunkte«*. Na gut, das schreiben sie immer.

Mich erwähnen sie nicht, *»eine Angestellte«* hat den Toten gefunden. Offensichtlich hatte Ihro Ladyschaft ein Wörtchen mitzureden. Dieses eine Mal bin ich ihr dankbar. Das Finanzamt kann warten. Es sei denn, Frau R lässt grundsätzlich schwarzarbeiten. Aber darüber mache ich mir jetzt keinen Kopp.

Ich rufe Marlies an, will wissen, wie es ihr geht. Falls sie stärker betroffen sein sollte, als ich annehme, äh ... Denk nicht so verschwurbelt, Dörthe, du meinst, wenn sie Jörgs Geliebte ist, können wir uns treffen und gemeinsam rätseln. Oder heulen.

Jörgs Geliebte. Dieser idiotische Traum hat mir einen Floh ins Ohr gesetzt. Aber sie kennt ihn, das ist Fakt. Außerdem will ich endlich wissen, was mit ihr los ist. Sie macht sich zu lange rar, das kenne ich nicht von ihr. Marlies kommt sonst mindestens zweimal die Woche vorbei oder meldet sich wenigstens.

»Hier ist der Anrufbeantworter von Marlies Wagner ...« Frau! Wo steckst du? Ich habe ihr schon zweimal etwas aufs Band gesprochen, nun muss mal gut sein. Warum hat sie kein Smartphone, dann könnte ich ihr eine Nachricht schicken. Sollte ich ihr eine Warnung auf den Anrufbeantworter sprechen? Vielleicht lasse ich das besser, wer weiß, wer dieses Gerät noch alles abhört.

Dörthe, du wirst bald genauso paranoid wie Annie.

Ich verstehe das nicht. Hoffentlich ist Marlies nicht krank. Aber selbst dann hätte sie mir was auf meinen Anrufbeantworter krächzen oder jammern können. Ist sie etwa im Krankenhaus? Wen könnte ich fragen? Oder male ich wieder den Teufel an die Wand? Du malst schon seit Wochen nichts mehr, Dörthe, knurrt die zweite Dörthe in meinem Kopf. Ach, halt die Klappe, wie soll ich malen in dem Tohuwabohu.

Es klingelt. Oh, endlich! Wenn man vom Teufel spricht!

Aber es ist Annie. Sie wartet nicht ab, ob ich sie hereinbitte, sie geht einfach an mir vorbei in die Küche, setzt sich ungefragt, legt die Zeitung auf den Tisch. Ich muss tief durchatmen. So nicht.

Doch ehe ich reagieren kann, legt sie los. Sie klopft mit dem Zeigefinger auf die Überschrift und erklärt: »Das bricht uns das Genick!«

»Wem? Was? Wieso?«

Sie guckt mich schräg an, »*Wem? Was? Wieso?*«, äfft sie mich nach. »Schreibst du an einer

Kinderserie? Dieser Mord wird der *BI-Pling* ebenfalls ein Ende bereiten, ehe wir überhaupt die Chance hatten loszulegen. Begreifst du das nicht?«

»Nein.«

Wieder dieser Blick.

»Du kannst auch gehen, wenn ich dir zu blöde bin«, fauche ich sie an. So lasse ich nicht mit mir umspringen.

»Dörthe, bitte, ich verstehe nicht, dass du das nicht begreifst. Weißt du denn nicht, wer dieser Jörg Rauschenbach ist? Das ist der Kerl, der hier alles plattmachen will. Oder wollte. Denn jetzt ist er hin. Nicht, dass ich ihm eine Träne nachweine, aber Mord ist kein Mittel der Politik. Mord ist überhaupt keine Lösung für gar nichts. Weißt du, was die Buddhisten sagen? Die sagen: Warum jemanden ermorden, er stirbt sowieso.«

Sie sieht mich erwartungsvoll an, ob ich wenigstens den Gag verstehe. Aber ich zeige keine Regung. Sag deinen Satz zu Ende und verzieh dich, denke ich.

Arrogant fährt sie fort: »Mord versaut alles. Das hat deine liebe Freundin Marlies auch nicht begriffen. Würde mich nicht wundern, wenn sie ihre Finger da im Spiel hat.«

»Wie kannst du so etwas sagen!«, fahre ich sie an. »Ich weiß, du kannst sie nicht riechen, aber unterstelle ihr gefälligst keinen Mord, das ist üble Nachrede und strafbar.«

»So? Dann lass dir gesagt sein, dass deine Freundin Marlies als junge Frau die Jagd auf die Kapitalisten ein bisschen zu wörtlich genommen hat.«

»Du meinst, sie war in der RAF, hat jemanden umgebracht?«

»Nein, dazu ist sie denn doch ein zu kleines Licht, außerdem zu jung. Allerdings hat sie sich entsprechend positiv zu deren Taten geäußert, es gibt ein altes Flugblatt, für das sie verantwortlich zeichnet, das werde ich dir zukommen lassen, damit du weißt, wes Geistes Kind sie ist.«

»Es gibt eine Menge Leute, die als junge Menschen radikal waren, einer ist sogar Bundesaußenminister geworden.«

»Haha. Ich weiß. Aber zurück zu dem Rauschenbach. Jede Regung hier am Platz wird sofort mit dieser Tat in Zusammenhang gebracht. Die Polizei hat mich gestern Abend bereits befragt. Sie verdächtigen Mitglieder der *BI-Pling*. Vor allem natürlich die Punks, wen wundert es.«

Ihre Verachtung für die Polizei ist unüberhörbar. Ich überlege einen Augenblick, ob ich ihr von Bastis Überfall erzählen soll. *Der* versaut mit solchen Aktionen alles, nicht Marlies. He, Moment, kann es sein, dass *er* …? Von blinder Wut hat Frau Wischhusen gesprochen. Brutal sei er. Das kann ich bestätigen. Zumindest brutal genug, um mich allein wegen meiner Putzstelle in die Mangel zu nehmen. Aber Mord? Ist das denkbar? Ist er nicht nur ein verstörtes Kind? Pah, Kind! Der ist schon lange keine achtzehn mehr.

»Wir müssen jede Aktivität vorerst einstellen, sonst werden wir permanent überwacht und ausgebremst. Das ist eine Katastrophe für unser Projekt. Denn *die* ...«, wieder klopft sie auf die Zeitung, »die ruhen nicht. Die machen weiter und stellen uns vor vollendete Tatsachen. Wer weiß, ob nicht sogar das hinter dem Mord steckt.«

»Du meinst, die Unternehmer murksen sich gegenseitig ab, weil sie Angst vor der *BI-Pling* haben? Mach dich nicht lächerlich. Erst ist es Marlies, nun die Konkurrenz?«

Annie starrt wütend auf die *Bremer Zeiten*.

Ich lasse nicht locker: »Warum soll die *BI* ihre Arbeit einstellen? Sieht das nicht wie ein Geständnis aus?«

»Ja, glaubst du im Ernst, dass irgendwer jetzt noch das Maul aufmacht? Die haben bisher schon gemauert, weil da was faul ist. Die werden ab sofort erst recht stillhalten. Ach verdammt, du begreifst es nicht. Wenn wenigstens Tobias zu erreichen wäre.«

Sage ich ihr, dass er verschwunden ist? Dann muss ich auch erklären, woher ich meine Informationen habe. Annie enthebt mich einer Entscheidung, sie verlässt die Wohnung so, wie sie gekommen ist, grußlos und im Eilschritt.

VIERUNDZWANZIG

Ich fege die Blätter im Vorgarten zusammen. Hermann behauptet zwar, dass er das gut selbst erledigen kann, aber ein bisschen Hilfe finde ich angemessen. Elvira vom zweiten Stock schiebt mit ihrem Rollkoffer aus dem Haus.

»Hallo, Elvira, hast du Urlaub?«

»Nicht richtig, meine Mutter ist krank, ich muss nach Stuttgart übers Wochenende, vielleicht auch länger.« Sie tritt einen Schritt näher. »Sag mal, Dörthe, ist das recht, dass deine Freundin, die kleine Blonde, dich so oft besucht? Wo sie doch eine so, äh, schlimme Vergangenheit hat?«

»Was soll das denn heißen?«, frage ich empört.

»Nun ja, ich habe bloß gehört, dass sie eine Kriminelle sein soll. Ich meine ja nur, wenn sie so oft im Haus ist, da mache ich mir eben Gedanken.«

»Elvira, bitte. Das ist dummes Geschwätz. Glaub das nicht. Marlies ist eine absolut korrekte Frau. Ich vermute, du hast das von Annie.« Ich werfe einen bösen Blick zum Fenster des Nachbarhauses. Steht sie da und gafft?

»Das kannst du nicht machen, Elvira, solche Gerüchte verbreiten.«

Sie wird tatsächlich ärgerlich. »Ich erzähle nichts rum, Dörthe. Ich weiß es nicht, darum frage ich dich. Immerhin wird bei Facebook auch vor ihr gewarnt, also zumindest kann man das so verstehen. Ganz offen macht das ja keiner. Aber wenn man weiß, um wen es geht, äh. Also ... Hast du's nicht gesehen?«

»Bei Facebook? Bin ich nicht. Elvira, das ist Wahnsinn! Sind die denn von allen guten Geistern verlassen?«

»Ist inzwischen 'n richtiger Shitstorm, wenn du mich fragst. Da wurde ich eben nachdenklich, weil, na ja, wenn das so viele sagen ...« Sie sieht mich unsicher an. »Du musst mal reingucken, du bekommst auch was ab. Dich kenne ich, da weiß ich, dass das Blödsinn ist. Aber deine Freundin, na ja. Darum frage ich eben.«

»Da ist nichts. Glaub mir. Annie ist eine üble Schwätzerin. Mensch, Elvira, überleg mal, die machen die Marlies kaputt damit. Das geht doch nicht.«

»Okay, stimmt schon.« Sie schiebt weg.

Mit einer Mischung aus Ärger und Angst sehe ich ihr nach. Was treibt Annie? Wie kann sie solche Gerüchte in die Welt setzen? Das ist unverantwortlich. Wenn schon meine direkte Nachbarin an dieses Geschwätz glaubt, was denken dann die anderen hier umzu? Eigentlich ist Elvira ziemlich immun gegen Nachrede. Als Migrationskind – na, eher Migrationsenkelkind – muss sie das oft genug am eigenen Leib erfahren haben. Ich könnte Annie den Hals umdrehen.

FÜNFUNDZWANZIG

Die Sonne scheint! Fasziniert stehe ich mitten auf dem Fußweg und mag es nicht glauben. Laut dem Wetterbericht soll es sogar so bleiben, wenigstens bis heute Abend. Da nehme ich das Rad zur VHS, genieße die Fahrt an der Weser entlang. Zum ersten Mal sehe ich Petra Gerken mit eher positiven Gefühlen entgegen. Ich werde sie fragen, wie sie an dieses Flugblatt von den *Müttern* gekommen ist. Sie muss es mit nach Hause genommen haben, denn sie hat die Rückseite bedruckt. An den üblichen Stellen im Viertel habe ich es nicht ausliegen sehen.

Die Rezeptionistin ruft mich zu ihrem Tresen, als ich den Vorraum betrete. »Frau Petersen, ich habe hier eine Nachricht für Sie!« Sie reicht mir einen geschlossenen Briefumschlag. *»Kurs 76-342-999«*. Das ist der Mittwochskurs. Ich drehe ihn um, kein Absender. Heute ist bereits Donnerstag, da gucke ich später rein. Ohne meine Frage – die ich gar nicht stellen wollte – abzuwarten, erklärt die Angestellte: »Wer den abgegeben hat, weiß ich nicht. Frau Gerken hat außerdem für Sie angerufen. Sie lässt sich für heute entschuldigen, sie sei krank.«

Frau Gerken? Ist es denn zu glauben? »Ach, schade«, sage ich und merke, dass ich es sogar empfinde. Übertreib nicht, Dörthe, so wichtig ist dieses dämliche Flugblatt auch wieder nicht.

Die anderen Teilnehmerinnen vermissen Petra G nicht, die Stimmung ist geradezu aufgekratzt. Entsprechend gut gelaunt radele ich zurück. Mitten auf dem Deich fällt mir der Brief ein. Ich setze mich kurzerhand auf eine Parkbank in die Sonne, die erstaunlich wärmt. Ich reiße den Umschlag auf, ziehe ein bedrucktes Blatt heraus.

»Keine Sexsklaven im Viertel!
Tod den Rauschenbach-Männern
und ihrem Gesindel
Mitgegangen – mitgefangen – mitgehangen.
Die Mütter in Sorge«

Ohne weitere Namensnennung.

Huch!

Das hatte ich nicht erwartet. Schnell drehe ich das Blatt um. Wieder ein Rezept von Petra G auf der Rückseite? »*Für Dörthe Petersen*« lese ich dort. Nein. Eindeutig ein Brief für mich. Aber von wem? Wieso für *mich*? Was habe ich denn mit dem angeblichen Puff zu tun? Hm. Ich reibe nachdenklich meine Nase. Muss ich das ernstnehmen?

Es fällt mir schwer. Klingt für mich mehr wie ein schlechter Kinderscherz. Aber nach dem Tod von Jörg R sollte ich das nicht auf die leichte Schulter nehmen. Jörg *ist* tot. Je länger ich auf die Buchstaben schaue, umso mehr beunruhigt mich dieser Wisch.

Wer weiß von meiner Putzstelle bei Rs?

Moment, Dörthe. Um Jörg kann es nicht mehr gehen. Bezieht sich das *Mitgegangen* und das *Gesindel* etwa auf meinen Kontakt zu Alex? Wie ist das möglich? Wir haben doch nicht annonciert. Trotzdem weiß jemand von Alex und mir! Wir haben uns vor rund zwanzig Stunden zum ersten Mal getroffen, aber schon wissen diese *Mütter* offenbar sogar über den Charakter unserer Begegnung Bescheid.

Da wissen sie mehr als ich, murmelt es in meinem Kopf.

Hat jemand Alex und mich beobachtet? Oder ist das Bluff? Haben sie eventuell gesehen, wie Alex zu Hermann gegangen ist? Dann ist Hermann in Gefahr. Ob auch er so einen Brief bekommen hat?

Ich springe auf, radele so schnell ich kann zurück nach Hause. Hoffentlich ist er da. Dem alten Mann kann man schnell etwas antun, der kann sich nicht mehr richtig wehren. Wehe diesen *Müttern*, denke ich, derweil ich heftig in die Pedale trete. Die sollen mich kennenlernen. Dem Alten tut niemand was.

Ach Dörthe, schnaufe ich etwas weniger kämpferisch, während ich am Osterdeich darauf warte, rüberschieben zu können. Je nachdem, wer dahinter steckt, holst du dir eher wieder ein blutiges Knie. Womöglich ist Hermann der bessere Kämpfer von euch beiden.

»Hermann, wie gut, Sie zu sehen«, rufe ich erleichtert, als er öffnet. »Haben Sie schon nach der Post gesehen?«

»Ist sie schon durch?«, wundert er sich.

»Andere Post«, sage ich und schiebe ihm den Drohbrief hinüber.

»Momang, die Lesebrille. Wo habe ich die hingelegt? Ah, hier.« Er nimmt das Blatt in die Hand und überfliegt den Text. Er wendet es hin und her. Dann sieht er mich über die Brillengläser hinweg an. »Am Montag hätte ich man darüber gelacht«, erklärt er. »Heute sage ich, das ist ein Fall für die Polizei.«

»Haben Sie auch so einen Brief bekommen?« Wortlos geht er in den Flur und schaut in seinen Briefkasten.

»Nee. Wieso denken Sie, dass ich einen bekommen sollte?«

»Irgendwer muss Alex hier gesehen haben, woher sonst wissen die *Mütter*, dass ich Kontakt zu *beiden* Rauschenbach-Männern habe? Jörg ist tot, seinetwegen käme der Brief zu spät.«

Hermann nickt bedächtig. »Vielleicht denken sie, ich bin aus dem Alter raus, mich für Sexsklavinnen zu interessieren.« Er kichert belustigt. Neben dem Telefon liegt die Visitenkarte der Polizei. Woher hat er die denn? Ach, wahrscheinlich haben die Polizisten ihn inzwischen als Freund der Familie befragt.

»Moin, Herr Kommissar. Oh, Assistent sind Sie. Egal, ich rufe an wegen Jörg Rauschenbach. Wir haben hier einen Drohbrief.« Er hört kurz zu, reicht mir stumm den Hörer weiter. Der Polizist am anderen Ende lässt sich berichten. Ich lese ihm den Text vor.

»Wir kommen vorbei, bitte fassen Sie den Brief so wenig wie möglich an.« Das dürfte zu spät sein, denke ich, der ist bereits in der VHS vermutlich durch mehrere Hände gegangen. Kurz darauf hält ein Streifenwagen vor dem Haus. Die Beamten nehmen den Brief mit, das war's. Hoffentlich.

»Hermann, ich will mich nicht ins Bockshorn jagen lassen. Die Sonne scheint. Ich fahre einmal um den Werdersee. Diese *Mütter* müssten ganz schön fit sein, sollten sie mir da was antun wollen.« Hermann lächelt, aber die Sorgenfalten wollen nicht verschwinden. »Pass op, Deern«, mahnt er, als ich mich verabschiede.

Als ich mein Rad aufschließe, rempelt mir eine Frau ihre dicke Einkaufstasche in die Kniekehlen. Aua! War das Absicht? Ich sehe auf. Die Dürre vom Ende der Straße, ich kenne sie bloß vom Sehen.

»Mach Platz, Mörderfreundchen«, faucht sie, wirft mir einen hasserfüllten Blick zu. Ups!

Ehe ich reagieren kann, stampft sie hoch erhobenen Hauptes weiter. Ich glaube es nicht. Ich muss mich verhört haben. Irritiert sehe ich mich um. Hermann steht am Fenster, seine Sorgenfalten sind noch tiefer geworden. Er hebt hilflos die Hände, als unsere Blicke sich treffen. Sein »Pass op, Deern« klingelt in meinem Kopf. Trotzig schwinge ich mich aufs Rad und fahre los. Niemand versaut mir heute den schönen Tag. Niemand!

SECHSUNDZWANZIG

Freitagmittag! Alex kommt. Alex kommt! ALEX KOMMT!

Ich fühle mich zwanzig Jahre jünger. Ich würde am liebsten gleich mit ihm ins Bett fallen, aber ist das nicht zu aufdringlich? Dumme Frage. Natürlich landen wir zuerst im Bett. Die Welt bleibt stehen für eine kleine Ewigkeit.

Doch selbst diese Ewigkeit findet ein Ende.

Der Kaffeedurst treibt uns in die Küche. Alex ist in Gedanken eindeutig woanders, stelle ich leicht frustriert fest. Kommt er gar nicht um meinetwillen? Kommt er, um etwas herauszufinden? Ist der Sex nur Mittel zum Zweck? Wenigstens ist es ein schönes Mittel, beschwichtige ich mich.

»Es gibt eine andere Spur«, berichtet er. »Jörg hatte eine Affäre.«

Ich schnappe nach Luft. Marlies? Wie gut, dass ich gerade an der Kaffeemaschine herumfummele, so sieht er nicht, dass ich erschrecke. Ich fange mich schnell, will nicht durchblicken lassen, dass ich die Frau eventuell kenne. Sehr eventuell, Dörthe. Das war ein Traum, bleib auf dem Teppich!

»Glaubst du, die hat ihn umgebracht?« frage ich bemüht lässig.

Er dreht sich zu mir um. »Warum so schnippisch? Es sind nicht immer die Männer, die so einer Dreierkonstellation brutal ein Ende bereiten.«

»Du meinst, die Geliebte hat ihn getötet, weil er sie nicht heiraten wollte?«

»Schlimmer. Die Frau ist eine bekannte Linksradikale. Niemals verliebt die sich in einen Kapitalisten, noch dazu einen Bauunternehmer. Wir stehen auf der Beliebtheitsskala der Durchschnittsbürger bereits ziemlich weit unten, bei den Linksradikalen vermutlich auf dem letzten Platz.« Er zögert. »Nein, da stehen die Rüstungsindustriellen. Egal. Was, wenn die Frau sich an meinen Bruder rangemacht hat, um es dem Unternehmerschwein mal richtig zu zeigen, ihn auszunehmen. Und nach einer Weile, wenn sie genug davon hat, springt der Ausbeuter eben über die Klinge.«

Ich schnaube wütend. »Alex, die Zeiten der RAF sind Geschichte!«

»Aber das Gedankengut nicht.«

Ups! Annie lässt grüßen! Verzweifelt kämpfe ich gegen diesen entsetzlichen Verdacht an.

Kann die zierliche Marlies einen kräftigen Mann wie Jörg fesseln? Er war zwar ein bisschen verfettet, weniger fit als sein Bruder, aber sicherlich eins achtzig groß. Alleine hätte sie das garantiert nicht schaffen können. Wie diese Sexspielfesseln sah das schließlich nicht aus. Gut, die kenne ich ausschließlich von Berichten, aber sexy fand ich diesen Knebel echt nicht.

Wer sagt, dass sie alleine war? Was ist mit Tobias? Der hatte angeblich einen Termin. Er ist immerhin links orientiert. Warum also nicht Marlies und Tobias? Die kennen sich vom Beirat, Marlies war vor ein paar Jahren mal gewählt worden. In irgendeiner Form hängt er mit drin.

Stopp. Doppeltes Stopp. Weil Marlies keine Mörderin ist. Sie hat Jörg sogar in Schutz genommen an jenem Sonntag. Es passt nicht. Das sind Annies Gehässigkeit und dein Traum, die diesen bösen Verdacht speisen. Nichts spricht dafür, dass Marlies und Jörg ein Verhältnis hatten, bestimmt meint Alex eine andere. Linksradikale Frauen sind weniger rar als gemeinhin angenommen. Selbst wenn es Marlies sein sollte, macht sie das noch lange nicht zur Mörderin.

Dörthe, mach die Augen auf. Dir war von Anfang an klar, dass Marlies Jörgs Geliebte ist! Warum sich alles in mir gegen den Gedanken sperrt, begreife ich nicht. Nur, weil sie es nicht ausgesprochen hat? Du kennst sie lange genug, um ihre Andeutungen zu verstehen. Nimm es zur Kenntnis. Oder nimm es wenigstens als Arbeitshypothese, damit du hier keine Fehler machst.

»Es gibt ein Bekennerschreiben.«

»*Was?*«

»Hier.« Er reicht mir einen Bogen Papier.

»War der im Safe?«, frage ich, um meine Irritation zu überspielen. Bin ich verrückt, das Thema anzusprechen? Hoffentlich verplappere ich mich nicht. Kein Wort von Briefen, auch nicht gegenüber Alex! Du weißt doch: Einmal kriminell, immer kriminell. Wer einen Safe öffnet, klaut auch und ... mordet auch? Wenn Annie so denkt, dann dürften andere das auch tun.

»Safe? Was für ein Safe?« Alex' Stimme quiekt fast vor Aufregung. Ich sehe ihn einen Augenblick verwirrt an.

»Na, diese alberne Blechkiste hinter dem kleinen Drachen.« Er gafft. »Weißt du nichts davon? Ich fand den ziemlich lächerlich, weil jeder Einbrecher, der schon mal einen Krimi gelesen hat, hinter Sachen an der Wand suchen würde. Ich verstehe nicht viel davon, aber wahnsinnig stabil sah der Kasten nicht aus.«

Alex fährt sich mit den Händen durchs Gesicht. »Jörg, Jörg, verrückter Bruder, was hast du nur für Spielchen gespielt?«

Soll ich ihm einen Tipp geben, von den Briefen sprechen? Eigentlich muss er die kennen, wenn sie so wichtig sind. Die Vorsicht verschließt mir den Mund. Später, denke ich, erst mal sehen, was das hier für ein Mensch ist.

Alex sieht auf. »Diese Blechkiste, wie du das nennst, werde ich mir genauer ansehen. Glaubst du, dass Juliane davon weiß?«

»Spätestens seit diesem Einbruch, da stand er offen.«

»War was drin?«

Es gelingt mir, gelassen zu bleiben. »Keine Ahnung, ich bin nicht näher rangegangen.« Stimmt sogar.

Das Bekennerschreiben zittert in meiner Hand. Themenwechsel, Dörthe!

Mein Blick springt sofort nach unten, ehe ich den Text lese. Von wem ist das? Da: *»Mütter in Sorge«*. Die schon wieder! Ich lache erleichtert auf.

»Alex, diese merkwürdigen *Mütter* sind alles andere als linksradikal. Wenn irgendwie radikal, dann christlich fundamentalistisch. Die sind von der RAF so weit weg wie, äh, der Papst.«

»Kennst du die etwa?«

»Nein, aber ich habe ihr erstes Flugblatt gelesen. Das war dermaßen platt, dass es mich fast davon überzeugt hat, mein Geld in Zukunft nicht mehr als Putzfrau, sondern als Hure zu verdienen. Im Übrigen fehlten alle typischen Sprüche, die die Linken so draufhaben. Diese Gruppen haben bekannterweise alle ihren eigenen Slang.«

Ich setze schon an, ihm von dem Drohbrief zu erzählen. Das geht ihn schließlich auch an. Aber ich schrecke zurück. Die »Sexsklavinnen« verweisen eindeutig auf den Platanenring, auf die *BI-Pling*. Auf *sein* Bauvorhaben.

Wenn er schon eine Frau des Mordes verdächtigt, weil sie in ihrer Jugend linksradikal war, was wird er erst von mir denken? Ich habe den Hausschlüssel zu Rs Villa, ich habe kein Alibi für die Tatzeit. Ich müsste zugeben, eine aktuelle Gegnerin der R-B-Bau zu sein. Dazu, strafverschärfend sozusagen, ist Marlies meine beste Freundin. Da muss er mich doch an die erste Stelle der Verdächtigen setzen. Oder gemeinsam mit Marlies? Dann ade, junges Glück. Dann wird er nicht wiederkommen.

Oder weiß er das alles? *Muss* er nicht davon wissen? Er ist clever. Wenn er ein Flugblatt der *Mütter* hat, weiß er, dass es denen um das angebliche Bordell geht. Dann ist er womöglich gar nicht an der alten Schachtel Dörthe interessiert, sondern will eine Information herauskitzeln, einen Widerspruch, einen Versprecher von mir. Er führt sozusagen seine privaten Ermittlungen.

Mir gefriert alles. Nur mein Gehirn feuert Gedanken auf Gedanken in rasendem Tempo. Da geht sie hin, die Romantik.

Dörthe, nichts ist bewiesen. Lies erst mal das Bekennerschreiben, vielleicht haben sie andere Gründe vorgeschoben.

Ach komm. Die Polizei wird ihm die Spur *BI* nicht verschwiegen haben. Gut, mein Name ist nie im Zusammenhang mit der *BI* gefallen. Trotzdem müsste ich schon mit Blindheit und Blödheit geschlagen sein, sollte ich als direkte Anwohnerin von all dem Trubel nichts mitbekommen. Überall hängen diese *»Platanenring bleibt!«*-Plakate. Ganz allmählich wundert es mich, dass er diesem Thema so eisern aus dem Weg geht wie Hermann und ich. Also weiß er Bescheid.

Darum reden wir vordergründig im Moment nur über Marlies. Dass er meine Freundin mit diesen unerträglichen *Müttern* in Verbindung bringt, stößt mich ab. Denn dass die eher rechts sind, müsste Alex erkennen. Was hat er wirklich gegen Marlies?

Alex hat das Flugblatt noch einmal überflogen. »Ich finde den Text nicht platt. Das ist eine sehr ernst zu nehmende Spur. Sie schreiben, dass sie *›den Ausbeuter gerichtet‹* haben. Ist dir das links genug? Man wird die Geliebte verhaften, darauf bestehe ich.«

»Gehört die denn zu diesen *Müttern*?«

»Muss wohl, wenn dieses Bekennerschreiben von der Gruppe ist.«

»Ja, *wenn*.«

»Was meinst du damit?«

»Schau, Alex, ich lebe seit vielen Jahren hier im Viertel, einige Nachbarn seit Jahrzehnten. Niemand von uns hier im Umkreis kennt die Gruppe oder diese Jasmin Sowiewer. Die gibt es in keinem Telefonbuch oder Interneteintrag. Wir haben nie von Mitgliedern dieser Gruppe gehört. Wer sich so bedeckt hält, hat Dreck am Stecken. Ich habe keinen Schimmer, was diese *Mütter* wollen, vielleicht sind es deine Konkurrenten, die euch aus dem Rennen werfen wollen, indem sie euch runtermachen. Jeder, der einen Computer und einen Drucker hat, kann so ein Flugblatt oder Bekennerschreiben herstellen.«

Alex starrt mich an. »Eine interessante Theorie, Dörthe. Du hast eine Menge Fantasie. Gut, Künstlerinnen brauchen das. Aber kann es sein, dass du zu viel davon in den Alltag, äh, einfließen lässt?«

»Jetzt wirst du beleidigend«, sage ich. »Es gehört genauso viel Fantasie dazu, Jörgs Geliebte diesen *Müttern* zuzuschreiben. Kennst du diese Frau eigentlich oder woher hast du deine Informationen?«

»Die Polizei hat ihre Daten. Ich habe unseren Werksschutz darauf angesetzt. Die sind ihr auch auf der Spur.«

Hilfe! Ich muss sie warnen! Wie hat Alex das vor Kurzem gesagt? »Unsere Leute können anders arbeiten als die Polizei.« Mir wird Angst und Bange um Marlies. Ich muss sie unbedingt anrufen. Irgendwann muss sie doch wieder ans Telefon gehen. Oder ich gehe bei ihr vorbei, dann kann sie sich nicht verleugnen. Ich muss unbedingt Klarheit haben, ob sie wirklich Jörg Rs Affäre ist, sonst mache ich mir vor Sorgen in die Hose. Alex gegenüber versuche ich, cool zu bleiben.

»Was, wenn es Juliane war? Wenn sie von der Geliebten erfahren hat? *Sie* hatte kein Problem, unbemerkt ins Haus zu kommen.«

»Juliane? Ihren eigenen Mann?«

»Ich darf dich zitieren: ›Es sind nicht immer die Männer, die so einer Dreierkonstellation brutal ein Ende bereiten.‹ Ich kenne sie natürlich bloß flüchtig, ich kann mir jedoch nicht vorstellen, dass sie sich ungestraft von einer Geliebten ausstechen lässt. Es ist immerhin denkbar, dass Jörg sich trennen wollte wegen dieser anderen. Oder ist das wieder zu viel Fantasie?«

Da legt er seine Hand auf meine. »Dörthe, entschuldige, ich war unfair. Ich ... ich bin völlig fertig. Ich schlafe keine Nacht mehr, ich renne wie dumm durch die Welt, weil ich begreifen will, wer oder was meinen Bruder getötet hat. Ich *muss* es wissen, schließlich kann es mit dem Betrieb zu tun haben. Was, wenn ich in Gefahr bin?«

»Oh, Alex! Hat dich jemand bedroht?«

»Nein, nein, keine Angst. Das ist vermutlich jetzt ein Produkt *meiner* überschäumenden Fantasie. Trotzdem. Mein Verstand sagt mir, solange ich die Ursache nicht kenne, darf ich mich nicht in Sicherheit wiegen.«

»Macht ihr wirklich solche gefährlichen Geschäfte? Ich meine, wegen eines Neubaus bringt man schließlich keinen Konkurrenten um. Wir sind in Deutschland.«

Er lacht ein bisschen. »So hart ist das Geschäft nicht, du hast recht. Allerdings befürchte ich, dass Jörg sich auf Dinge eingelassen hat, an denen er sich die Finger verbrannt hat. Guck nicht so neugierig. Ich habe keinen Dunst, was das sein könnte. Leider stimmt es eben auch, dass bei Bauunternehmen manchmal krumme Wege hilfreich sind.«

»Wie bei allen Geschäften«, bestätige ich.

»Du glaubst auch an den bösen Kapitalisten?« spottet er, aber seine Hand drückt die meine. Hat er Angst um *uns*? Um das zarte Pflänzchen Zuneigung? Also doch?

Ich antworte wahrheitsgemäß: »Ich glaube nicht an den bösen Kapitalisten, sondern an den bösen Kapitalismus, um es platt zu formulieren. Was die Menschen in dem System machen, entscheiden sie nicht immer frei. Das gestehe ich zu. Dafür würden mich nun die Linksradikalen beschimpfen. Aber ja, diese Art des Wirtschaftens ist meiner Meinung nach Ursache für sehr, sehr viel Übel.«

Ich sehe ihn herausfordernd an. Friss das. Sollte dir das nicht passen, gehen wir besser jetzt auseinander.

Dörthe, zertrampel es nicht, das zarte Pflänzchen, es ist noch so klein!

Aber es wird nicht wachsen, wenn wir so grundsätzlich verschieden sind. Wenn Marlies es kann, dann ... Hör endlich auf mit Marlies!

»Nun ja, mir gefällt auch nicht alles, was ich tun muss.«

Der Misston bleibt. Alex blickt auf sein Smartphone. Er muss es auf stumm geschaltet haben, es hat uns die ganze Zeit nicht gestört. Fällt mir jetzt erst auf, normalerweise meldet sich das verdammte Ding immerzu. Es müssen einige Nachrichten angekommen sein, denn er liest schnell ein paar Einträge, steht auf. Will er echt am Freitagabend noch arbeiten?

»Ich muss los, meine Arbeitssklaven antreiben. Ich hoffe, wir sehen uns morgen Abend. Ich habe es dir versprochen, dabei bleibt es. Oder?«

Ich nehme ihn fest in den Arm. »Ja, Alex. Gern. Ich habe doch nichts gegen dich, es ging doch nur um diesen blöden -ismus.«

Zu spät. Auch unser Abschiedskuss gerät ziemlich halbherzig.

Ich lehne am Fenster und schaue ihm nach. Bin ich von allen guten Geistern verlassen, mit Alex eine politische Diskussion vom Zaun zu brechen? Geht so Liebe? Jeder Döskopp weiß doch, dass Politik und Religion *die* Superkiller für Romantik sind. Verdammt, verdammt, verdammt! Ich schlage mit der Faust aufs Fensterbrett. Bei einem schwarzen Kombi gegenüber am Straßenrand bleibt Alex kurz stehen, schaut hinein. Er sieht sich einmal um, scannt die Straße. Aber zu mir guckt er nicht hoch. Rechnet er nicht einmal damit, dass ich ihm nachschaue? Oder ist es ihm egal?

Das hast du vergeigt, du Träumerin mit der zu großen Fantasie. Ach Alex! Der muss auch durchs Leben. Realist sein macht es nicht leichter. Annie kommt aus dem Haus, blickt ihm aufmerksam hinterher. Neugierige Kuh, denke ich wütend, ziehe mich schnell zurück. Soll sie raten, wen er besucht hat.

Das wird keine Eine-Millionen-Preisfrage sein, es ist hellhörig genug, man kriegt alles mit von den Nachbarn in diesen Häusern. Wirklich alles.

Was Annie wohl sagen wird, wenn sie erfährt, wer das war in meinem Bett? Der Gedanke lässt mich in schallendes Gelächter ausbrechen.

Ich räume nachdenklich die Kaffeetassen in die Spüle.

Ein bisschen trotzig denke ich: Ich war es nicht alleine. *Er* hat den blöden Kapitalismus angesprochen. Gut, ich bin drauf angesprungen wie Bimbo auf den Basti. Aber warum hat er sich gleich so beleidigt zurückgezogen? *Wollte* er den unauffälligen Rückzug antreten? Ich kann ihn so schwer einschätzen. Manchmal ist er unendlich weit weg.

Dörthe, man hat gerade erst seinen Bruder ermordet, eine neue Liebe hat nicht erste Priorität.

Hoffentlich hält er unsere Verabredung für morgen Abend ein. Vielleicht können wir es kitten.

Plötzlich klingt wütendes Bellen herauf. Bimbo steht an der Vorgartentür und bellt einen Menschen an, der sich auf den Eingangsstufen befinden muss. Ich höre Frau Wischhusen fragen: »Was machen Sie denn da? Suchen Sie jemanden?«

Eine Männerstimme antwortet etwas, das ich nicht verstehen kann. Frau Wischhusen offenbar auch nicht. Sie legt die Hand hinters Ohr.

»Was sagen Sie? Ich höre schlecht. Bimbo, still jetzt«, herrscht sie den Hund an. Der Mann tritt näher, ich kann ihn gerade eben sehen. Sieht jung aus.

»Ich suche eine, äh, Lisa, äh ... Meyer. Wohnt die hier?«, schreit er.

Die Uralte schüttelt den Kopf. »Nee, junger Mann, ich kenne alle hier umzu, die wohnt hier nicht.«

»Oh, na denn, danke«, schreit er.

»Nu schreien Sie man nicht so. *Taub* bin ich man nicht.«

Der Besucher drängt sich an ihr und vor allem dem neugierigen Bimbo vorbei. Ich erstarre. Das ist *Frings*, ich erkenne ihn sofort, obwohl er heute kein Trikot trägt. Spontan ziehe ich den Vorhang ein bisschen vors Gesicht, damit ich unbemerkt rausplieren kann. Im Weitergehen wirft *Nummer 22* einen schnellen Blick nach oben. Ich kann mich eben noch ganz hinter dem Vorhang verstecken. Ob er mich gesehen hat? Was hat er hier gesucht? Spioniert er mir nach? Steckt er hinter den *Müttern*? *Der*?? Schöne Mutter, denke ich grimmig.

Der schwarze Kombi! War das etwa seiner?

Ich stürze zum Fenster. Der Wagen ist weg. Mist, ich hätte gucken sollen, ob der Bengel eingestiegen ist. Der leere Fleck am Straßenrand springt mir ins Auge wie ein Makel. Etwas stimmt nicht. Warum hat Alex sich für den Wagen interessiert? Jetzt kommt es mir so vor, als habe er nach dem Fahrer gesucht. Aber das kann wieder meine überschäumende Fantasie sein. So allmählich entwickle auch ich eine ausgewachsene Paranoia.

SIEBENUNDZWANZIG

Eines der Rätsel kann ich zu lösen versuchen. Marlies. Das Bekennerschreiben nehme ich mit, mal sehen, was sie dazu sagt. Wo hat Alex es gelassen? Ich finde es nicht. Ach Mist, er hat es wieder mitgenommen. Ich bin nicht einmal dazu gekommen, es zu lesen. Dann eben nicht. Marlies hat mit den dämlichen *Müttern* sowieso nichts zu tun. Ich stiefele los in Richtung Ritterstraße, wo sie ganz oben unterm Dach wohnt.

Ich komme am Platanenring vorbei, da sitzen in der Nieselkälte tatsächlich ein paar vermummte Gestalten herum. Annie mitten unter ihnen. Ihre »*Platanenring bleibt!*«-Schilder wellen sich von der Feuchtigkeit.

»Was macht ihr denn hier?«, frage ich erstaunt.

»Wir bewachen den Baum«, erklärt ein Mädchen mit leuchtenden Augen.

»Ja, ist denn Räumung angesagt?«

»Das weiß man nicht genau, die können jederzeit kommen, die versuchen, uns auszutricksen,« erklärt sie sehr ernsthaft.

Annie wirft mir einen kalten Blick zu. »Hast du dir inzwischen überlegt, auf welcher Seite du stehst?«, fragt sie ganz von oben herab. Das gelingt ihr nur halb, denn ich überrage die Sitzende um einiges. Rede ich mit dieser Hetzerin? Um Marlies' Willen muss ich es tun. Wenn sie diese Jugendlichen gegen Marlies aufbringt, kann es übel ausgehen. Mein schmerzendes Knie warnt mich.

»Du widersprichst dir selbst, Annie. Du meinst, Marlies hätte den Rauschenbach umgebracht, stimmt's?«

Sie presst bloß die Lippen aufeinander.

Das Mädchen erklärt ruhig: »Das wissen wir doch alle.«

»So? Dann solltet ihr sie nicht beschimpfen, sondern dankbar sein. Der Rauschenbach ist der Feind. Oder nicht? Dann seid doch froh, dass der Feind weg ist.«

Einer der Punks guckt mich groß an. »Ey, Alte, so hab ich das noch gar nicht gesehen. Da hast du recht.« Er hebt lachend seine Bierdose und prostet mir zu.

Annie faucht ihn an: »Mord ist keine Lösung, verdammt. Wir müssen gewaltfrei demonstrieren, sonst haben wir gleich verloren. Aber du«, sie dreht sich zu mir um. »Du scheinst es ja richtig zu finden. Habt ihr beide gemeinsame Sache gemacht, Marlies und du? Das wird die Polizei interessieren.«

»Annie, wenn du wirklich gegen Gewalt bist, wie kannst du im Netz gegen Marlies und mich hetzen? Fängt Gewalt für dich erst bei Handgreiflichkeiten an? Du bist nicht blöde, du weißt genau, was so ein Shitstorm einem Menschen antut. Ist das etwa keine Gewalt? Vielleicht sollte *ich* zur Polizei gehen und dich anzeigen. Üble Nachrede ist strafbar.«

Ich wende mich dem Mädchen zu. »Weißt du, was für Folgen das hat, wenn du ohne Beweise in der Öffentlichkeit behauptest, dass Marlies eine Mörderin ist? Soll *ich* überall herumerzählen, dass die *BI* den Rausch ermordet hat? Wie gefällt euch das?«

Das Mädchen will antworten, aber die Wut kocht in mir hoch. Ich brülle los: »Habt ihr denn den Verstand verloren? Wie könnt ihr einen Menschen an den Pranger stellen, von dem ihr nichts wisst? Nur weil Annie Marlies nicht mag? Ist das ein Grund? Ich mag Annie auch nicht, na und?«

In die plötzliche Stille knurrt der Punk: »Vielleicht war's ja der Basti.«

ACHTUNDZWANZIG

Wütend laufe ich weiter, ich muss unbedingt mit Marlies reden. Hier läuft etwas gewaltig aus dem Ruder. Ich habe meine Freundin heftig verteidigt. Dabei fahren meine Gefühle Achterbahn. Kann ich mir denn sicher sein, dass sie unbeteiligt ist? Nur zu gut erinnere ich mich an unser Gespräch, nachdem ich den *Frings* im Arbeitszimmer des R beobachtet hatte. Scheinbar unschuldig hat sie mir zugehört, auf die Frage nach der Geliebten reagiert, als sei sie vollkommen unbeteiligt. Wie kann sie mir so offen ins Gesicht lügen? Spätestens, als davon die Rede war, dass der *Frings* die Geliebte an Frau R verraten wollte, spätestens dann hätte sich Marlies mir anvertrauen müssen. Wenn sie mir denn vertraut.

Wenn nicht, was ist das dann für eine Freundschaft? Hat sie es denn nicht mit der Angst zu tun bekommen? Es macht einen Unterschied, ob die betrogene Ehefrau sauer ist, oder ob obendrein ein aggressiver Typ samt ominöser Mama beteiligt ist. Wie ungeniert sie so tat, als kenne sie den R nicht. Dabei ist er ihr vertrauter als mir.

Das heißt, falls meine Schlussfolgerungen stimmen. Falls nicht, ich wage es kaum zu erwägen, bleibt alles beim Alten. Hoffe ich. Oder ist der Wurm einmal drin in unserer Freundschaft, das Vertrauen dauerhaft angeknackst?

Ein Blick nach oben zeigt mir, dass sie Licht brennen hat. Jedenfalls lebt sie, denke ich ein bisschen sarkastisch. Es dauert allerdings eine Weile, bis sie auf mein Klingeln öffnet. Fast wäre ich wieder gegangen. Als ich sie in der Tür mehr hängen als lehnen sehe, erschrecke ich. Ist das meine forsche, lebensfrohe Freundin? Ihre Haare kleben fettig am Kopf, ihr Gesicht ist verheult, die Klamotten verknautscht, als hätte sie drin geschlafen. Hat sie wahrscheinlich sogar.

»Komm rein, du gibst ja doch keine Ruhe«, murmelt sie.

»Ich mache mir Sorgen, Marlies.«

Sie lächelt müde. »Danke, lieb von dir.« Klingt wie eine mechanische Puppe. Meine Frage nach Jörg hat sich somit beantwortet.

»Ich bin noch aus einem anderen Grund hier«, erkläre ich tapfer.

»So? Aha. Kaffee?«

»Ja, gern. Soll ich? Du siehst ziemlich fertig aus.«

»Bin ich auch, aber die Arbeit macht eh die Kaffeemaschine.« So ganz hat sie ihren Humor nicht verloren. Wir schweigen, bis der Kaffee durchgelaufen ist und wir uns eingeschenkt haben.

»Was steht sonst noch an?«, fragt sie immer noch ziemlich teilnahmslos.

»Die Bullen«, antworte ich grob. Sie muss doch zu wecken sein! Tatsächlich zieht sie die Augenbrauen hoch.

»Oh? Stehe ich unter Verdacht?«

»Ja.«

Endlich zeigt sie eine Reaktion. Sie hält im Rühren inne, sieht mich mit offenem Mund an. »Langsam, Dörthe. Willst du mich verarschen?«

»Nein, leider nicht. Hier die Kurzfassung: Man, äh ... Namen will ich im Moment nicht nennen, entschuldige. Also: Man glaubt, dass du Jörg Rauschenbach in RAF-Manier getötet hast. Weil du das mit dem Fesseln und Knebeln kaum alleine hinbekommen haben dürftest, hat dir der Tobias vom Beirat geholfen, der ist auch ein bisschen links, sagt man.«

Sie sieht mich sprachlos an. Da bricht sie plötzlich in ein wildes Lachen aus. Sie lacht und lacht, sodass auch ich angesteckt werde und mitlache. Bis ich merke, dass ihr Lachen längst in Heulen übergegangen ist. Ich setze mich neben sie, nehme sie fest in den Arm und wiege sie wie ein Kind, bis sie sich endlich, endlich beruhigt. Sie schluchzt nur noch stoßweise. Ich reiche ihr ein Taschentuch, es dauert eine ganze Weile, bis sie allmählich ihre Umklammerung löst und sich die Nase schnäuzt.

»Du scheinst 'ne Menge zu wissen. Bitte, Dörthe, was geht hier vor? Was redest du von Fesseln und Knebeln? Das klingt ja furchtbar.«

Verdammt, das hätte ich mir wirklich verkneifen müssen. Wie konnte ich ihr das antun? Aber es hat mich eben selbst überrumpelt, ich hatte wider alle Vernunft gehofft, unrecht zu haben.

»Ich habe den Jörg gefunden.«

Ich erzähle, was mir richtig erscheint. Von Alex sage ich vorerst nichts. »Was mir Angst macht, Marlies, ist, dass dieses Unternehmen einen Werksschutz hat, den man auf dich angesetzt hat. Was die machen werden, scheint mir gefährlicher als die Polizeimaßnahmen.«

»Glaubst du, die foltern mich?«, fragt sie spöttisch. Ein bisschen von der alten Marlies scheint wieder durch.

»Ich weiß nicht, was ich glaube, mir macht der Gedanke einfach Angst.«

Sie nickt. »Das hast du von dem Bruder, Alex. Der ist deren Boss, der Werksschutz ist sein Baby. Woher kennst du den denn?«

»Er war bei Hermann«, erkläre ich knapp. Mir ist nicht danach, jetzt etwas zu erzählen.

Plötzlich kichert Marlies schräg. »Ich dachte gerade an die Beerdigung, wir alle auf dem Friedhof. Das würde eine schöne Familienfeier werden. Juliane Rauschenbach spielt dabei die böse Hexe. Oder die Fotografin. Jörg hat sich manchmal spöttisch über ihre Knipserei ausgelassen. Aber das habe ich schnell unterbunden. Schließlich trafen wir uns nicht, um über die Mängel seiner Ehefrau zu debattieren.«

»*Mängel*? Marlies, diese Fotos sind Meisterwerke!«

»Echt wahr? Klang bei Jörg nie danach. Wäre das nicht ein schönes Mordmotiv? Unterdrückte Kreativität.« Sie grinst. »Überhaupt Juliane. Die wäre eher die Verdächtige Nummer eins. Wieso ich? Ich wollte Jörg nicht heiraten, das habe ich dir schon einmal gesagt. Es stimmt immer noch. Er war einfach gut für zwischendurch.«

Ich denke an die letzte Nacht mit Alex, kann mir ein Lächeln nicht verkneifen und sage: »Ich verstehe dich nur zu gut.«

Wir grinsen uns an und schweigen ein paar Minuten. Der Kaffee ist kalt geworden. Egal.

Marlies fährt müde fort: »Es lief ja nichts mehr mit mir und Jörg, nur ein einziges Mal haben wir uns zuletzt getroffen, da meinte er, wir müssten vorsichtig sein. Jemand hat ihn wegen mir zu erpressen versucht.«

»Wie bitte? Marlies, das kann ein Motiv sein. Worum ging es?«

»Warte, das war so: Ich kam gerade in sein Büro, als er einen Brief auf den Schreibtisch warf und fluchte: ›Verdammte Erpresserbande‹. Ich war ja gekommen, weil er über unsere Beziehung oder eher über deren Ende reden wollte, da dachte ich natürlich, es ginge um uns. Du wirst sagen, reichlich egozentrisch, mag sein. Egal. Darum fragte ich ganz entsetzt: ›Erpresst dich jemand wegen mir?‹ Er hat sich ziemlich erschreckt, er hatte mich gar nicht kommen hören. Er war stocksauer, so kannte ich den gar nicht, und hat eiskalt geantwortet: ›Mich kann man nicht erpressen. Ist das klar? Halt dich aus meinen Geschäften raus. Dazu habe ich meine Sekretärin.‹«

Marlies schnäuzt sich kräftig, wieder steigen Tränen in ihre Augen. »Er hat mich schnell abgewimmelt, sagte nur, dass wir eine Pause machen müssten. Darum bin ich abgetaucht in den letzten Wochen. Das hat mich mehr aus der Bahn geworfen, als ich dachte. Als ich dann von seinem Tod hörte, bin ich bloß immer auf und ab gelaufen, immer nur auf und ab, die ganze Nacht.« Sie stockt.

»Scheiße. Marlies! Das steht erst heute in der Zeitung. Wer hat dir davon erzählt?«

Da ist er wieder, dieser böse Verdacht, der Verdacht von Annie und Alex, der sich ganz allmählich in mich hineingefressen hat.

Marlies, belügst du mich? Deine Freundin?

Bei Mord gibt es keine Freundschaft, Dörthe. Glaubst du allen Ernstes, sie würde dir gegenüber ein Geständnis ablegen?

Stopp. Eine Affäre, ja. Aber Mord. Nein.

Die Liebesgeschichte wolltest du auch nicht glauben. Und jetzt ...

Nein. Es passt nicht zu ihr. Lass stecken.

»Jetzt denkst du auch, ich bin es gewesen. Weil er Schluss machen wollte. Ich *habe* ihn nicht umgebracht!« Sie schlägt mit der Faust auf den Wohnzimmertisch, dass der Löffel in ihrer Kaffeetasse klirrt. »Ich war es nicht!«, schreit sie.

»Marlies, bitte, ich glaube dir ja. Aber wenn du noch vor der Meldung in der Zeitung von dem Mord erfahren hast, ist das wichtig, du musst damit zur Polizei gehen!«

»Klar, damit die rechnen wie du und wie Annie und all die verbohrten Spießbürger. Ich habe kein Alibi, natürlich nicht. Wer hat schon ein Alibi? Ich weiß, was über mich geredet wird. Ex-Stadtguerilla und so ein Zeug. Das ist vierzig Jahre her, verdammt. Ich war knapp achtzehn Jahre alt. Mein Onkel war in der SS, dem ist später nichts passiert, weil er noch so ein junger Spund war, arme verführte Jugend. Der war vierundzwanzig, als er eingetreten ist. Ich war gerade mal achtzehn, als ich ein *Flugblatt* unterschrieben habe. Mehr nicht.«

Wieder beginnt sie, hemmungslos zu weinen. Das sind nicht nur Tränen über einen verlorenen Liebhaber, begreife ich, das sind auch Tränen über die verlorenen Illusionen einer einst so hoffnungsvollen Jugend.

Kann das ein Motiv einer Altlinken für einen brutalen Mord an einem reichen Unternehmer sein, wie Alex es glaubt? *Kann* es das? Denn eines weiß ich: *Mehr nicht* stimmt nicht. Da *war* mehr. Sie selbst hat mir mal davon erzählt. Aber war es kriminell?

Als sich Marlies wieder gefangen hat, versuche ich es erneut. Ich will nicht um den heißen Brei herumreden. Ich muss Klarheit haben.

»Marlies, liebe Freundin. Was machst du mit mir? Woher soll ich wissen, wann du lügst und wann nicht? Begreifst du nicht, wie schwer du es mir machst, an deine Unschuld zu glauben?«

»Wieso?«, faucht sie, zieht sich zurück.

»Weil du immer so getan hast, als würdest du Jörg nicht kennen. Da muss ich mich allerdings fragen: Hast du auch an anderer Stelle gelogen? Über deine Vergangenheit? Hat Annie recht, und du hast im Knast gesessen? Oder ist das alles eine dumme Verwechslung? Ich möchte dir so gern glauben, ich brauche deine Freundschaft, ich will nicht hinnehmen, dass die Nachbarn über dich herziehen oder diesen verdammten Shitstorm im Internet verbreiten. Ich möchte dir helfen, wenn du mich brauchst. Aber dazu musst du ehrlich zu mir sein. Klar, wenn du nicht ins Detail gehen willst, das kann ich akzeptieren. Aber nicht, wenn du mich anlachst und sagst: Den R möchte ich kennenlernen. Verdammt noch mal, Marlies, du kanntest ihn besser als ich. Was machst du mit mir?«

Sie starrt mich mit großen Augen an. »Dörthe, bitte, schrei mich nicht an.« Sie putzt sich umständlich die Nase. Dann seufzt sie ein paar Mal.

Überlegt sie jetzt, wie sie mich hinters Licht führen kann? Dörthe, halt. Gib ihr eine Chance! Gib *uns* eine Chance.

»Ich fange an, wo es mir am leichtesten fällt, im Knast. Diese widerwärtig neugierige Annie die Galle hat irgendwie dieses Flugblatt in die Finger bekommen, von dem ich eben sprach. Sie hat im Staatsarchiv gearbeitet, ich vermute, daher. Mit dem Ding hat sie mich immer wieder belästigt und runtergemacht. Einmal fragte sie mich tatsächlich nach meinen Knasterfahrungen! Da habe ich ihr gesagt, dass ich jahrelang im Knast war.« Plötzlich lacht Marlies auf. »Das stimmt sogar, Dörthe. Ich habe etwa zehn Jahre lang im Frauenknast in Hannover als Sozialarbeiterin gearbeitet. Ich habe das in Bremen nicht herumerzählt, weil ich gelernt hatte, dass das blöde Reaktionen hervorrief. Von Sensationsgier bis hin zu schrägen Blicken, wie ich das als Linke tun könnte. Kann sein, dass Annie irgendwas hat läuten hören und falsch verstanden hat. Oder so, wie sie es gern verstehen wollte.«

Marlies sieht mich flehend an. »Glaub mir!«, sagt ihr Blick. Aussprechen muss sie es nicht. Ja, ich glaube ihr. Es passt in das Bild, das ich von ihr habe. Ich drücke ihre Hand und nicke.

»Zweitens«, fährt sie fort. »Der Jörg. Ich habe ein bisschen gebraucht, bis ich kapiert habe, dass du bei denen putzt. Ich bin nie am Osterdeich gewesen. Anfangs war es ein Spiel. Ich fand es irre komisch, von dir von Jörg und Juliane zu hören, weil ich die auf diese Weise nie kennengelernt hatte. Die Geschichte mit diesem *Frings* hat mich kaum erschreckt, weil Jörg mir gerade erst den Laufpass gegeben hatte. Ich dachte zu dem Zeitpunkt, es sei ohnehin schon alles vorbei. Warum also darüber reden. Vermutlich war ich zu verletzt von Jörg, da wollte ich meine Niederlage ungern eingestehen.«

Klingt alles plausibel, denkt meine wohlwollende Dörthe. Die misstrauische fragt: »Dann hast *du* ihm nicht erzählt, dass ich auf der ersten Sitzung der *BI-Pling* war?«

»Nee, warum sollte ich? Der weiß bis heute nicht, dass wir uns kennen.« Sie stockt, flüstert: »Oder bis gestern.« Sie muss wieder schniefen, fängt sich diesmal schnell wieder.

»Wer hat es ihm dann wohl gesteckt?«, überlege ich laut. »Er war unglaublich wütend.«

»Der Raum war voll, die Sitzung tagelang vorher angekündigt. Jeder vom Werksschutz hätte dabeisitzen können.«

»Warum hatte er solche Angst vor einer Bürgerversammlung? Hast du eine Idee?«

»Jörg kann nicht verlieren. Er muss immer obenauf sein. Ich vermute, er hat den Betrieb bloß übernommen, weil er ihn seinem Bruder nicht gegönnt hat. Er ist ja der Ältere, der Vater wollte es so. Die beiden waren sich spinnefeind. Um das zu erkennen, musste ich nur einmal in dem Büro auftauchen, da war immer dicke Luft. Die Sekretärin hat das sehr geschickt für sich ausgenutzt. Weißt du, so wie kleine Kinder erst die Mama fragen und dann den Papa und überall ihren Vorteil herausholen. Die ist schmierig. Die könnte mich auch verpetzt haben.«

»Ich weiß, Marlies, sie hat mir die Putzstelle vermittelt. Die Frau sitzt in meinem Zeichenkurs und nervt mich jede Woche aufs Neue.«

»Die Gerken? Ach nee, davon hast *du* nun nie was erzählt.«

»Doch, aber ich habe wohl nie ihren Nachnamen benutzt, und Petras gibt es wie Sand am Meer.«

Marlies reckt sich. »Ich mach neuen Kaffee«, erklärt sie ein wenig resoluter. Als sie zurückkommt, hat sie sich die Haare gekämmt.

»Marlies, du kannst der Polizei nicht aus dem Weg gehen. Alex weiß zumindest, dass Jörg eine Geliebte hatte. Er behauptet, die Polizei habe deine Daten. Die sind schnell auf deiner Spur, ich habe den Kommissar kennengelernt, der ist schlau. Es ist besser, du gehst selbst hin, als dass sie dich suchen.«

»Alex. Klar, der verdächtigt mich. *Der* hat es der Juliane gesteckt, da bin ich mir sicher. Der hat mich nämlich mit Jörg zusammen gesehen. Der Kerl ist kein sanftes Lamm. Ich habe mit Jörg nie über seine Geschäfte geredet, wie gesagt, mein Interesse lag woanders. Aber ich konnte nicht umhin, das ein oder andere aufzuschnappen. Zuletzt ging es bei der R-B-Bau um den Platanenring. Tobias war öfter bei ihnen im Büro.«

»Was wollte der denn da?«

»Keine Ahnung. Alex und Jörg sind Vierteljungs. Vor allem Alex kennt jeden, egal von welcher Partei oder Gesinnung. Der ist schlau. Der hatte nicht viel Mühe, sich über mich zu erkundigen.«

»Aber dann ...«

»Ja, ja, wahrscheinlich hast du recht. Aber meine Beziehung zu den Bullen ist nicht frei von Vorurteilen, ich fürchte, das beruht auf Gegenseitigkeit.«

Sie rührt lange in ihrem frischen Kaffee, überdenkt vermutlich ihre Entscheidung. Da gibt sie sich einen Ruck und steht auf, kramt in einer Schublade herum und kommt zurück mit einem Brief in der Hand.

»Ich habe ihn geklaut«, flüstert sie. »Ich wollte wissen, wer uns auseinanderbringen will. Ich wollte wissen, wie viel ihm meine Gesellschaft wert ist, ach, ich weiß nicht, warum ich es letztendlich getan habe. Ich habe den Erpresserbrief geklaut.«

NEUNUNDZWANZIG

»Dörthe, du wirst es nicht glauben. Zu blöde, dass ich nicht mehr mit Jörg darüber reden konnte. Hier, lies.«

»Heirate mich. Sonst erscheinen Knuts Briefe im Internet.« Darunter eine skizzierte Maus.

Kopfschüttelnd wende ich das Blatt um, die Rückseite ist leer. »Was bedeutet das? Ist etwa noch eine andere Frau im Spiel?«

»Das war auch mein erster Gedanke, aber ich glaube, der Wisch soll von mir sein. Wegen der Maus, so hat er mich genannt. Nur begreife ich nicht, was ›*Knuts Briefe*‹ bedeutet.«

»Das kann ich sogar erklären, aber zuerst: So, wie du Jörgs Reaktion beschrieben hast, hat er nicht an dich als Urheberin geglaubt.«

»Nein, niemals. Er wusste genau, dass ich nicht auf Heirat aus war, darüber gab es nie Zweifel zwischen uns. Unser Trennungsgespräch war ziemlich sachlich von beiden Seiten, keine Szene oder Tränen von mir, kein Gebrüll oder was von ihm. Einfach: Wir müssen es ruhen lassen. So redet man nicht, wenn man seinem Erpresser gegenübersteht.«

»Dann will dich jemand in Verdacht bringen. Wäre interessant zu wissen, wer alles von dem Zettel weiß. Wenn es bloß den einen gab, bist du aus dem Schneider, sonst … sieht es nicht so gut aus.«

»Was weißt du von diesem Knut? Ist das nicht der Vater?«

Es bleibt mir nichts anderes übrig, ich muss gestehen, dass ich am Safe war. Marlies scheint das wenig zu beeindrucken. Vermutlich hat sie gerade keinen Kopf frei für solche kritischen Gedanken.

»Aber damals war dieser Erpresserwisch nicht im Safe?«

»Ich habe ihn nicht gesehen. Dabei wäre das naheliegend.«

Marlies sieht mich ängstlich an. »Du meinst im Klartext, jemand bringt den Jörg um und legt diesen Zettel in den Safe, damit man mich verdächtigt? Aber dann wäre die Polizei längst hier aufgetaucht.«

»Stimmt, aber vielleicht hat die Polizei den Safe nicht untersucht. Der Drache hing ja noch davor, anders als im ersten Fall.«

Sie überlegt. Ihr Blick wird hart.

»Dann wird der, der das eingefädelt hat, etwas unternehmen, und zwar bald. Wir müssen dafür sorgen, dass der Wisch aus dem Safe verschwindet, sofern er denn drin ist.«

»Meinst du nicht, du gehst besser mit diesem Brief zur Polizei und erklärst, dass du nichts damit zu tun hast?«

»Dörthe, die Jahre im Knast haben mich gelehrt: Es ist sicherer, falsche Indizien verschwinden zu lassen, als ihre Ungültigkeit zu beweisen.«

Sie muss es nicht aussprechen. Ich weiß, was das bedeutet. Ich habe den Hausschlüssel. Ich bin dann aber auch die erste, die dran ist. Es sei denn, ich gucke am Dienstag. Aber ich habe völlig vergessen, Frau R zu fragen, ob ich überhaupt noch einmal kommen soll.

»Marlies, dieser Brief ist mit dem Computer geschrieben. Die Urheber können beliebig viele drucken, es nützt nichts, den einen aus dem Safe zu nehmen.«

»Doch. Die Maus ist nachträglich mit der Hand gezeichnet.«

»Pah, das skizziere ich dir zwanzig Mal in ein paar Minuten.«

»Ja, du. Aber nicht jeder, so simpel ist die nicht. Außerdem beweist der Brief im Safe, dass Jörg ihn gelesen hat. Zum Büro haben zu viele Leute Zugang, das bedeutet nichts, wenn er da herumliegen sollte. Vor allem *nach* seinem Tod. Aber am Osterdeich?«

Ich schüttle den Kopf. »Und bald«, flüstert sie. »Nicht erst am Dienstag.«

»Marlies, ich kann niemals am Osterdeich einbrechen!«

»Freitags ist Juliane nie zu Hause, glaub mir, ich kenne ihren Kalender ziemlich gut.«

»Du meinst ...? Er ist gestern gestorben, wahrscheinlich sitzt sie schluchzend zu Hause.«

»Ganz im Gegenteil, sie lässt sich heute, wie an jedem Freitag, trösten.«

»Sie demnach auch?«, frage ich stöhnend. »Sag bloß, du kennst den Mann?«

»Dank einer Indiskretion der Gerken. Eine gezielte, vermute ich. Die kennt alle Zeitpläne der Männer, vermutlich hat sie sogar die Termine mit den Frauen gemacht. Na gut, mich hat sie nie angerufen, aber natürlich wusste sie Bescheid. Es musste schließlich in die Terminkalender passen.«

Plötzlich fällt es mir wieder ein: »Wer hat dir von dem Mord erzählt?«

»Äh ... Tobias. Der Beirats-Corde.«

»Was? Verdammt, Marlies, der hatte an dem Vormittag einen Termin mit Jörg!«

Marlies sieht mich entsetzt an. »Bist du sicher?«

Ich nicke. Na gut, sicher? »Ich weiß es von Alex.«

»Alex. Der? Na gut, ich möchte ihm nichts Böses unterstellen.« Sie schüttelt heftig den Kopf. »Das war komisch, Dörthe. Gestern früh rief er an, warte, das war gegen elf, etwas früher. Er klang ganz gehetzt, als ob er gerannt wäre, sagte nur: ›Der Rausch ist tot.‹ Das war alles. Ich wollte nachfragen, klar, aber die Verbindung war weg. Ich habe versucht zurückzurufen, aber da war bloß die Mailbox. Ich habe es mehrmals am Tag versucht, aber ohne Erfolg.«

»Warum hat er nicht die Polizei angerufen, warum dich? Hast du eine Idee? Weiß er von deiner Beziehung zu R?«

»Nicht von mir. Nein. Aber muss ja wohl. Ich begreife nicht, warum er die Bullen nicht angerufen hat.«

Es gibt eine naheliegende Erklärung, aber die sprechen wir beide nicht aus. Ich versuche zu beschwichtigen: »Hat er bestimmt gemacht. Wir müssen uns knapp verfehlt haben. Ehrlich gesagt, finde ich das gruselig.«

»Dörthe, glaubst du echt ...?«

»Alex sagt, die Polizei kann sein Handy nicht orten.«

»Äh? Merkwürdig. Aber Mord? Dörthe, echt nicht. Ich kenne den vom Beirat her, der ist ein bisschen wild, das schon, immer die dicken Sprüche, du weißt schon, dieses ›Nieder mit‹ und so.

Aber Mord? So, wie du das erzählt hast, war das kein Affekt.«

»Garantiert nicht. Man fesselt niemanden im Affekt.«

Wieder muss Marlies schlucken. »Ich glaube es einfach nicht. Aber die Polizei kriegt bestimmt raus, dass er mich angerufen hat. Wenn sie ihn verdächtigen, hänge ich mit drin. Dieser Idiot! Wenn die dazu noch den Zettel finden, Dörthe, dann sitze *ich* in der ersten Reihe.«

Sie sieht mich entsetzt an. »Sag mal, glaubst du, der Tobias will mir das in die Schuhe schieben?«

»Er oder jemand anderes.«

DREISSIG

Im Windfang streife ich den Maleroverall über, er klemmt ein bisschen über dem Rucksack, aber den brauchte ich. Jetzt noch die Kapuze über die Haare. Man weiß ja, die Spurensicherung findet auch Haare. Möglicherweise sind sowieso welche von mir im Haus, denn ob ich so gut putze wie die Jungs von der Kripo? Die Handschuhe habe ich bereits vor der Tür übergestreift. Hysterisches Kichern steigt in mir auf. Ich zittere vor Aufregung. Mein Magen ist ein einziger Klumpen. Wenn das hier schiefgeht, wandere ich in den Bau, dann kann Marlies meine Sozialarbeiterin werden. Eher werden wir uns die Zelle teilen. Zugleich komme ich mir vor wie mit zwölf beim heimlichen Rauchen hinterm Stall. Nun gibt es kein Zurück.

Es ist vollkommen idiotisch. Natürlich müssen wir bloß zur Polizei gehen und sagen: »Dieser Erpresserbrief ist nicht von Frau Wagner«, und alles wird gut. Haha. Aber mich kitzelt es, dieses Abenteuer. Es dieser arroganten Rauschenbachblase zu zeigen. Außerdem, wo liegt das Risiko?

Marlies hat recht. Frau R ist nicht zu Hause, alles ist dunkel. Vielleicht lässt sie sich wirklich von einem Lover trösten, was geht es mich an? Trotzdem schleiche ich auf Zehenspitzen die Treppe hoch, Licht ist nicht nötig, ich kenne hier jeden Winkel. Wie gut, dass die Treppe nicht knarrt, sonst würde ich mich vor mir selbst fürchten.

Alles geht gut, Dörthe, alles geht gut.

Schnell durchquere ich das Arbeitszimmer, das wieder perfekt aufgeräumt ist. Ich muss einen Moment schlucken, als ich an den armen Jörg denke, wie er da lag.

Lass das, Dörthe, mach zu.

Vorsichtig nehme ich den hölzernen Drachen von der Wand. Der Safe. He, ist das Ding etwa abgeschlossen? Auf den Gedanken bin ich gar nicht gekommen. Aber damals war er kaputt, also ...

Ich stoße gegen die Tür. Oh ja, ohne ein weiteres Geräusch öffnet sich der Safe.

Die Taschenlampe, schnell. Nicht durch den Raum fuhrwerken, das sieht man vom Osterdeich! Nur in den Safe leuchten! Ja, die Briefe an Knut, und Himmel, sie hatte recht, da liegt dieser Zettel!

Schnell greife ich zu, schiebe mir sowohl den Erpresserbrief, dann wie mechanisch auch einen der Briefe an Knut unter den Overall in die Jackentasche. Ganz leise hänge ich den rotzüngigen Drachen wieder an seinen Platz. Na bitte, ging doch prima. Jetzt nur noch die Treppe runter, und es ist geschafft. In zwei Minuten bin ich draußen.

Da! Es klirrt! Das Türschloss! Jemand kommt! Nein! Ist es zu fassen! Zwei Minuten nur. Licht im Flur. Stimmen.

»Kommen Sie mit nach oben, Frau Gerken. Sie sagten eben, es gebe Beweise, dass Frau Wagner meinen Mann getötet hat. Die Polizei wird gleich eintreffen, bitte gehen wir hinauf und sehen selbst nach.«

Die Gerken? Die Polizei?! Jetzt ist alles aus. Ich stehe völlig erstarrt.

Sie kommen hoch!

»Ich wollte erst mit Ihrem Schwager sprechen«, flötet die Gerken ein bisschen zu schrill. »Wie günstig, dass ich Sie beide zusammen angetroffen habe.«

Dörthe! Tu was! Die Maske! Die große. Mach schnell!

Ich reiße die Maske mit dem Riesenmaul von der Wand. Vors Gesicht! Guck durch den Mund, das geht! Jetzt los!

Aaaahhh!

Mit irrem Gebrüll stürze ich die Treppe hinunter.

Die Gerken gafft mich an. Fällt schreiend hintenüber. Die R torkelt gegen die Wand, ich stoße ihr den Ellbogen in die Seite.

Vorsicht, fall nicht über die Gerken!

Ich sehe so wenig! Geistesgegenwärtig knipse ich das Licht im Flur aus.

Die Maske! Mitnehmen? Wegwerfen? Sind Spuren dran?

Hau ab, renn! Mein Atem rasselt. Oh Gott, ich bin doch keine zwanzig mehr!

Das Glück ist auf meiner Seite, der Osterdeich ist gerade autofrei, ich haste hinüber, torkele den Deich hinab. Einmal, einmal bin ich dankbar dafür, dass es hier unten so wenige Lampen gibt. Es ist stockdunkel. Das bleibt nicht so, wenn erst die Polizei auftaucht. Weg mit dem Beweismaterial! Ich zittere am ganzen Leib, schaffe es kaum, den Reißverschluss des Overalls runterzuziehen.

Mach zu, Dörthe, los! So, rein damit in den Rucksack, die Briefe auch.

Die Maske! Die ist viel zu groß. Ich schaffe es nicht, das schöne Stück kaputt zu treten. In die Weser damit. Das Ding ist aus Holz, das schwimmt, wir haben ablaufendes Wasser mit heftiger Strömung. Weg damit, Dörthe, die Maske bringt dich in den Knast! Ich laufe auf den nächsten Anleger, will sie in den Fluss werfen, da bremse ich mich gerade noch. Platschen hört man, Dörthe! Ich beuge mich tief hinunter und lasse das wunderschöne Stück ins Wasser gleiten. Schnell treibt es flussab.

»Du hast mich gerettet, schöne Maske«, flüstere ich. »Wenigstens kurzfristig.« Vielleicht ist sie schon in Vegesack, wenn man sie findet.

Das wäre egal, Dörthe, jeder Polizist im Umkreis von hundert Kilometern wird dieses Teil zu Frau R zurückbringen.

Ich will mich aufraffen, um auf den Uferweg zurückzugehen, da sehe ich ein wackeliges Licht näher kommen. Ein Radfahrer! Ich bleibe stocksteif hocken, hoffentlich sieht er mich nicht. Er fährt vorbei. Uff!

Zugleich lausche ich auf das Tatütata der Polizei, aber noch bleibt es still. So schnell ich kann, hetze ich zurück zur Treppe den Deich hinauf. Ich kann keinen weiten Umweg machen, dazu reichen meine Nerven nicht. Ob ich den Overall wegwerfen soll? Ist sicher besser so. Ich komme an dem großen Müllcontainer einer Kneipe vorbei. Kurzentschlossen werfe ich das Ding hinein. Ob mich jemand sieht, ist mir im Moment egal. Nur, wer sich auffällig benimmt, fällt auf. Müll in fremde Tonnen tun ist nichts Besonderes. Von nirgendwo kommt Geschimpfe, ich gehe einfach weiter. Es sind viele Leute unterwegs, es ist inzwischen fast elf, Freitagabend im Viertel, da ist der

Bär los. Umso weniger achtet jemand auf die anderen.

Allmählich beruhigt sich mein Herzschlag, setzt mein Verstand wieder ein. Ich begreife allmählich: Ich sitze in der Tinte. Halstief, wenn nicht tiefer.

Verdammter Mist. Fast kommen mir die Tränen. Wie soll ich mich herausreden? Ich kenne Marlies, wie Annie es jedem, der es hören will, bereits erzählt hat. Ich habe den Schlüssel zur Villa der Rs, habe Malutensilien. Die Bullen stehen womöglich schon bei mir vor der Haustür. Wenn sie eine Durchsuchung machen bei mir und die Briefe finden? Wohin damit? Auf was habe ich mich nur eingelassen? Zu spät. Mitgegangen, mitgefangen, mitgehangen.

Keine Polizei vor der Tür. Eine Galgenfrist.

Ob ich die Briefe bei Hermann lassen kann? Nein, unmöglich, zieh nicht noch jemand anderes mit rein. Es sind ja bloß zwei dünne Stücke Papier. Zwischen meine eigenen Papiere? Habe ja genug. Aber wer sucht, der findet. Da fällt mir die kleine Lücke zwischen Atelier und Hauswand ein. Ob sie breit genug ist für zwei Briefe? Ist sie. Briefe in eine Plastiktüte, Klebeband drum und hingeklebt. Die sind weg.

Marlies kann ich nicht anrufen, wie wir verabredet hatten. Sollte die Gerken sie angezeigt haben, halte ich mich besser raus. Vielleicht hat man sie inhaftiert, hat sie längst ausgequetscht. Hat sie möglicherweise sogar von meinem Diebstahlversuch erzählt? Alles gestanden? Aber falls nicht, wird sie verrückt werden, wenn ich mich nicht melde. Ich greife zum Telefon. Was soll's, jeder weiß, dass wir uns kennen.

Bloß der Anrufbeantworter. Mist. Im Bett oder auf der Wache? Im Bett sicherlich nicht.

»Hallo Marlies. Ich bin morgen verabredet, kann nicht. Ich hoffe, es geht dir gut.« Unverdächtiger Code oder zu offensichtlich? Zu spät.

Müde hänge ich den Schlüssel ans Brett, wenigstens ein bisschen Normalität.

Ich mache das Radio an, Elf-Uhr-Nachrichten. Oh, hör zu!

»Bremen. Beiratsmitglied unter Mordverdacht.« Ich halte die Luft an. Das ist nicht Marlies, sie ist nicht mehr ... hör zu! »Neuigkeiten im Mordfall Rauschenbach. Das Mitglied des Beirats Östliche Vorstadt Tobias C. wird dringend der Mittäterschaft verdächtigt. Wie die Polizei soeben mitteilt, soll er heute Abend erneut in die Wohnung der Familie eingedrungen sein, um Beweismaterial zu entwenden. Es wird inzwischen bundesweit nach ihm gefahndet. Hinweise auf seinen Aufenthalt nimmt jede Polizeidienststelle entgegen. Berlin. Die SPD-Fraktion im ...«

Ich schalte aus. Wieso verdächtigen sie Tobias? Muss ich mich melden? Wenn sie ihn verhaften! Wo er doch unschuldig ist.

Stopp, Dörthe, er ist unschuldig an dem Einbruch heute Abend, aber auch an dem Mord? Zumindest weißt du das nicht. Die Polizei wird mehr in der Hand haben, als sie veröffentlicht. Aber Tobias ein Mörder? Warum sollte er? Ach, was weiß denn ich, was der tut. Ich kenne ihn kaum. Annie schätzt ihn sehr, aber mit Annie will ich kein Wort mehr reden, seit sie Marlies überall anschwärzt. Außerdem sollte ich dankbar sein, dass sie jemand anderen suchen. Wenn ich Annie nach Tobias frage, mache ich mich nur verdächtig, die Frau hört die Flöhe husten.

Plötzlich beginnen meine Zähne zu klappern, ich muss mich schütteln. Die Angst holt mich ein. War das knapp!

Ich mache mir eine Wärmflasche, lege sie mir auf den Bauch und kuschele mich damit aufs Sofa. Dann war die R doch nicht bei ihrem Lover, sondern bei Alex, darum konnte sie so früh zurück sein.

Ich stocke. Sollte Alex etwa ihr Lover sein? Liegt das so fern? Schwägerin und Schwager. Kommt oft genug vor.

Mach dich nicht verrückt, Dörthe. Wahrscheinlicher ist, dass sie sich gegenseitig trösten wollten, beide hat ja der schwere Verlust getroffen.

Außerdem, warum sollte er sich mit mir treffen, wenn er die R haben kann? Ich halte mich nicht für ein hässliches Entlein, im Vergleich zu Ihro Ladyschaft werde ich allerdings immer den Kürzeren ziehen.

Ehe ich mich in Träumen mit Alex verlieren kann, fallen mir die Augen zu.

EINUNDDREISSIG

Ich hetze den Uferweg entlang, um mich nur Nebel. Immer wieder stolpere ich über Dinge, die mir im Weg liegen, irgendwelche Papiere, Briefe; einem Putzeimer kann ich eben ausweichen. Meine Knie werden weich, ich möchte mich so gern auf den Boden werfen und zusammenrollen.

Aber hinter mir her rennt meine Verfolgerin, die hölzerne afrikanische Maske mit dem riesigen Maul. Sie wird mich verschlingen, wenn sie mich eingeholt hat. Ich weiß, es ist eine vergebliche Flucht, sie kommt näher und näher, schon spüre ich ihren Atem im Nacken. Tränen strömen mir übers Gesicht. Ich wimmere vor Angst.

Gerade als ich merke, dass ich keinen Schritt mehr vorankomme, springt mit einem Mal Tobias aus dem Dunst hervor. Er hebt die Hand.

Da stößt die Maske einen markerschütternden Schrei aus und stiebt in den Himmel davon, verschwindet.

Ich fahre hoch, schnappe nach Luft. Der Schrei schrillt noch in meinen Ohren. Ich will weiter rennen, aber die Bettdecke hindert mich daran. Die Bettdecke? Himmel, alles nur ein Traum? Habe *ich* etwa so geschrien? Ich lasse mich zurück in die Kissen fallen, taste nach dem Lichtschalter. Licht! Ich muss sehen. Ja, ich liege in meinem Bett, alles ist gut.

Nichts ist gut, Dörthe, Marlies ist verschwunden, Tobias wird des Mordes verdächtigt. Ich habe mich in eine idiotische Gefahr gebracht, bin noch lange nicht in Sicherheit. Wie konnte ich nur?

Ich musste Marlies doch helfen.

Hat es ihr denn geholfen? Sehr wahrscheinlich gibt es viel mehr solcher Zettel, es war völlig überflüssig, mich auf dieses Abenteuer einzulassen. Ich begreife nicht mehr, was mich getrieben hat. Ich bin doch keine fünfzehn mehr.

Der Schreck geht allmählich in albernes Kichern über. Wie muss ich ausgesehen haben mit dieser Maske!

Ich wette, Petra hat mich für ein Gespenst gehalten, ihren Anblick werde ich im Leben nicht mehr vergessen, die Augen sind ihr geradezu aus dem Gesicht gequollen.

Fast wie bei Jörg.

Nein! Das nicht! Das will ich nicht denken, nicht jetzt.

Zu spät. Das furchtbare Bild des Toten will nicht mehr weichen. Ich setze mich wieder auf.

Schlaf kann ich vergessen. Ich kann genauso gut auch aufstehen. Vielleicht hilft es mir, wenn ich ein bisschen auf und ab gehe.

Damit weckst du Hermann, das geht nicht. Ich könnte rüber ins Atelier gehen und mich ablenken. Wenn ich dieses Albtraumbild des toten Mannes male, kann ich es dadurch auflösen?

Ich tappe leise in den Hof. Vor dem Atelier bleibe ich stehen. Malen kann ich später. Vorher muss ich etwas anderes wissen, nämlich, was in diesen verdammten Briefen steht. Ein kurzer Blick rundherum, überall ist es dunkel. Schnell greife ich zu den versteckten Papieren. Vielleicht erklären sie mir, worum es hier geht.

Ein Brief, der mindestens dreißig Jahre alt ist? Dörthe, du verrennst dich.

Egal, ich will wissen, warum sich Jörg und *Frings* und seine geheimnisvolle Mama so darum bemühen. Brr, es ist kalt im Atelier, ich habe die Heizung nicht an. Egal.

Ich ziehe einen einfachen Briefbogen aus dem Umschlag. Handgeschrieben. Eine altertümliche Schrift.

»24. November 1965

Letzte Warnung!

Das Hurenkind ist auch Dein Kind. Gib mir eine ehrliche Arbeit. Bis Sylvester. Sonst erzähle ich alles Deiner Frau.

E.G.«

Von wegen heißer Liebesbrief! Ein Erpresserbrief? Klingt so.

Ich schließe die Augen, versuche, mir die Situation vorzustellen. Da ist eine Frau, die von Knut R geschwängert wurde. Mitte der Sechziger war die Pille noch nicht allgemein üblich. Die Frau will sich nicht abspeisen lassen, will eine *»ehrliche«* Arbeit. Spricht dafür, das Wort *»Hurenkind«* wörtlich zu nehmen.

Eine Prostituierte? Bedrohen die ihre Freier, weil sie schwanger werden? Nein, sicher nicht. Aber mal angenommen, das war keine zufällige Puff-Begegnung, womöglich besuchte Knut R sie regelmäßig? Mehr eine Geliebte als eine Hure? Hat er ihr Gott weiß was versprochen? Egal. Da ist ein ungewolltes Kind. Ist diese Frau Petras Mutter, E. Gerken? Dann wäre Petra eine Halbschwester von Jörg und Alex.

Uff.

Ist das ein Mordmotiv? Nein. Warum sollte sie den eigenen Bruder töten? Heute, nach so vielen Jahren? Wenn der Alte die Mutter hat hängen lassen, müsste sich Petras Wut gegen den Vater richten. Stopp, stimmt alles nicht: Sie arbeitet seit Jahren bei R-B-Bau. Sie ist Anfang fünfzig,

Chefsekretärin. Knut Rauschenbach muss sie eingestellt haben. Als Wiedergutmachung vielleicht? Oder gar in Nachfolge ihrer Mutter, falls Knut sich hat erpressen lassen.

Nachdenklich spiele ich mit einem Pinsel herum. Was bedeutet das alles? Warum heute noch dieser Streit um die Briefe? Eine Erpressung, die fünfzig Jahre her ist, warum bringt sie nach all der Zeit Jörg so sehr zur Raserei, dass er vor mir auf den Boden spuckt?

Ich schaudere, es ist einfach zu kalt hier. Geh rüber, Dörthe, grübeln kannst du auch im warmen Wohnzimmer mit einer frischen Tasse Kaffee.

ZWEIUNDDREISSIG

Als ich in den Hof trete, höre ich jemanden husten. Vor Schreck fällt mir der Umschlag mit den Papieren aus der Hand. Dörthe, das ist Hermann! Aus seiner Wohnung fällt gedämpftes Licht in den Hof, der Alte steht im Halbschatten und raucht eine Zigarette.

»Frau Petersen, habe ich Sie erschreckt?«

»Äh, ich hatte um die Zeit niemanden erwartet. Hermann, was machen Sie mitten in der Nacht im Hof?«

»Ich kann nicht schlafen, Frau Petersen. Wegen Tobias. Dass er ein Mörder sein soll, will mir nicht in den Kopf.« Er wedelt mit der Zigarette herum. »Ich habe wieder angefangen, nach acht Jahren.«

Ich will mich nach dem Umschlag bücken. Doch der ist Hermann direkt vor die Füße gerutscht, er ist schneller. Er will ihn mir herüberreichen, als er stutzt. »Ein Brief an Knut? Wie kommen Sie dazu?«

»Hermann, leise, nicht hier im Hof, bitte.« Ich schaue schnell zu den Fenstern hoch, vor allem zu Annies. Aber alles liegt im Dunkeln.

Er reicht mir den Umschlag und flüstert: »Bitte, Frau Petersen, erklären Sie mir das.« Ich nicke und folge ihm in die Wohnung. Bestimmt ist es gut, einen Verbündeten zu haben.

Hermann hat frischen Kaffee aufgesetzt, gießt mir ungefragt ein und sieht mich erwartungsvoll an.

»Hermann, was ich Ihnen erzähle, muss unter uns bleiben, sonst wandere ich in den Knast. Ich habe den Brief geklaut. Aus dem Safe von Jörg R.« Ich berichte in kurzen Worten.

Hermann hört aufmerksam zu. Als ich von der Maske erzähle, beginnt er hell zu kichern. »Deern, nee aber auch«, prustet er, wird aber schnell wieder ernst. Der Brief an Knut liegt noch ungeöffnet auf dem Tisch. Nachdenklich schiebt er ihn hin und her, fragt langsam: »Woher wusste diese Frau Gerken von dem falschen Erpresserbrief im Safe?«

Mit offenem Mund starre ich ihn an. Äh ... Gute Frage. Plötzlich reißt es vor meinem inneren Auge auf wie nach einem Nebel, ich sehe es vor mir: »Hermann, ich begreife es: Sie hat den verfasst. Oder steckt mit dem Initiator unter einer Decke. Dann, verdammt, dann ist sie die Mafia-Mama! Dann ist der *Frings* ihr Sohn! Der Junge klaut die Briefe, macht das große Durcheinander, damit unklar bleibt, was eigentlich verschwunden ist.

Das war der erste Einbruch.« Ich werde ganz hibbelig vor Aufregung und entwickle hastig weiter: »Gesetzt den Fall, also mal angenommen, Frau R weiß nichts von den Briefen, dann kann sie sie auch nicht als vermisst angeben. Wie hat der Bengel gesagt: niemand hat gemerkt, dass sie weg waren, oder so. Wer wusste, dass der Jörg an diesem Dienstag verreist war? Die Petra, die Sekretärin natürlich. Dann hat sie sich diese Briefe an Knut vom R zurückgeholt und gelesen. Natürlich ohne Jörgs Erlaubnis.« Und, ergänze ich für mich ein bisschen hämisch, ganz ohne meine Beihilfe.

Hermann lächelt über meinen Eifer, er lässt sich anstecken und ergänzt nun seinerseits: »Es geht also um zweierlei Briefe, einmal die von E.G. an Knut«, er weist auf den Brief, »und dann den angeblichen Erpresserbrief von Ihrer Freundin Marlies. Und nun erlauben Sie mir, dass ich dieses Schreiben lese.«

Ich nicke. Während Hermann seine Lesebrille aufsetzt und den Bogen aus dem Umschlag zieht, rappelt es in meinem Kopf weiter. Der *Frings* hat irgendwann nach unserer Begegnung den Erpresserbrief wegen Marlies in den Safe getan. Davon sprach er schon, als er die Briefe zurückbrachte. Kein Problem für ihn, er hat ja den Hausschlüssel. Sollte diese E.G. Petras Mutter sein, und davon bin ich überzeugt, sonst ergäbe ihr massives

Interesse gar keinen Sinn, kann ich nur sagen: Der Apfel fällt nicht weit vom … und so weiter, mit Erpressung kennen sich beide aus. Haben die beiden somit auch den Jörg umgebracht? Meine nervige Zeichentante? Dann müssen die anderen Briefe Sprengstoff enthalten, wenn sie einen Mord wert sind.

Stopp, Dörthe, verrenne dich nicht.

Wieso? Der Mord war eine Kopie des Einbruchs. Das spricht für den *Frings*.

Nein, noch mal Stopp, eben nicht. Ich kaue vor Aufregung auf meinem Daumen herum.

Denn dann hätte auch der Safe offengestanden, damit man Marlies' Wisch auch ja findet. Dann hätte die Petra vorhin nicht extra zum Osterdeich kommen müssen.

Der Mörder muss genau jemand *anderes* gewesen sein, jemand, der keine Ahnung von dem Safe und seiner brisanten Fracht hatte.

Tobias zum Beispiel. Also doch?

Marlies nicht. Erleichtert atme ich auf. Warum beruhigt mich das? Habe ich diesen Verdacht immer noch nicht losgelassen?

Ich werfe Hermann einen schnellen Blick zu. Über Tobias rede ich besser nicht, solange ich nicht ganz sicher bin.

Oder anders, warte, vielleicht ist jemand dem *Frings* lediglich zuvorgekommen. Denn dass der

Brief im Safe lag, bedeutet ja, dass die Gerkens etwas Übles planten, was sie Marlies in die Schuhe schieben wollten. Heißt das etwa, dass Tobias mit den beiden zusammensteckt? Falls er Marlies angerufen hat, um sie reinzureißen?

Liebe Güte! Wie viele Leute wollten dem Jörg denn ans Leder?

In meinem Kopf beginnt es sich zu drehen, all diese Wenns und Vielleichts, ich blicke langsam nicht mehr in meinen eigenen Gedanken durch.

Meine Überlegungen, so verwirrend kompliziert sie auch waren, haben nur wenige Augenblicke gedauert, vielleicht sind sie darum so chaotisch, denke ich selbstkritisch.

Hermann lässt den Bogen sinken und reibt sich die Nase.

»Da Sie ein Freund von Knut waren: Wissen Sie Näheres über dieses Kind?«

»Das ist lange her, ein halbes Jahrhundert, wie soll ich mich daran erinnern? Er ging regelmäßig zu den Huren, das gab immer wieder Ärger mit seiner Frau.«

Hermann überlegt eine Weile, fährt sich mit der Hand über die Nase. »Ein Kind hat er nie erwähnt. Aber dass ihn eine der Damen erpresst hat, wundert mich. Die Frauen hatten gar keine Chance.«

Wieder schweigt er, nimmt nachdenklich einen Schluck Kaffee. Ich warte ab. »Als Jörg geboren wurde, das war, äh ... 1964, da war Knut besonders viel unterwegs. Er meinte, der Brüllaffe würde ihn aufregen. In der Zeit war er schwierig.«

Hermann sieht mich lächelnd an. »Dass mir das alles wieder einfällt! Sehen Sie, Frau Petersen, meine Tochter ist ja bloß ein Jahr früher zur Welt gekommen, ich war derart vernarrt in die Kleine, dass ich mich an ihrem Gequengel nie gestört habe. Aber ich gebe zu, die meiste Zeit war ich sowieso in der Werkstatt.«

Wieder denkt er nach. »Ja, Deern, warte mal. Wir haben uns richtig in die Klatten gekriegt, weil er so unleidlich war. Ich dachte schon, unsere Freundschaft wäre vorbei. Seiner Firma ging es gerade nicht gut, er hatte sich irgendwie verkalkuliert, ich dachte, er würde pleitegehen. So habe ich mir seine Launen erklärt. Kurz darauf kam er mit 'ner Buddel Köm und meinte: ›Alles wieder gut, mein Freund. Es hat sich erledigt.‹ Mit der Firma ging es wieder aufwärts. Ich weiß nicht, was los war, er sprach nicht darüber, ich fragte nicht weiter. Nur, wenn das mit diesem Brief zusammenhängt, warum gibt es *heute* einen Mord?«

»Hermann, ich gehe davon aus, dass die Verfasserin die Mutter von Petra Gerken ist, der jetzigen Chefsekretärin. Die hat die Briefe erst im Spätsommer bei der Entrümpelung entdeckt.

Vielleicht hat sie die Handschrift der Mutter erkannt und in einen hineingesehen.«

Ich erzähle kurz, was ich beobachtet habe und fahre fort: »Darum gibt es erst heute Streit.« Hermann nickt. »Ja, als Halbschwester hat sie Ansprüche. Wenn sie ihren Anteil an der R-B-Bau will, sind die Jungs natürlich dagegen. Die wollen nicht plötzlich ihre Firma, ihre Gewinne dritteln. Darum bringt die Frau ihren Bruder um? Nee, Deern, das ist Tünkram. Dann müsste die Frau das Opfer sein.«

»Stimmt. Ein Vaterschaftstest ist heute kein Akt mehr. Sie braucht allerdings einen Anhaltspunkt, dafür taugt so ein Brief.« Ich nicke mir selbst zu. »Darum klaut sie die Briefe, alles klar.«

Langsam drösele ich es weiter auf: »Ein Mord wird ihre Position nur schwächen, denn falls sie erwischt wird, kriegt sie nichts. Warum sollte sie ein solches Risiko eingehen? Es sei denn, sie will die Firma mit Alex führen. Dann würde er aber mit drin stecken.«

Oder alleine, was heißen würde, dass auch Alex ... Stopp, das denke ich nicht weiter. Hermann schüttelt heftig den Kopf, beißt die Lippen aufeinander. Ich vermute, er hat ähnlich gefolgert.

»Warum beweist sie nicht, dass sie die Tochter ist? Knut R lebt noch, der ist notfalls zu befragen.

Und hopps, ist sie drin im Geschäft. Warum diese Gewalt?«

Darauf finden wir beide keine Antwort.

Als ich so in den Hof auf mein Atelier schaue, erinnere ich mich an das Temperarezept.

He! Ich muss nach Luft schnappen.

»Hermann, die *Mütter in Sorge*! Sie haben das Blatt doch auch gelesen. Deren Hass auf Nutten hatte schon etwas Gestörtes, finde ich. Das heißt, stellen Sie sich mal vor, also nur mal angenommen: Mutter E ist Nutte, Tochter P hasst das oder schämt sich, darum verteilt sie ein Flugblatt dieser *Mütter*, um ein vermeintliches Bordell zu verhindern. Ist sie demnach Teil dieser Gruppe? Oder, äh ... womöglich existiert überhaupt keine solche Gruppe! So ein Flugblatt kann jeder Döskopp herstellen. Vielleicht ist es eine irregeleitete Nonne oder ... ein *Hurenkind* auf Rachefeldzug.«

Hermann sieht mich mit offenem Mund an. »Dann müsste sie Knut umbringen, aber nicht Jörg.«

»Vielleicht kennt sie Knut gar nicht persönlich«, versuche ich eine neue Erklärung. »Wie lange arbeitet sie schon für die R-B-Bau? Kann es sein, dass sie erst von den Jungs eingestellt wurde? Sie wird ja nicht zu ihrem Chef gehen und sagen: He, wo ist Ihr Vater? Ich will ihn abmurksen.«

Hermann lächelt müde. »Wann sie angefangen hat, weiß ich nicht. Ich habe mit Knut nie über sein Personal gesprochen.« Er überlegt einen Moment, fährt dann vorsichtig fort: »Nee, Deern, das macht alles keinen Sinn. Sie bringt nicht den Jörg um, nur weil sie nicht weiß, wo der Knut ist. Da wäre sie ja eine eiskalte Killerin. Nee, nee, das nun man nicht. Das will ich nicht glauben.«

Ich nicke resigniert. Die graue Maus Petra, eine eiskalte Killerin? Nein, undenkbar.

Mir schwirrt der Kopf. Wir drehen uns im Kreis. Alles akzeptiere ich, Mutter E, die Hure, Tochter P, die von den Jungs ihren Anteil haben möchte, alles, aber ich finde kein Motiv für einen Mord an Jörg. Oder meint sie, sie verhindert auf diese Weise zusätzliche Prostitution? Das kann nicht einmal Petra G ernsthaft annehmen. Ob die Nutten in der Helenenstraße sitzen oder hier, es wird deswegen keine einzige mehr oder weniger geben.

Wenn überhaupt, müsste, wie Hermann eben sagte, Petra das Opfer sein. Getötet von ihren Halbbrüdern.

Stopp, nun mach mal halblang. Das ist mir alles zu blutrünstig. Ich muss Jörg im Stillen recht geben, das ist Unternehmerbashing. Die White-Collar-Kriminalität ist weniger körperlich.

»Wie passt Tobias da rein?«, fragt Hermann in das Schweigen. »Wieso glaubt die Polizei, dass er vorhin in Rauschenbachs Wohnung war?«

»Das verstehe ich auch nicht. Aber, Hermann, er hat Jörg vor mir gefunden.«

»Was?«

»Er hat Marlies angerufen.«

»Warum nicht die Polizei?«

Ich kann bloß die Achseln zucken.

»Oh nein, das kann nicht sein!« Hermann legt die Hände vors Gesicht. Weint er? Nein, aber er ist tief getroffen. Ich lege ihm die Hand auf den Arm.

»Hoffentlich gibt es eine andere Erklärung. Zumindest lebt er und ist nicht Opfer des Mörders geworden. Das ist ein Trost.«

Es sei denn, er ist selbst der Mörder, denke ich, aber das werde ich vor Hermann nicht laut sagen. Muss ich auch nicht.

Müde fahre ich mir durch die Haare. »Wir lösen das heute nicht mehr, Hermann, ich gehe ins Bett. Das alles ist Sache der Polizei. Ich halte mich besser raus. Sie verstehen, dass ich sonst ganz schön alt aussehen würde.«

»Ich halte den Mund, Deern, aber wir bleiben in Kontakt. Ich muss dem auf den Grund gehen.«

Auf dem Weg in meine Wohnung denke ich an meine Verabredung mit Alex. Ist er bei alledem wirklich außen vor? Kann ich es wagen, mich morgen mit ihm zu treffen?

Wenn er sich überhaupt noch treffen will. Ich für meinen Teil werde die ganze Geschichte nicht mehr ansprechen. Wenn es ihm nur darum geht, muss er damit anfangen. Ich bin das alles leid.

Im besten Fall haben wir einen schönen Abend. Ich möchte nicht glauben, dass er mir nur etwas vorspielt. Vielleicht ist es meine überschäumende Fantasie. Aber ein bisschen Träumen darf in all dem Chaos erlaubt sein.

DREIUNDDREISSIG

Ehrfurcht ergreift mich, als ich den fantastischen Sternenhimmel betrachte, der sich über meinem Kopf wölbt. Unwillkürlich fasse ich nach Alex' Hand, drücke sie. Nach einem sehr langen Moment drückt er zurück. Warum zögert er so lange? Versteht er vielleicht gar nicht, was mich bewegt? Ich bin mir wieder so unsicher. Er ist nicht der coole Typ, den er so gern nach außen zeigt, aber ist er tatsächlich der sanfte, einfühlsame Mann, als den ich ihn mir erträume? Laufe ich einem Trugbild hinterher?

Hallo, Dörthe, wir sind nicht bei der Paarberatung, sondern im Planetarium.

Ich staune mit offenem Mund all die unzählig vielen Sterne an. Ich lege den Kopf in den Nacken, um alles, alles zu erfassen. Das da oben ist genau in diesem Moment über uns. Unvorstellbar, weil für unser Auge unsichtbar, nicht nur, weil es natürlich draußen wieder pladdert, auch, weil das viele Licht der Stadt uns diesen wunderschönen Ausblick inzwischen verdirbt. Aber hier im Planetarium kann man das alles bestaunen. Ich sitze mit vielen anderen Menschen hier und lasse mir erzählen, was es mit diesen Sternbildern auf sich hat. Ein paar ganz wenige erkenne sogar ich. Aber viel mehr begeistert mich diese Vielfalt da oben am Himmel, am Firmament. Firmament, ein Wort aus der Traumkiste, aus Märchen und Sagen, kein Wort, das zu Baumaschinen und Putzeimern passt. Große Punkte, kleine Punkte, Sternhaufen und die riesige Milchstraße. Das ist unsere Welt, denke ich plötzlich. Die Erde ist bloß ein weiteres Pünktchen in alledem. Ein klitzekleines Pünktchen.

So riesig und belastend mir diese unselige Mordgeschichte vor wenigen Stunden vorkam, sie ist auf eine Winzigkeit geschrumpft. Ein Staubkorn in alldem. Mehr nicht.

Ich bin noch immer tief beeindruckt, als wir uns auf den Weg zum Auto machen. Es hat tatsächlich aufgehört zu regnen. Langsam schlendern wir Richtung Weser-Brücke, wo wir einen Parkplatz gefunden haben.

»Bitte, Alex, lass uns einen Moment aufs Wasser gucken. Ich war zu lange drinnen heute. Die Luft ist so schön frisch.«

Ich ziehe ihn an die Kaimauer, sehe in das schnell strömende Wasser dicht unter mir. Oha, Hochwasser, aber gewaltig. Die Lichter, die uns den Himmel verschließen, spiegeln sich bunt im Wasser. Auch das ist schön, muss ich zugeben. Hier am Ufer ist es dunkel. Unwillkürlich schaue ich in den Himmel.

»Guck, Alex, man sieht keinen Stern, ist es nicht fantastisch zu denken, dass das alles dort oben ist. Wie winzig und unbedeutend wir Menschlein sind. Dabei bilden wir uns so wahnsinnig was auf uns ein. Herren der Welt. Ist es nicht furchtbar lächerlich?«

Er lacht unsicher. »Du Träumerin. Immerhin sind wir in der Lage, das da oben zu berechnen und fliegen bereits seit einigen Jahren durchs Weltall. Womöglich landen in ein paar Jahren sogar Menschen auf dem Mars.«

»Aber selbst der Mars ist nur ein kleiner Punkt. Weißt du, diese Unendlichkeit, die macht mich ganz still.«

»Das merke ich«, lacht er, küsst mich sanft auf die Stirn. »Unendlich ist selbst das All nicht. Alles hat eine Grenze.«

»Ach nee, du bist überhaupt nicht romantisch.«

»Mit Romantik kannst du keine Firma aufbauen und leiten. Von Romantik wird kein Mensch satt«, antwortet er sehr ernst.

Ups, ich glaube, ich habe ihn getroffen. »Ohne Romantik sterben wir seelisch, Alex. Es geht nicht nur ums Essen. Außerdem baust du heute Abend nichts, heute Abend stehen wir zwei Arm in Arm an der Weser.«

Ich ziehe ihn an mich. Er legt mir den Arm um die Schulter, drängt mich zum Weitergehen. »Komm, da vorne steht der Wagen. Es ist kalt, gleich fängt es wieder an zu regnen.«

Aber ehe wir uns umwenden können, knallen harte Schritte hinter uns aufs Pflaster. Alex wird von mir weggerissen.

»He, was soll das?«, schreit er.

Ich fahre herum.

Zwei vermummte Gestalten haben Alex gepackt.

Hilfe! Wollen sie ihn ausrauben? Was tue ich?

Ich will den einen Kerl zurückreißen, kriege aber bloß die Mütze zu packen, zerre sie ihm dabei herunter. Ohne Alex loszulassen, dreht er sich halb zu mir um, haut mir die Faust ins Gesicht.

Aua! Wieder sehe ich Sterne.

Ich stürze, will mich abstützen, aber ich kann die Hände nicht schnell genug hochbekommen, alles ist so unerträglich schwer. Hart schlage ich auf den Boden. Um mich dreht sich alles in Nebelschleiern, mein Kopf dröhnt. Nur undeutlich höre ich Schreie, dann ein entsetzliches »Neiiin!«.

Alex! Mein Gott, ich muss ihm helfen, ich muss hier hochkommen! Aber ich kann kein Glied rühren, bin wie festgeklebt am Boden. Wieder drifte ich ab in die Nebel. Reifen quietschen, immer mehr Geschrei, aber alles dringt nur dumpf an mein Ohr. Es klatscht irgendwo. Jemand rennt weg.

Ooh, mir ist kalt, so entsetzlich kalt. Mir klappern die Zähne.

Ein Mann beugt sich zu mir herunter. »Hören Sie mich?«, fragt er. »Wissen Sie, wo Sie sind?«

Ich starre ihn einen Moment ratlos an, dann dringt die Bedeutung seiner Worte in mein Bewusstsein. »Ja, ja«, murmele ich. »Kalt!«

Da ist ein anderer Mensch mit einer Decke, die schieben sie mir unter. Gut. Ich will erneut abdriften irgendwohin.

Stopp! Was ist mit Alex? Ich schrecke hoch. »Alex! Was ist mit Alex?«

Verwirrt versuche ich, mich umzusehen. Niemand sonst liegt auf der Erde. Alex kann niemals da irgendwo herumstehen, ich bin doch seine Liebste. Mir kommen die Tränen. War er wirklich so beleidigt wegen der Romantik?

Mein Verstand meldet sich langsam. Ich begreife, ich liege auf der Weserpromenade auf dem Boden, es ist Nacht.

Alex, der von zwei Männern gepackt wird. Alex, der schreit. Der ist nicht beleidigt, dem ist etwas passiert!

Jemand hat uns überfallen und mich geschlagen. Jemand? Das war *Frings*.

Ich erkenne jetzt zwei Männer, die um mich knien, sehe Hosenbeine, mehr Menschen, dabei waren wir eben noch alleine.

Kein Alex.

»Bleiben Sie liegen«, fordert mich der Mann mit dem Schnäuzer auf. »Der Krankenwagen ist schon unterwegs. Das Krankenhaus ist gleich um die Ecke. Keine Sorge. Man wird sich gut um Sie kümmern.«

»Aber was ist mit Alex?«

Er blickt kurz in die Nacht, kaut auf der Lippe. »Das wird Ihnen die Polizei besser alles sagen«, erklärt er.

Was heißt das? Was ist mit ihm? Ist er schwer verletzt? Haben sie ihn etwa entführt? Oder gar ... *umgebracht*? Ein hysterisches Kichern will in mir aufsteigen.

Dörthe, Träumerin, wer soll denn Alex *umbringen*, du spinnst ja. Ach ja? Und was war mit Jörg? Bloß, weil du dir vorgenommen hast, Jörg, Tobias und sogar Marlies für heute Abend zu vergessen, bleiben die Dinge nicht ungeschehen.

Ich will aufspringen, aber die Männer halten mich fest. »Bitte, Sie haben einen Schlag gegen den Kopf bekommen, da muss man vorsichtig sein«, erklärt mir der andere, der mit der Decke.

»Haben Sie gesehen, was passiert ist?«, frage ich mühsam. Der Junge mit der Decke nickt, sagt aber nichts weiter. Ehe ich mehr fragen kann, hält der Rettungswagen neben uns, ich werde hineingeschoben. Es gelingt mir, die nähere Umgebung zu überschauen. Nein, kein Alex auf dem Boden, kein Alex unter den Schaulustigen.

Auf dem Weg ins Krankenhaus schiebt sich eine Erinnerung nach vorne. Es gab ein Geräusch, ein ganz und gar falsches Geräusch. Ein Klatschen. Alex' Schrei und danach dieses Klatschen. Haben die Kerle ihn in die Weser geschmissen?

Das ist absurd, das ist völlig idiotisch. Wir sind in Bremen, nicht in Kapstadt oder wo. Meine Gedanken lassen mir keinen Frieden. Was ist mit mir? Sollte ich etwa auch dran glauben? Bin ich in Lebensgefahr? Wegen dieser verdammten Rauschenbachfamilie? Ich muss die Augen schließen, es wird mir alles zu viel. Mir ist es egal, was die Ärzte mit mir veranstalten, ich beantworte ihre Fragen, aber mein Geist ist woanders. Endlich schiebt man mich in ein Zimmer. »Nur für eine Nacht zur Beobachtung.«

Leider gibt es keine Ruhe, Kommissar Falkner sitzt neben meinem Bett. Er entschuldigt sich wortkarg für seine Störung. Wie lange sitzt der hier schon? Ich habe ihn nicht hereinkommen hören.

»An was erinnern Sie sich?«, fragt er kurz angebunden. Ich berichte das Wenige, was es zu sagen gibt. Von unserem Gespräch sage ich nichts, das geht den nichts an. Interessiert ihn auch nicht, wie es scheint. »Das waren der *Frings* und ein anderer.«

»Sie sagten, die waren vermummt.«

»Ja, aber dem einen habe ich die Mütze weggerissen, als ich ihn wegziehen wollte, der, der mich geschlagen hat. Ich bin mir sicher.«

Der Polizist steht schnell auf, will los. Halt! So geht das nicht.

»Was ist mit Alex?« Ich schreie es fast. Ich muss doch endlich eine Antwort bekommen!

»Man hat ihn in die Weser geworfen. Die Wasserschutzpolizei sucht ihn.«

»Ja und? Ist er ertrunken?«

»Ich weiß es nicht, wirklich nicht, Frau Petersen. Es tut mir leid. Das Wasser ist reißend heute Abend und kalt um die Jahreszeit. Sollte er es nicht bald geschafft haben, sich irgendwo ans Ufer zu retten, gibt es wenig Hoffnung, fürchte ich.«

VIERUNDDREISSIG

Ich sehe aus wie ein Zombie. Meine ganze linke Gesichtshälfte ist blau-schwarz angelaufen. Da komme ich selbst mit Make-up nicht gegen an, also kann ich es auch gleich lassen. So früh am Sonntagmorgen ist die Bahn eh fast leer, als ich vom Krankenhaus nach Hause fahre. Hier kümmert sich niemand um mein zerschlagenes Gesicht. Und wenn, in meinem Zustand ist mir alles egal. Zu Hause rolle ich mich auf dem Sofa zusammen. Wieder brauche ich eine Wärmflasche zur Beruhigung. Ich starre vor mich hin und versuche zu verstehen, was eigentlich passiert ist.

Alex ist tot.

Das hat der Falke zwar nicht eindeutig gesagt, klang aber durch. Wird mich die Polizei andernfalls überhaupt informieren? Eher nicht, ich bin ja nur die Gelegenheitsbeziehung.

Ich mache das Radio an, brauche ein bisschen Geräusch, damit ich mich nicht so alleine fühle. Warum meldet Marlies sich nicht? Sie hat wahrscheinlich mehr aufgeschnappt, als sie mir erzählt hat. Vielleicht begreift sie selbst erst jetzt, was sie weiß.

Wenn der *Frings* Petras Sohn ist, was ich fest annehme, warum bringt der Sohn der Chefsekretärin den Chef um? Oder beide? Geht Jörg auch auf sein Konto? Das ist naheliegend, alles andere wäre zu viel Zufall. Dass Petra von diesen Taten weiß, steht für mich fest. Ist Petra eine schwarze Witwe? Kann diese unscheinbare, nervige Person also doch eine Killerin sein? Die sogar ihr eigenes Kind zum Mord anstiftet? Dass ich mich in ihr derart täuschen konnte.

Wie entsteht so ein unbändiger Hass? Haben die beiden Männer sie so sehr verletzt? Was bewegt einen Menschen, dass er zu solchen Taten fähig ist, hier im friedlichen Deutschland? Wir sind doch nicht im Krieg! Einen ganz normalen Raubüberfall hätte ich mir vorstellen können. Aber hinter dem Angriff gestern steckte etwas anderes. Niemals ging es um Alex' Brieftasche, die ist womöglich mit ihm baden gegangen.

Nein, das war Mord. Das war gezielt, gewollt, kein Versehen. Sie haben uns nachspioniert und aufgelauert.

Mord!

Das Wort stellt sich quer in meinem Kopf, aber mein Verstand brüllt so laut, dass ich mir am liebsten die Ohren zuhalten würde: Mord. Alex ist ermordet worden. Wie sein Bruder. Doch erst jetzt erfasse ich dieses Wort in all seiner Tragweite. Weil mir Alex so viel bedeutet ... hat.

Warum? Was treibt eine durch und durch biedere, ja, spießige Frau dazu?

Oder fantasiere ich wieder fischemäßig zu viel über Gefühle, die die Petra überhaupt nicht hat? Kann gut sein, dass sie nur scharf auf die R-B-Bau ist. Alles bloß Gier.

Und ich? Sollte auch ich dran glauben? Haben mich die Passanten gerettet? Bin ich weiterhin in Gefahr?

Ich muss an den Drohbrief der *Mütter* denken: mitgegangen, mitgefangen, mitgehangen. Bin ich das *»Gesindel«*, dem die *Mütter* mit dem Tod drohen?

Ich stöhne entmutigt. Immer noch zu viele Fragezeichen, zu viele Vielleichts.

Ausgerechnet jetzt klingt Rio Reiser aus dem Radio: *»Es ist vorbei, bye, bye Junimond, es ist vorbei ...«* Ich zucke zusammen. Aus! Dieses Lied bitte nicht gerade jetzt! Dabei mag ich es. Eigentlich. Endlich kommen die Tränen. Wenn mir dabei bloß das Gesicht nicht so weh tun würde.

Ach Alex, verdammt, wüsste ich wenigstens, ob du mich nur benutzt hast oder ob da eventuell, ganz eventuell doch ein klitzekleines bisschen mehr war.

Mein Handy bimmelt. Marlies? Endlich! Nein. Unterdrückte Nummer. Ich gehe nicht dran. Aber die Person ist zäh. Sie schreibt eine Nachricht. Das ist Frau R! Sie wagt es! Am Sonntagmorgen um kurz nach neun!

»Würden Sie bitte heute ausnahmsweise zwischen elf und zwölf Uhr putzen kommen. Nur in der Küche und im Speisezimmer. Wir sind in der Kirche, Trauergäste.«

Heute? Am Sonntag? Nach allem, was passiert ist? Ja, spinnt die denn? Nie wieder setze ich einen Fuß in dieses Haus. Nie wieder!

Dörthe, eventuell weiß sie nicht, dass du gestern mit Alex zusammen warst. Dass du dir am Freitagabend den Spaß mit der Maske erlaubt hast, sollte sie besser nicht einmal ahnen. Trotzdem, wie kann sie derart über mich verfügen!

»Ich kündige fristlos. Den Schlüssel werfe ich in den Briefkasten.« Ich atme tief durch und drücke auf »senden«. So, das war's.

Es ist vorbei, bye bye Rauschenbach, summe ich grimmig.

Ich habe wenig Lust, der Frau zu begegnen, darum gehe ich kurz nach elf los. Als ich vor dem Briefkasten stehe, zögere ich. Einen Sicherheitsschlüssel sollte ich dem besser nicht anvertrauen. Fehlt noch, dass Ihro Ladyschaft behauptet, der Schlüssel sei geklaut worden. Dann darf ich die ganze Schließanlage bezahlen. Nix da. Ich atme tief durch und öffne die Haustür. Vorsichtshalber rufe ich laut: »Frau Rauschenbach?« Keine Antwort, natürlich nicht. Ich lege den Schlüssel deutlich sichtbar auf den Küchentisch und wende mich zum Gehen.

Da poltert es.

Ich glaube, ich verliere den Verstand. Nein!

Ich werde nie und nimmer nach oben gehen und nachsehen, was poltert, dieses Haus ist mir unheimlich.

Aber wieder poltert es, irgendwie rhythmisch. Das kommt nicht von oben, das kommt von unten. Aus dem Keller. Wie kann es aus dem Keller rhythmisch poltern?

Das geht mich nichts an, denke ich entschieden, aber meine Hände öffnen schon vorsichtig die Kellertür. Ich lausche. Wieder rumst es.

Bum – Bum – Bum – Pause – Bum – Pause – Bum – Pause – Bum. Bum – Bum – Bum – Pause – Bum – Pause – Bum – Pause – Bum. Klingt wie ein Signal, wie, äh ... Morsezeichen. SOS?

Spinne ich?

»Hallo?«, rufe ich. Da! Heftiges *Bum-bum-bum* antwortet.

Dörthe, da ist jemand. Jemand, der deine Hilfe braucht. Ich gucke auf die Uhr. Zwanzig Minuten habe ich mindestens, eher fünfundzwanzig. Ich steige die Stufen hinunter. *Bum-bum* kommt es von ganz hinten. Ich schalte das Licht ein und gehe schnell weiter, ehe mich die Angst zurückhält.

Da! Im hintersten Winkel des Kellers liegt eine komische Rolle! Ein Teppich, der sich bewegt, gegen die Wand schlägt. *Bum.* Ich möchte schreien und wegrennen, muss mich zwingen, näher zu treten. In dem Moment erkenne ich: Da liegt jemand! Eingewickelt in diesen Teppich liegt ein Mensch!

Das ist Tobias! Er hat ein Klebeband über dem Mund wie, meine Güte, wie Jörg. Aber er kann atmen, er lebt, starrt mich mit verzweifelt aufgerissenen Augen an.

Schnell, Dörthe! Ein Strick ist um den Teppich gebunden, der Knoten hat sich gelockert, den bekomme ich leicht auf. Wenigstens etwas.

Mühsam befreie ich den armen Kerl vom Teppich, sehe, dass auch seine Hände und Füße mit Klebeband gefesselt sind. Ich versuche, ihn zu befreien, aber das gelingt mir nicht.

»Ich hole ein Messer«, flüstere ich, als dürfe ich nicht laut werden. Mit fliegendem Atem hetze ich die Treppe hoch, reiße ein Messer aus der Schublade, stürze zurück in den Keller. Mühsam säbele ich an dem verflixten Klebeband herum. Es klebt wirklich wie Hölle! Endlich bekomme ich wenigstens die Hände und Füße frei. An den Knebel traue ich mich nicht, ich habe Angst, sein Gesicht zu verletzen. Tobias nimmt mir das Messer ab und schneidet an dem Knebel herum, was für ein Glück, dass er keinen Bart hat. Ich helfe mit, ganz ohne Verletzung geht es nicht ab, aber wenigstens hat er jetzt den Mund frei. Er atmet ganz, ganz tief ein.

»Danke«, krächzt er.

Ein Blick auf die Uhr zeigt mir, dass wir uns beeilen müssen.

»Kannst du laufen? Wir müssen hier weg!«

Er nickt, ich helfe ihm hoch, aber er kann kaum auf den Füßen stehen. Ich schleppe ihn zur Treppe. Wie soll ich ihn da hoch bringen? Ich nehme alle Kraft zusammen und trage ihn mehr, als ich ihn stütze. »Hoffentlich schaffen wir es«, murmele ich ununterbrochen.

Liebe Güte, gleich steht die R in der Tür mit all den Trauergästen! Dann sind wir beide geliefert. Beim letzten Mal waren es auch nur zwei Minuten.

Wohin mit dem Mann? Wir müssen die Polizei rufen! Das machen wir draußen. Endlich erreichen wir den Hausflur. Tobias scheint etwas stabiler zu stehen.

»Leg das Messer zurück«, flüstert er. »Sie müssen nicht gleich merken, dass ich weg bin.«

Ich nicke. Weg sind wir noch nicht, denke ich mit klopfendem Herzen. Wir müssen zum Osterdeich, durch den Garten hinten schaffen wir es unmöglich, die Gartenmauer ist für den geschwächten Mann zu hoch. Aber so laufen wir Gefahr, der Rauschenbachblase zu begegnen. Verzweifelt sehe ich mich um.

Der Nachbargarten, da, zwischen den Sträuchern, da muss ein Durchkommen sein. Ich zerre den armen Kerl hinüber. Tobias keucht wieder heftiger, er torkelt neben mir her.

»Ich kann nicht mehr«, ächzt er.

»Bloß durch die Büsche, komm, schnell, gleich kannst du ausruhen.«

Er lässt sich sofort ins Gras fallen. Eine dichte Reihe von Büschen schützt uns. Hoffentlich sind diese Nachbarn im Bett oder verreist oder sonst was. Ich zerre das Handy aus der Tasche und wähle 110.

»Ich habe den Tobias Corde befreit, bitte kommen Sie so schnell wie möglich zum Osterdeich«, flüstere ich, dabei ist im Moment niemand hier, der mich hören kann. Ich muss ein bisschen erklären, reiche das Handy Tobias rüber.

Er berichtet knapp: »Ich habe den Mord an Jörg Rauschenbach beobachtet, Alex und Juliane Rauschenbach sind die Täter. Sie haben mich erwischt und im Keller festgehalten.«

Ich erstarre. Alex? Ein Mörder? Ein *Brudermörder*? Tränen steigen mir in die Augen. Tränen der Trauer, der Scham und endlich der Wut. Dieser verdammte Scheißmistkerl, dieser verdammte!

»Kannst du inzwischen ein bisschen weitergehen, Tobias? Das ist mir hier echt zu nah am Haus«, flehe ich. »Da vorne bei dem Müllcontainer haben wir ein bisschen mehr Deckung. Die Trauergäste können jeden Moment eintreffen.«

Tobias reibt sich die steifen Beine. »Versuchen«, nickt er.

Mit meiner Hilfe kommt er hoch, wir schaffen ein paar Meter Richtung Straße, bis zum Osterdeich ist es noch immer zu weit. Drüben auf der anderen Straßenseite wären wir in Sicherheit, nur ein paar Meter weiter. Unerreichbar wie der Mond. Wir müssten unbemerkt über die Straße kommen. Ich sehe es vor mir, wir torkeln gerade mitten auf der Fahrbahn herum, in dem Augenblick schießt Frau R mit ihrem Wagen heran, besser könnten wir uns gar nicht präsentieren. Wir bleiben besser hier auf dem Nachbargrundstück. Falls sie wirklich Gäste hat, wird sie nicht gleich in den Keller rennen und nach dem Gefangenen sehen. Die Polizei muss doch bald kommen.

Der Autoverkehr ist mäßig um die Uhrzeit, aber schon rollt die nächste Kolonne von der Ampel herüber. Wir haben uns wieder auf den Boden gesetzt, ducken uns hinter den Container. Tobias streckt sich lang auf dem Boden aus, er ist völlig geschafft. Haben sie ihn etwa hungern und dursten lassen? Scheißmistkerle! Von der Straße aus sind wir nicht zu sehen, aber es ist November, die Sträucher zu Rs Vorgarten sind kaum noch belaubt, wer genau hinsieht, wird uns entdecken müssen.

Was dann, Dörthe? Dann schreist du so laut du kannst um Hilfe. Wer weiß, wen die R zu Besuch hat, die werden ja nicht alle einer Mörderin beistehen.

Möglich, aber lieber nichts riskieren. Wir müssen Zeit gewinnen, bis die Polizei endlich hier ist.

Die Polizei, die Polizei, flüstert es in meinem Kopf. Ich spüre Panik in mir hochkriechen. Ich beiße in meine Faust, um nicht hysterisch zu werden. Ich habe Angst!

Eine Frau, die ihren Mann umbringt, ist zu allem in der Lage. Ich bin kein Schwächling, aber die R ist mir körperlich sicherlich ebenbürtig, dazu zwanzig Jahre jünger.

Vielleicht kann Tobias ...? Ich sehe auf den völlig erschöpften Mann neben mir und begreife: Der wird dir keine Hilfe sein, das musst du notfalls alleine ausfechten.

»Bist du verletzt?«, frage ich. Er schüttelt leicht den Kopf.

»Kreislauf am Arsch. Drogen bekommen.«

»Warum?« Automatisch verfalle auch ich in diese abgehackte Sprache. Ich lege mich kurzerhand neben ihn auf den Boden, mit dem Ohr neben seinem Mund, so verstehe ich ihn gut.

»Ich habe den Mord an Jörg beobachtet. Den wollten sie dir anhängen, das hat aber nicht geklappt, weiß nicht, warum.«

»*Mir*?« Die Frage des Falken schießt mir in den Kopf. *Haben Sie Feinde?*

Tobias fährt mühsam fort: »Darum sollten es Marlies und ich werden.«

»Warum hast du sie angerufen? Das macht sie erst recht verdächtig!«

»Ich musste.« Er deutet eine Pistole an, die er sich an den Kopf hält.

»Hast du die ganze Zeit im Keller gelegen?«

»Fast. Einmal am Tag durfte ich zum Klo, durfte was trinken.«

»Tobias, das macht doch keinen Sinn, entweder sie hätten dich umbringen müssen oder ...« Ich breche ab, wie kannst du dem armen Kerl so etwas sagen. »Sorry, äh ...«

Aber er lächelt leicht. »Stimmt. Sie waren sich uneinig. Ich sollte ein Geständnis unterschreiben wegen Jörg. Sie war nervös, wollte mich töten. Er nicht. Nicht sofort. Gruselig. Dachte jeden Tag, es ist zu Ende.« Wieder verfällt er in diese

Kurzsprache, seine Kraft lässt nach. »Sollte nach Selbstmord aussehen, versteht du? Als Schuldbeweis.«

Ich habe noch viele Fragen, aber Tobias braucht Ruhe. Seine Augen sind geschlossen, er atmet ganz flach.

He, Junge, halt durch! Was haben sie bloß mit ihm gemacht? Ich drücke leicht seine Hand. Er drückt zurück, zeigt jedoch sonst keine Reaktion mehr.

Halt durch, flehe ich. Immerhin hat er seit ... äh – wann war der Mord? Mir geht alles wie Kraut und Rüben durch den Kopf – seit Dienstag, also fast eine Woche gefangen gelegen! Ich schnaube wütend durch die Nase.

Diese verdammten Scheißmistkerle, flüstere ich wie ein Mantra. Das macht mir ein bisschen Mut. Den brauche ich allerdings auch.

Dass ich nur warten kann, macht mich fahrig. Ich will etwas tun, rennen, schreien, irgendwas, stattdessen hocke ich hier im nassen Gras, die Steine dazwischen fangen an zu drücken, die Äste piksen. Alles halb so wild, Dörthe. Wenn es nicht schlimmer wird.

Bitte, Polizei, bitte, komm!

Da knirschen Autoreifen, ein schwerer Wagen rollt die Einfahrt hinauf. Hilfe, die R! Oh fahr weiter! Ja, sie fahren bis zur Garage hoch. Zum ersten

Mal seit Monaten freue ich mich, dass es nieselt. Heute früh wird niemand einen Bummel durch den Vorgarten machen. Falls sie uns nicht beim Vorbeifahren gesehen haben, dann müsste es eigentlich ...

Vorsichtig pliere ich durch die Zweige. Da, vier Personen, die R, zwei Männer, einer uralt, wahrscheinlich dieser Knut, und eine Frau. Sie sehen sich nicht um, dem Himmel sei Dank, sie gehen ins Haus.

Haben wir die Kellertür geschlossen? Habe ich das Messer richtig weggeräumt? Haben wir Spuren hinterlassen?

Spuren? Nur *Spuren*? Siedend heiß fällt es mir ein. Der Schlüssel! Der liegt mitten auf dem Küchentisch, schreit förmlich: Dörthe war hier! Ich verkrampfe mich, erwarte jeden Moment, dass sie brüllend und Messer schwingend aus dem Haus gestürzt kommt.

Wieder knirschende Reifen. Endlich! Ein Streifenwagen! Er hält genau vor unserer Einfahrt, fährt nicht bis nach nebenan. Wie gut.

»Die Polizei«, flüstere ich Tobias zu, springe auf und renne zur Straße. Soll mich dabei sehen, wer will. Einer der Polizisten läuft sofort zu Tobias. Er fühlt seinen Puls, spricht ihn an, der andere hält mich zurück. Er zeigt auf mein Gesicht und fragt: »Ist Ihnen das hier passiert?«

Einen Moment muss ich nachdenken, was er meint, dann spüre ich wieder, wie die Haut über meinen Wangenknochen spannt. Wie konnte ich vergessen, dass ich aussehe wie ein geprügelter Hund? Ich muss erzählen. Ich bin noch nicht weit gekommen, als es plötzlich lebhaft wird. Es wimmelt von Polizisten, natürlich ist der Falke wieder dabei.

»Sie kriegen von Familie Rauschenbach wohl nicht genug?«, spottet er, aber diesmal lächelt er freundlich. Ich glaube, jetzt bin ich endgültig freigelassen.

Natürlich muss ich wieder Fragen beantworten, auch zum gestrigen Überfall, aber endlich, endlich darf ich nach Hause.

Marlies ist mir die ganze Zeit nicht aus dem Kopf gegangen, aber ich habe mich nicht getraut, nach ihr zu fragen, schlafende Hunde soll man nicht wecken. Tobias kann beweisen, dass sie mit all dem nichts zu tun hat. Was für ein Glück. Auf dem Heimweg spreche ich ihr auf die Mailbox: »Marlies, die Lady war's. Tobias ist frei. Melde dich!«

FÜNFUNDDREISSIG

»Hermann, Hermann, der Tobias ist unschuldig!«, sprudelt es aus mir heraus, kaum dass der alte Mann mir die Tür öffnet.

Mit großen Augen sieht er mich an. »Frau Petersen, wie sehen Sie denn aus? Was ist passiert?« Er greift meine Hand und zieht mich in sein Zimmer. Ach ja, meine blaue Wange, die vergesse ich immer wieder.

Ich erzähle. »Der Alex? Zusammen mit der Juliane? Ich kann es nicht fassen«, murmelt er. »Der hat hier gesessen wie das heulende Elend! Was für ein Schietkerl. Aber warum?«

»Die hatten was miteinander.« Ich schaffe es nicht, meine Wut zu unterdrücken. Klar, dass Hermann unser kleines Techtelmechtel mitbekommen hat. Aber er schweigt dazu.

Juliane Rs Nachricht fällt mir wieder ein: »Ich sorge dafür, dass R Sie beim Putzen nicht wieder stört.« Wie makaber. Da muss sie den Mord bereits geplant haben. Mit Mühe unterdrücke ich ein hysterisches Kichern.

»Nun ist Alex also auch tot? Ist das sicher, Frau Petersen?«

»So habe ich den Kommissar verstanden. Wir sollten Nachrichten hören.«

Der alte Mann schüttelt ununterbrochen den Kopf. »Nee, nee aber auch!«, knurrt er dabei. »Nee, nee aber auch. Sie sagen, der Sohn seiner Sekretärin war bei dem Überfall dabei. Was ...« In dem Moment klingelt das Telefon. »Entschuldigung«, murmelt er, nimmt den Hörer ab.

»Hermann, alter Freund, hier ist der Knut«, dröhnt es aus dem Lautsprecher. Mein Nachbar weist entschuldigend auf seine Ohren, lächelt schief. Ich will aufstehen, das geht mich nichts an, aber Hermann gebietet mit klarer Geste: *Sitzen bleiben.*

»Knut, was steht an? Lange nichts mehr gehört.«

»Tu nich so dumm, ich weiß, dass die Putzfrau bei dir wohnt. Die hat dir garantiert berichtet. War ja vorhin bei der Juliane. Schöne Trauerfeier.« Er lacht böse, fährt aber schnell fort: »Hör zu, Manne. Hier stimmt was nicht. Kannst du kommen? Seniorenstift Morgenröte. Bald? Da ist dieser Corde, den Scheißkerl kennst du besser. Alles is in'n Dutt. Die Jungs sind tot, jetzt soll ich ... Junge, beeil dich.«

Er hat aufgelegt. Wir sehen uns einen Moment unschlüssig an.

»So ’n Schiet«, flucht Hermann, tippt schnell ein paar Nummern aus dem Kopf. »Bitte ein Taxi in die Prangenstraße, Ecke Berliner Straße.«

»Ich komme mit, Hermann, Sie gehen da nicht alleine hin. Besser ist besser.«

»Ich will Sie nicht in Gefahr bringen«, wehrt er ab.

»Ich stecke bis zur Halskrause drin in dem Schlamassel, ich lasse Sie nicht alleine. Wenn es lediglich um Ihre persönlichen Dönekens geht, setze ich mich in den Garten.«

Wir haben keine Zeit zu streiten, schon stiefeln wir los.

»Hätten wir die Polizei benachrichtigen sollen?«, frage ich unterwegs.

»Nee, wenn nix ist, machen wir uns lächerlich, wenn etwas ist, hätte Knut das ja wohl selbst getan.« Hermann lacht leise vor sich hin. »Ich glaube, der Knut hält uns zum Narren. Er befiehlt gern. Wahrscheinlich will er mit mir über seine Jungs reden. Schließlich ist es ein ausgemachter Schock, beide Söhne hintereinander zu verlieren. Wir haben uns verrückt machen lassen. Weil wir gerade über all das kriminelle Zeugs geredet haben.«

»Ängstlich hat er sich wirklich nicht angehört«, muss ich zugeben.

»Wollen Sie zurückfahren?«

»Nein, Hermann, ich gucke mir das Heim gerne an, wer weiß, wann *ich* dran bin.«

Hermann lacht laut. »Da musst du aber noch bannich was verkaufen, Deern, das ist man nicht billig.«

Ich sehe aus dem Fenster. An der Ampel steht eine alte Frau mit einem schwarzen Hund. Die kenne ich doch vom Sehen. Ach ja, an der Kasse im Supermarkt war das, als sie mit dem Bezahlen ihres Hundefutters nicht in die Pötte kam.

»Übersehen Sie die Alten nicht«, hatte sie gesagt. Stimmt, das war unfair von mir. Aber da ist noch etwas, dieser Satz kitzelt einen Gedanken in mir los. Haben wir die Alten übersehen? Knut und Petras Mutter? Einerseits waren sie ständig präsent, aber andererseits ...

»Hermann, ich glaube, wir haben die beiden alten Frauen ständig übersehen, Petras Mutter und Knuts Frau. Weil wir derart auf den einen Brief fixiert waren. Interessant ist ja, was aus Petras Mutter geworden ist. Denn sehen Sie, Petra bekommt bei der R-B-Bau eine Arbeit. Hätte ihre Mutter ihr verheimlichen können, dass Knut ihr Vater ist? Wieso erfährt sie das erst jetzt? Was ist mit Petras Mutter geschehen? Glauben Sie allen Ernstes, der Knut lässt sich auf eine Erpressung ein, dazu auf eine dermaßen plumpe? Ich halte es für wahrscheinlicher, dass er das ignoriert hat.

Sollte seine Frau gewusst haben, dass er zu den Huren geht, wird sie ein etwaiges Kind in Kauf genommen haben. So blöde kann sie kaum gewesen sein. Worin lag die Macht der Frau, ihn zu erpressen? Kann es sein, dass das, was sie Knuts Frau erzählen wollte, gar nicht Petras Existenz war, sondern etwas ganz anderes?«

Hermann sieht mich verblüfft an. Aufgeregt sprudele ich weiter: »Sie kannten die Frau. Was könnte sie derart aufgeregt haben, dass eine Nutte ihren Mann erpressen kann? Ein Kind sicherlich nicht.«

»Nein, ein Hurenkind wäre ein Ärgernis, mehr nicht, da haben Sie recht.«

»Seniorenstift Morgenröte. Zweiundzwanzig Euro vierzig bitte«, unterbricht der Fahrer, reißt uns aus unseren Gedanken. Schade, der Faden ist gerissen. Später, tröste ich mich.

Wir stehen vor dem langweiligen Kasten, in dem sich einzelne Appartements befinden für die rüstigeren Alten, die noch alleine, aber mit Betreuung leben wollen. Wir fragen den Pförtner nach Knut Rauschenbach.

»Dritter Stock links, Suite Nummer 312.«

Eine Suite, uiuiui! Hermann und ich grinsen uns zu. Warum kleckern, wenn man klotzen kann. Der Aufzug bringt uns hinauf, alles ist still, nirgendwo eine Bedrohung.

»Der Knut weiß, wie man Leute überredet«, murrt Hermann. Wir klopfen kurz an, kommen in einen winzigen Flur. Zwei Türen gehen davon ab, eine steht halb offen.

»Immer rin in die gute Stube«, krächzt uns von dort eine Altmännerstimme zu. Wir treten in einen sehr schönen, hellen Wohnraum. Der alte Mann im Lehnstuhl richtet sich mühsam auf. Ich erkenne ihn wieder. Ja, der war vorhin am Osterdeich.

»Moin, Knut, ich habe Frau Petersen mitgebracht, weil wir dachten, hier brennt's, und zu zweit hilft sich's besser. Sie ist ja auch noch 'n büschen jünger.«

»Wenn Sie Privates besprechen wollen, sagen Sie es bitte, dann gehe ich 'ne Runde um den Pudding«, biete ich an.

»Nee, nee, bleiben Sie man hier.«

Er mustert mich neugierig, ach ja, mein blaues Auge, denke ich. Aber es liegt mehr in diesem Blick. Misstrauen? Das beruht auf Gegenseitigkeit, merke ich. Ich mag ihn nicht. Noch ein Rauschenbach, diese Familie wird mir nicht sympathischer.

Es dauert ein bisschen, bis wir Platz gefunden haben. Ich bekomme den harten Stuhl. Macht nichts, ich bin mit meinen zweiundsechzig Jahren das Küken hier. Knut hat vorgesorgt und Kaffee bereitgestellt. Eine zusätzliche Tasse hole ich aus der angrenzenden Miniküche. Alles ganz friedlich und gediegen.

»Ich fasse mich kurz«, beginnt Knut. »Meine Söhne sind tot, ermordet alle beide.« Er guckt grimmig, um ja keine Gefühle aufkommen zu lassen. Schämt sich ihrer vermutlich. »Dieser unerträgliche Corde behauptet, Alex und Juliane hätten Jörg umgebracht und ihn selbst gefangen gehalten. Wer Alex auf dem Gewissen hat, kann ich nicht mal vermuten, aber es geht auch um mich. Weil ... äh ... es gibt dieses hier.«

Er schiebt ein Blatt Papier herüber. »Das habe ich vorhin gefunden.«

»Jetzt weißt auch du, wie es sich anfühlt, wenn einem die Liebsten genommen werden.«

Ich drehe das Blatt um, aber da steht nichts. Ich schnaube wütend. »Diese blöden Zettel!«, fluche ich plötzlich. »Ist der auch von der Petra Gerken? Alles der gleiche Stil.«

Knut schaut verblüfft. »Petra Gerken? Wer ist das?«

»Die derzeitige Chefsekretärin der R-B-Bau«, erkläre ich.

»Deine Tochter, Knut«, schiebt Hermann schlicht nach.

Da glotzt er, bricht in gackerndes Lachen aus. »Meine Tochter? Bei der R-B-Bau? Nee, das glaube ich nicht, das glaube ich nicht.«

»Du wusstest das nicht?«

»Nee, wer soll denn die Mutter sein?«

»Himmel, Knut, wie viele Kinder nebenher hast du denn?«

»Was weiß ich?«

Ich halte diese vorgeschobene Harmlosigkeit keine Sekunde länger aus. Belügt er uns dreist?

»Sie haben 1965 diese Erpresserbriefe bekommen, Herr Rauschenbach. Das ist zwar lange her, aber so oft dürfte Ihnen das nicht untergekommen sein. Diese Briefe stammten von Petras Mutter.« Schade, dass ich den Brief nicht mitgenommen habe, aber wir sind zu schnell losgerannt.

Schlagartig wird er ernst.

»Die verdammte Nutte!«

»Hast du sie bezahlt?«, fragt Hermann.

»Nein, hat er nicht!«

Wir schrecken zusammen. In der Tür steht Petra Gerken. Neben ihr drängt sich der *Frings* ins Zimmer. In der Hand hält er eine Schusswaffe. Mit schnellem Griff zieht sie die Tür hinter sich zu.

»Aah! Petra Gerken! Wenn man vom Teufel spricht ...«, entfährt es mir. Ich starre entgeistert auf die Waffe.

»Ach nee, die R-B-Bau beehrt mich«, spottet Knut. »Werksschutz und, wie ich begriffen habe, Sekretariat. Fehlt noch ein Polier.« Das soll cool klingen, aber dass seine Stimme zittert, kann er nicht verhindern.

Petra beachtet seinen Einwurf überhaupt nicht, tritt nur einen Schritt näher ins Zimmer. »Willst du uns nicht erzählen, was du mit meiner Mutter gemacht hast, *Papa*?« Das letzte Wort flötet Petra unerträglich süß.

Der Alte schweigt.

»Dann muss ich es wohl tun. Umgebracht hast du sie, du mieses Dreckschwein!«

»Das beweise mal, Deern«, antwortet der Alte trocken.

»Freu dich nicht zu früh, Alter, dich kriege ich dran.«

Sie wendet sich mir zu. »Frau Petersen, ach nein, wir sind per Du, Dörthe, ich fühle mich verpflichtet, dir das ein oder andere zu erklären. Ich war zuerst sehr verärgert, dass mein Sohn dich wegen dieser lächerlichen Pläne in den Konflikt hineingezogen hat, denn ich schätze deine Kunst. Sehr«, nickt sie bestätigend.

Da kann ich mir nun ein Ei drauf pellen, denke ich und sehe wieder verängstigt auf die Knarre in der Hand des Bengels. »Eine dumme Notlüge hat er es genannt.« Sie wirft ihm einen bösen Blick zu.

Der Junge fährt sie wütend an. »Mama, lass das doch. Ich habe dir tausendmal erklärt, es ging um meinen Job. Hätte ich sagen sollen, ich bringe die Pläne später, ich muss die noch kopieren für den Tobias Corde? Was interessiert mich da eine Putze? Oder deine blöde Kunst?«

Ich rutsche zum Sprung bereit an die Stuhlkante. Kriegen die sich nun in die Wolle? Ist *das* unsere Chance?

Aber Petra wedelt nur missmutig mit der Hand, als wolle sie ein lästiges Insekt vertreiben. Ich sinke resigniert zurück. Keine Chance.

Mit schmierigem Lächeln wendet sich Petra wieder an mich. »Ich hatte zu dem Zeitpunkt keine Ahnung, dass du dich einreihst in die Rauschenbachliebchen wie deine unerträgliche Freundin, die Wagner. Ich hätte dir mehr Geschmack zugetraut. Nun ja. Mitgegangen, mitgefangen. Jetzt tut es mir nicht mehr leid. Was für ein komisches Gespann müsst ihr abgegeben haben.« Sie lacht schrill. Ich möchte sie schlagen, damit sie aufhört. »Dabei war der Alex an dir überhaupt nicht interessiert«, fährt sie fort. »Er hatte die Juliane fürs Bett. Seine Schwägerin!« Sie sieht abschätzend an mir rauf und runter. Ihr Blick sagt alles. »Aber Hurenläufer waren sie alle, die ganze Bande, haben sie vom Vater gelernt.«

»Mama, quatsch nicht so viel«, unterbricht sie der Junge wieder, »lass uns hier fertig machen und weg.«

Ups, was heißt »fertig machen«?

Stell dich nicht blöde, Dörthe. Eiseskälte kriecht in mir hoch. Nur meine Gedanken galoppieren. Bringen mich diese Rauschenbachs noch ins Grab? Warum habe ich bloß je diese Putzstelle angenommen? He, hoppla, hat Petra mir die deswegen angeboten, damit ich ... Nee, Dörthe, damals wusste sie von alldem noch nichts. Lenk dich nicht ab. Überleg, wie du hier heil herauskommst.

Wie denn? Im dritten Stock mit einem bewaffneten Kerl in der Tür? Überhaupt, der Junge. Warum spielt der mit? Ob man an ihn herankommt? Wie heißt der eigentlich?, frage ich mich reichlich unpassend. Als ob das noch eine Rolle spielt.

Petra wedelt wieder mit den Händen in Richtung Sohn. »Nein, nein, auf diesen Moment freue ich mich seit Monaten. Den will ich für mich haben. Du wartest ab. Du hast seit Samstag keine andere Wahl, das dürfte dir klar sein.«

Scharfer Blick zum Sohn, der murmelt: »Ja, ja, aber mach hin.«

Was hat sie denn gegen ihr eigenes Kind in der Hand? Will sie ihm den Mord an Alex allein in die Schuhe schieben? Der traue ich allmählich alles zu.

Sie sieht uns nacheinander an, lächelt fies dabei. Ja, sie genießt ihre Macht.

Ich unterbreche ihre unerträgliche Show und frage: »Was wusste deine Mutter, um Knut Rauschenbach zu erpressen? Deine Existenz war es sicherlich nicht.«

Sie lacht böse. »Ach was, nein, ich bin ja nur ein Hurenkind, wer interessiert sich schon dafür. Für mich waren erst das Heim, dann eine grässliche Tante gut genug. Nein, nein, das ist schwerwiegender. Die R-B-Bau war damals pleite. Da hat der Chef sich Geld organisiert. Bei den Nutten. Er hat den widerwärtigen Zuhälter meiner armen Mutter kaltgemacht und die Einnahmen von einer Woche eingestrichen. Nicht nur das Hurengeld, auch das vom Glücksspiel. Das hat ihn saniert. Dieser sogenannte Club war illegal, aber natürlich wussten die Herren Senatoren davon. Pah!«

Ein blödes Kichern steigt in mir hoch, es hilft nichts, denn ihre moralinsaure Empörung erinnert mich an die alte Wischhusen.

»Der Mord an dem Zuhälter wurde nie richtig untersucht, ich habe die Zeitungsausschnitte gelesen, das wurde abgetan als Abrechnung in der Unterwelt, sonst hätte man ja zugeben müssen, dass es all diese illegalen Bordelle gab.«

Sie macht eine theatralische Pause. »Meine Mutter war Zeugin des Mords, sie war zur falschen Zeit im Haus. Leider hat sie nicht den Mund gehalten. Diese Briefe waren eine Dummheit, die sie das Leben gekostet hat. Angeblich ist sie an einer Überdosis gestorben. Stoff, den du ihr gegeben hast, *Papa*. Sie hatte gar nicht das Geld, um teures Heroin zu kaufen.«

»Das beweise man, Deern«, kontert der Alte kalt. Nerven hat er. Als ob es ums Beweisen ginge, dann hätte Petra zur Polizei gehen können.

Die zieht eine zerfledderte, vergilbte Zeitung aus der Tasche. »Hier steht alles drin. ›*Fremdverschulden kann nicht ausgeschlossen werden*‹ schreiben sie, denn meine Mama war nachweislich nicht rauschgiftsüchtig.« Sie fummelt mit dem Papier vor unserer Nase herum. »Meine Tante hat mir alles genau erzählt, immer wieder, damit ich lerne, gottesfürchtig zu leben. Das einzige, was sie nicht wusste, war der Name des Mörders. Der Name meines Vaters. Knut Rauschenbach!« Das Letzte schreit sie triumphierend.

»Gottesfürchtig?«, spottet der Alte. »Dass ich nicht lache, *Fräulein* Gerken. Haben Sie einen Vater für Ihren Lümmel da? Auch ein Hurenläufer?«

Petra Gerken zieht hörbar die Luft ein.

»Dafür zahlst du!«, faucht der *Frings*, tritt einen Schritt vor und hebt die Waffe.

Nein! Nicht! Ich möchte schreien, bekomme aber keinen Ton heraus.

Scheinbar vollkommen unbeeindruckt bemerkt der Alte: »Darf ich noch etwas fragen, ehe du mich abknallst? Habt ihr auch den Jörg umgebracht?«

Der Mann ist entweder eiskalt oder unglaublich beherrscht. Er macht mir Angst. Da sehe ich, wie seine Kiefer mahlen, die Fäuste sind geballt. Gott sei Dank, er ist menschlich. Ach Dörthe, was denkst du für'n Tünkram.

Jetzt lacht die Gerken, dass es in meinen Ohren klingelt. Die muss verrückt geworden sein. »Nein, das war tatsächlich der clevere Alex mit seiner Geliebten Juliane. Sie haben mich überhaupt erst auf die Idee gebracht. Ursprünglich hatte ich vor, mit dem ganzen Material zur Polizei zu gehen, aber es passte alles so gut zusammen. Ich hoffte, man würde diese Bürgerinitiative beschuldigen.«

Ich nicke. »Die *Mütter in Sorge*«, murmele ich.

»Jaha, eine nette Idee, findest du nicht?«

Ich sehe sie kalt an. »Nein, Petra, das hat niemand ernst genommen, nicht mal der Falke.«

»Falke? Wer ist das?«

»Rat mal, du weißt doch sonst alles.«

Dörthe, provoziere die Frau nicht! Du musst sie zum Reden bringen, ernst wird es erst, wenn sie schweigt.

Es gibt keinen Fluchtweg, mach dir nichts vor!

Du musst Zeit gewinnen, wer weiß, was passiert, versuche es.

»Aber warum Alex?«, frage ich gepresst, reibe mir über die Wange und sehe den Lümmel an. Ich würde es ihm wahnsinnig gerne zurückgeben.

Lass gut sein, Dörthe, der ist stärker und bewaffnet.

»Alex musste weg, er hat versucht, den Mord dieser rüpelhaften Marlies Wagner und dem Corde in die Schuhe zu schieben. Mit seiner Macht als großer Unternehmer hätte er sich geschickt aus allem herauslavieren können.«

»Du lügst«, fahre ich auf.

Sofort steht der *Frings* neben mir, drückt mich auf den Stuhl zurück. »Brav sitzen bleiben«, erklärt er leicht nervös.

Ich zwinge mich zur Ruhe. »*Du* hast den dämlichen Erpresserzettel geschrieben, diesen ›Heirate mich‹-Wisch. *Du* wolltest Marlies an die Polizei ausliefern, tu nicht so unschuldig. Das Erpressen hast du wohl von deiner Mutter geerbt, aber gut seid ihr beide nicht darin. Dass der Fetzen von Marlies ist, hat auch keiner geglaubt. Du hattest wenig Glück mit deinen Briefchen, so wenig wie deine Mutter.«

»Woher weißt du von dem Zettel?«

»Von Marlies. Sie hat ihn geklaut.«

»Waas!« Sie läuft knallrot an. »War *sie* das mit der Maske? Ich wusste die ganze Zeit, dass das nicht der Tobias Corde war. Aber Juliane bestand darauf.«

Sie fixiert mich mit scharfem Blick. Mit aller Kraft verkneife ich mir ein Grinsen. »Die kriegt auch noch ihr Fett weg, danke für den Hinweis, meine Liebe. Ich hätte mir das Genick brechen können.«

»Tja, schade, dass du's nicht getan hast«, höhnt Knut.

Oh Marlies, wie konnte ich? Ich muss etwas tun. Wieder kostet es mich meine ganze Kraft, still sitzen zu bleiben. Seit der Junge so nah hinter mir steht, kribbelt es in meinem ganzen Körper. Immer wieder sehe ich zu ihm hin. Kann ich es schaffen, ihm die Waffe aus der Hand zu schlagen?

Lass es sein, Dörthe, er steht trotz allem zu weit weg. Ehe du ihn erreichst, bist du mausetot.

Petra redet weiter, es ist *ihre* Stunde. »Nein, der Alex musste auch dran glauben. Er hat uns alle manipuliert. Ich sollte glauben, dass die Wagner Jörg ermordet hat. Warum nicht? Er hat ihr den Laufpass gegeben, sie bringt ihn um, fand ich erst logisch. Aber dann wurde mir klar: Ich werde benutzt. Alle Rauschenbachs benutzen ihre Mitmenschen.« Sie weist auf das Flugblatt auf dem Tisch. »Aber damit ist heute Schluss. Auch der große Knut soll erleben, wie es ist, wenn die Familie ermordet wird. Meine Mutter war tot, als ich ein gutes Jahr alt war.«

Will sie uns jetzt etwas vorheulen? Bitte verschone uns!

»Mama, mach endlich!« Selbst der Bengel will das nicht hören. Er ist verdammt nervös, viel zu nervös für so eine Pistole. Reden, Dörthe, reden!

»Wie bist du überhaupt zur R-B-Bau gekommen? Zufall? Du wusstest doch zu dem Zeitpunkt gar nicht ...«

»Haha, nein, kein Zufall. Meine Tante erzählte mir, dass meine Mutter dort hatte arbeiten wollen. Ich dachte, ich erfülle ihren letzten Willen, wenn ich bei der R-B-Bau eine Stelle finde. Der schmierige Jörg hat mich eingestellt. Hat sich wohl Hoffnungen gemacht. Pah!« Sie wirft abwertend die Hand über die Schulter.

Am liebsten würde ich all meine Wut und Angst herausschreien: »Wegen dir? Guck doch mal in den Spiegel!« Aber ich presse die Zähne aufeinander, dass sie knirschen, kralle die Finger in die Stuhllehne.

Wieder lässt sie ihren höhnischen Blick wandern, quälend langsam von Knut zu Hermann zu mir und zurück. Und schweigt. Jetzt schweigt sie. Jetzt ist sie fertig.

Nicht doch, nicht doch, frag noch etwas, sag noch etwas, ich will nicht sterben!

»Glaubst du im Ernst, du kommst mit einem Massenmord davon?«, presse ich mühsam heraus. »Du wirst den Rest deines Lebens im Knast verbringen und dein Bengel auch. Ist es dir das wert?«

Bitte Himmel, lass Hirn regnen auf diese fürchterlich verrannte Frau, flehe ich stumm.

Petra verzieht spöttisch den Mund. »Jaha, jetzt machst du dir ins Hemd vor Angst. Deine Schuld, dass du dich hier herumtreibst. Ich habe dich gewarnt. Mitgegangen, mitgefangen, mitgehangen. Um mich mach dir keine Sorgen, ich habe alles bestens im Griff. Mich kriegt keiner.«

Sie nickt ihrem Sohn zu.

»Soll ich jetzt?«, fragt der Junge, macht einen Schritt auf mich zu. Er steht in meinem Rücken.

Nein! Geh weg da! Ich will nicht!

»Wen zuerst?«

Aus, es ist aus. Das war's.

»Moment«, fährt Hermann auf. »Wir haben mit dem Ganzen nichts zu tun, Sie können uns ...«

»Hallo? Herr Rauschen... Aaaah! Was? Was ist hier los?«

Wir fahren zur Tür herum.

Annie! Mit offenem Mund steht sie da, starrt uns an. Alle starren zurück, auch der Lümmel mit der Waffe.

Jetzt! Dörthe!

Blitzschnell greife ich mit beiden Händen nach seinem Arm mit der Pistole, knalle seinen Unterarm auf die Stuhllehne. Es kracht laut, der Junge schreit furchtbar, ich lasse entsetzt seine Hand los.

Die Waffe ist in meinen Schoß gefallen. Ich greife danach. »Weg hier«, schreie ich.

Frings torkelt ein paar Schritte zurück, umklammert sein Handgelenk, das Gesicht schmerzverzerrt. Petra beginnt hysterisch zu kreischen, will sich auf mich stürzen.

Da springt Hermann auf, kippt ihr den Inhalt seiner Tasse ins Gesicht. Das stoppt sie für einen Moment. Er stößt sie zurück.

Wir sind alle aufgesprungen, schreien durcheinander. Ich hantiere unbeholfen mit der Waffe herum. Da wird sie mir mit Macht aus der Hand gerissen.

Peng!

Petra bricht schreiend zusammen, verstummt.

Knut lässt die Waffe sinken. »Verdammtes Hurenkind. Ist endlich Schluss?«

Wir stehen völlig erstarrt. Niemand spricht.

Hermann fasst sich als Erster. »Knut, war das nötig?«

»Einmal muss Schluss sein.«

Der Junge steht stocksteif mitten im Raum, als ob auch aus ihm alles Leben gewichen wäre.

Annie schleicht zu mir herüber, flüstert wimmernd: »Wo ist Tobias? Wo ist er? Hat der Alte ihn umgebracht?«

»Nein, Annie, der liegt im Krankenhaus, aber es ist nichts Bedrohliches.«

»Aber er hat vorhin am Telefon ... Entschuldige, ich habe es mitgehört, Hermann telefoniert immer so laut. Ich ... äh ... ich habe Angst um Tobi gehabt. Verstehst du?«

»Du bist uns gefolgt?« Sie nickt.

Einmal, dieses eine Mal bin ich ihr dankbar für ihre Neugier.

SECHSUNDDREISSIG

Ich sitze mit Marlies bei Chris im Café. Wir reden wenig. Es reicht, dass wir wieder in Frieden beieinandersitzen können. Ich nehme ihre Hand. »Mach nie wieder so einen Scheiß«, flüstere ich eindringlich.

Marlies schüttelt den Kopf. »Ich habe dir doch gesagt, du verstehst das falsch. Ich war total fertig und wollte einfach nur schlafen. Ich habe nur zwei Tabletten genommen, das hätte nie für einen Abgang gereicht, mach dir also bitte keine Sorgen.« Sie lächelt. »Alles ist gut, Dörthe. Alles ist gut.«

Glaube ich ihr? Vielleicht ist Marlies aus härterem Holz geschnitzt, als ich befürchtet habe.

Draußen wehen die Protestplakate der *BI-Pling* im Nieselregen. Elvira schaut kurz herein, kommt erst näher, als ich ihr zuwinke.

»Setz dich, wie geht es deiner Mutter?«

»So lala«, antwortet sie unbestimmt. Sie reicht Marlies die Hand und sagt bloß: »Sorry.«

Marlies legt ihr den Arm um die Schulter. »Lass man, wir sind alle manipuliert worden.«

Petras Worte, denke ich bitter. Die *Bremer Zeiten* haben zwar ausführlich berichtet, auch Tobias ist rehabilitiert. Doch wie viel wird hängen bleiben?

Wieder geht die Tür auf, weht kalten Wind herein. Annie und Tobias stürmen ins Café, Hermann langsamer im Schlepptau.

»Wir haben Neuigkeiten!«, ruft Tobias sofort. »Der Platanenring bleibt!«

Jippie! Wir springen auf, fallen uns johlend in die Arme, schreien und tanzen, als wäre Werder Meister geworden. Selbst Annie und Marlies lächeln sich zaghaft an.

»Ich gebe einen aus!«, überbrüllt Chris unseren Lärm, schwenkt eine Flasche Sekt. Schnell schieben wir die Tische zu einem Kreis zusammen, sitzen strahlend beieinander. Alle alte Feindschaft ist beigelegt. Wenigstens für die Dauer dieser Feier.

»Was sollte denn eigentlich hier hin, Tobias?«

»Tjaa«, er grinst. »Angeblich nur ein Wohnhaus.«

Wir verstummen. »Heißt das, die ganze Aufregung war umsonst?«, fragt Chris schließlich. »Viel Lärm um nichts?«

Tobias wiegt den Kopf, aber Annie lässt ihn nicht zu Wort kommen. »Das sagen sie *heute*. Aber haha. Was sie wirklich geplant haben, das erfahren wir nie.«

Tobias übernimmt wieder. »Jetzt, wo beide Brüder nicht mehr am Leben sind, gibt es die R-B-Bau in der bisherigen Form nicht mehr. Es ist völlig unklar, was aus der Firma wird. Die Verwaltung hat mir erklärt, es gebe keine weiteren Pläne für den Platz. Gut möglich, dass das sogar der Wahrheit entspricht.«

»Wahrscheinlich, weil der Basti sie geklaut hat«, grinst Chris.

»Auf Basti, den neuen Chef der R-B-Bau«, grölt Marlies. Lachend stoßen wir an.

Sie neigt sich zu mir und flüstert: »Bis zum nächsten ›Weg mit‹-Kampfgetöse.«

... und so geht es weiter!

Martha Bull

Die Tante. Der Künstler. Der Tod

Die Putzfrau Dörthe Petersen erhält von ihrer Arbeitgeberin Gitte einen Auftrag der besonderen Art: Sie soll das Haus von Gittes verstorbener Tante in der Bremer Neustadt entrümpeln. Doch bald stellt Dörthe fest, dass sie nicht die Einzige ist, die sich in dem Haus zu schaffen macht. Der Auftrag nimmt schnell eine bedrohliche Wendung, als Dörthe Zweifel an der Todesursache der Tante kommen.

328 Seiten, 12,5 x 20 cm, ISBN 978-3-95651-253-7, **12,90 €**

Bremer Krimis aus dem KellnerVerlag ...

Band 3

Martha Bull

Frau Friese und die tödliche Einladung

Waltraud Friese, Rentnerin aus dem Bremer Peterswerder, trifft eine alte Schulfreundin wieder. 60 Jahre sind seit dem Schulabschluss vergangen. Das soll mit einem Klassentreffen gefeiert werden. Aber es scheint ein Treffen mit dem Tod zu werden, denn eine Freundin wird ermordet. Und dann die nächste ... Dabei gerät Frau Friese selbst in den Kreis der Verdächtigen.

216 Seiten, 12,5 x 20 cm, ISBN 978-3-95651-089-2, **9,90 €**
Auch als E-Book: ISBN 978-3-95651-091-5

Martha Bull

Band 4

Frau Friese und die finstere Verwandtschaft

Rentnerin Waltraud Friese erlebt mit ihren 74 Jahren unerwarteten Familienzuwachs. Eines Tages meldet sich ihre jüngere Schwester bei ihr, von der sie bisher nichts wusste. Sieglinde, in der ehemaligen DDR aufgewachsen, konfrontiert Frau Friese mit Umständen ihrer Familiengeschichte, die bisher unerwähnt geblieben sind und bis in die Zeiten des Zweiten Weltkrieges zurückreichen ... Als ein Mord in der Braunschweiger Straße passiert, muss sie alles riskieren, um ihre Nachbarschaft und sich selbst zu schützen. Wird es diesmal ein Happy End für Frau Friese geben?

240 Seiten, 12,5 x 20 cm, ISBN 978-3-95651-100-4, **9,90 €**
Auch als E-Book: ISBN 978-3-95651-148-6

Band 5

Martha Bull

Frau Friese und der Tiermörder

Alles beginnt damit, dass Rentnerin Waltraud Friese einen verdächtig stinkenden Müllsack in ihrer Tonne findet. Ein totes Haustier? Derartig grausige Funde häufen sich bald darauf im Peterswerder. Und dann verschwindet die kleine Enkelin ihrer guten Freundin mitsamt Hund spurlos. Nun hält es Frau Friese nicht mehr in ihrer Wohnung aus. Unermüdlich streift sie durch die Pauliner Marsch und kommt dabei dem Täter gefährlich nahe.

240 Seiten, 12,5 x 20 cm, ISBN 978-3-95651-159-2, **9,90 €**
Auch als E-Book: ISBN 978-3-95651-164-6

Bremen-Krimis aus dem KellnerVerlag ...

Martha Bull

Nostradamus und das Pendel des Todes

Der dritte Fall von Dörthe Petersen

›Der setzt auf Machismo und Gewalt.
Ich fürchte, der schreckt
vor nichts zurück, wenn man ihn lässt.
Vor nichts.‹

Malerin und Putzfrau Dörthe Petersen möchte sich eigentlich nur ein wenig dazuverdienen, als sie Buchhändler Bertram zusagt, an dessen Messestand für ein Wochenende auszuhelfen. Mit Befremden stellt Dörthe fest, dass einige Bücher auf ihrem Tisch gewagte Theorien dubioser Heilslehrer vertreten. Wie passt das zu Bertram? Geradezu wie Sprengstoff wirken andere: Dörthe entgeht nur knapp einem Angriff wütender selbsternannter Weltenretter. Echter Sprengstoff lässt kurz darauf beinahe das Nachbarhaus in die Luft fliegen. Um einer erneuten Gefahr zu entgehen, müssen Dörthe und ihre Freund*innen die Hintergründe begreifen: Geht es um diese irregeleiteten Heilslehrer? Geht es um simple Eifersucht? Ist gar Hobby-Astrologin Annie, Dörthes ungeliebte Nachbarin, Ziel des Angriffs? Und welche Rolle spielt die neue Nachbarin Svantje Kooke, die viel weiß und viel verschweigt?

323 Seiten, 12,5 x 20 cm,
ISBN 978-3-95651-296-4, **14,90 €**
Auch als E-Book: ISBN 978-3-95651-307-7

KellnerVerlag
St.-Pauli-Deich 3, 28199 Bremen
Tel.: 0421-77 8 66
info@kellnerverlag.de • kellnerverlag.de